I0819938

Jillian Porter

•

Economies of Feeling

Russian Literature under Nicholas I

Northwestern University Press
Evanston, Illinois
2017

Джиллиан Портер

•

Экономика чувств

Русская литература эпохи Николая I (Политическая экономия и литература)

Academic Studies Press

Библиороссика

Бостон / Санкт-Петербург

2021

УДК 82.02
ББК 83.3(2Рос=Рус)
П 59

Перевод с английского Ольги Поборцевой

Серийное оформление и оформление обложки Ивана Граве

Портер Дж.

П 59 Экономика чувств: русская литература эпохи Николая I: (Политическая экономия и литература) / Джиллиан Портер ; [пер. с англ. О. Поборцевой]. — СПб.: Academic Studies Press / Библиороссика, 2021. — 255 с. — (Серия «Современная западная русистика» = «Contemporary Western Rusistika»).

ISBN 978-1-6446931-8-6 (Academic Studies Press)
ISBN 978-5-6043579-6-5 (Библиороссика)

В центре исследования Джиллиан Портер стоит понятие «амбиция», пришедшее в русскую литературу в начале XIX века из постнаполеоновской Франции путем «культурного заражения». Объектом изучения становится несовпадение как культурно-исторического контекста, так и семантического объема слов *ambition*, амбиция и честолюбие во Франции и в России, что в некотором смысле стало источником нового развития в русской литературе. Другими темами становятся экономический характер гостеприимства в произведениях Гоголя, деньги как двигатель фантастического реализма Достоевского, и представление типа скупца в произведениях русской классики.

УДК 82.02
ББК 83.3(2Рос=Рус)

ISBN 978-1-6446931-8-6
ISBN 978-5-6043579-6-5

Слова благодарности

Прежде всего я хочу поблагодарить Харшу Рама, научного руководителя моей докторской диссертации в Калифорнийском университете в Беркли, чье чувство языка и проницательные замечания вдохновляли меня и обогатили работу над этой книгой на всех ее этапах. Ирина Паперно, исключительный наставник и читатель моей диссертации, стала для меня эталоном научной строгости, к которому я всегда буду стремиться. Любовь Гольбурт и Виктория Бонелл познакомили меня с теоретическими парадигмами, которые стали центральными и в моей диссертации, и в последующих исследованиях в области русской литературы и культуры. Сотрудники факультета в Беркли щедро делились комментариями по поводу моих научных статей и презентаций, положенных в основу этой книги, — спасибо вам, Энн Несбет, Эрик Найман, Ольга Матич и Виктор Живов. В процессе написания книги мне очень помогли отзывы моих коллег-аспирантов, особенно Элисон Тэпп, Бориса Маслова, Виктории Сомовой, Молли Брансон, Хлои Кицингер.

Большая часть главы 3 изначально была опубликована в виде статьи в «Slavic and East European Journal». Я благодарна Айрин Делич, Хелен Хальве и анонимным рецензентам SEEJ за их авторитетную редакторскую и критическую оценку. Также выражаю благодарность Майку Левину и всем сотрудникам Отдела исследований в области русской литературы и теории Northwestern University Press за их высочайший профессионализм, а анонимным рецензентам рукописи — за вдумчивое прочтение и ценные предложения по ее улучшению.

Публикация моей книги на русском языке дает приятный повод выразить признательность за сотрудничество новым участникам: переводчице Ольге Поборцевой, Константину Богданову, который оставил ценный отзыв о первоначальной версии перевода, редактору Ирине Знаешевой и другим членам команды Academic Studies Press.

Мои исследования финансировали Институт гуманитарных исследований Университета штата Аризона, Центр российских и евразийских исследований имени Дэвиса Гарвардского университета, Джордан-центр при Нью-Йоркском университете, Университет Оклахомы и Университет штата Колорадо. Эмили Джонсон и другие коллеги из Университета Оклахомы дали очень важные советы в период моего становления как профессионального ученого. Джулия Абрамсон прочитала рукопись целиком и помогла мне увидеть — и усилить — связи между ее отдельными частями. Виктория Э. Томпсон из Университета штата Аризона, специалист по истории Франции эпохи Революции, прочитала главу 1 и поделилась своим профессиональным мнением, а моя усердная ассистентка Хизер Экерман помогла составить окончательный вариант библиографии, сэкономив мне множество времени и усилий. Центр Дэвиса заряжал меня энергией, когда я заканчивала эту книгу и начинала новую. Там я получила ценные критические замечания относительно Введения и главы 2 от сотрудников и приглашенных экспертов, среди которых хотела бы выделить Андрею Цинк. Также мне очень повезло работать еще с одним великолепным ассистентом — Кристин Джекобсон, которая помогла получить права на многие из иллюстраций для моей книги. Молли Брансон, Юрий Бойко и работники архивов и музеев также помогли сделать так, чтобы эти иллюстрации появились в моей книге.

Я счастлива выразить свою благодарность Мелиссе Фрейзер из колледжа Сары Лоуренс, которая научила меня говорить по-русски и направила в Беркли; она вдохновляла меня с первых дней и не оставляла своим вниманием мою работу. Гил Перес из колледжа Сары Лоуренс первым привлек мое внимание к истории и культуре России захватывающими лекциями о советском кино, Дэнни Кайзер увлек меня Достоевским, а Фрэнк Рузвельт зародил интерес к экономике. Во время семестра, который я провела в колледжe Рид, Лена Ленчек на своем увлекательном курсе о русской прозе познакомила меня со многими авторами и темами, к которым я обращаюсь в этой книге. Но я никогда не получила бы возможности обучаться у них и у других замечательных преподавателей, если бы не анонимный спонсор, благодаря которому я смогла в 1995 году перейти в школу Фаунтин-Вэлли. Я очень обязана этому человеку за его помощь в моем становлении как ученого. Я также благодарна Джеку Уилсону, чей Фонд международного профессионального обмена спонсировал мою первую поездку в Россию; Игорю Толочину, благодаря которому эта поездка прошла очень успешно; и Валентине Петровне Гетманской, которая гостеприимно распахнула передо мной двери своего дома и познакомила меня со многими своими друзьями.

Больше всех меня всегда поддерживала моя семья. Мои родители убедили меня, что образование — путь к счастью, и всегда внушали мне веру, что я смогу достичь чего угодно, если буду усердно трудиться. Мои дедушки и бабушки щедро оделяли меня теплом и мудростью. Теща и тесть много раз принимали меня под своей крышей, чтобы я могла спокойно работать над книгой. С женой я познакомилась, когда впервые занялась исследованиями, результатом которых и стала эта книга. Я не могу выразить, как благодарна ей за ее любовь и тонкую критику черновиков рукописи.

Примечание к тексту

Все даты в книге приводятся по григорианскому календарю, если нет указания «по старому стилю».

Орфография во всех случаях приведена к современным нормам, но сохраняется авторская пунктуация.

Основными источниками текста художественных произведений явились следующие издания:

Достоевский Ф. М. Полн. собр. соч.: в 30 т. Л.: Наука (Лен. отд.), 1972–1990.

Гоголь Н. В. Собр. соч.: в 7 т. / под общ. ред. С. И. Машинского и М. Б. Храпченко. М.: Художественная литература, 1976–1978.

Пушкин А. С. Полн. собр. соч., 1837–1937: в 16 т. М.; Л.: Изд-во АН СССР, 1937–1959.

Введение

Бранил Гомера, Феокрита;
Зато читал Адама Смита,
И был глубокий эконом,
То есть умел судить о том,
Как государство богатеет,
И чем живет, и почему
Не нужно золота ему,
Когда *простой продукт* имеет.
Отец понять его не мог
И деньги отдавал в залог.

А. С. Пушкин[1]

Отец Онегина был не единственным, кто не понимал сыновних толкований политэкономии. Комментаторы приведенного отрывка из «Евгения Онегина» (1825–1832) вели длительные дискуссии относительно *«простого продукта»*, ценимого героем произведения выше золота. Тем не менее, выделенный курсивом термин, обозначающий некий заветный постулат Адама Смита, никогда не встречался в его трудах. Исследователи, начиная от К. Маркса и Ф. Энгельса и заканчивая В. В. Набоковым и Ю. М. Лотманом[2], интерпретировали значение этого термина по-разному: «товар», «сырьевой материал», «излишек» и даже (самое отдаленное толкование, однако наиболее частотное в литературных комментариях) «чистый продукт» (*produit net*), о котором писа-

---

1 [Пушкин 1937а: 8].

2 См. [Маркс 1959: 158; Энгельс 1962: 29; Набоков 1999: 57; Лотман 1995: 558]. Российский экономист А. В. Аникин рассматривает эти и другие интерпретации пушкинского «простого продукта» в своей книге «Муза и мамона. Социально-экономические мотивы у Пушкина», см. [Аникин 1989: 17–20].

ли физиократы, французские предшественники Смита. Для целей данного исследования именно отсутствие этого термина в корпусе текстов классической политэкономии составляет суть: «*простой продукт*» являет собой пример творческого заимствования иностранного экономического вокабуляра, характерного для ключевых произведений русской литературы XIX столетия. Для землевладельцев вроде Онегина-старшего уроки Адама Смита казались непостижимыми, но для таких художников, как Пушкин, сама их нечеткость становилась источником поэзии.

В приведенном выше отрывке Пушкин обыгрывает предполагаемое противоречие между экономикой и поэзией. По мере того как в Европе конца XVIII века дискурсы эстетики и политэкономии укреплялись в оппозиции друг к другу, главным принципом каждой из них становилась антиномия между эстетическими и экономическими ценностями [Guillory 1995: 317]. К началу XIX столетия политэкономия зарекомендовала себя как наука рассудочная, основанная на том принципе, что главные действующие лица экономической деятельности — это разумные индивиды, преследующие собственные «интересы» [Смит 2016]. Эстетика же выделилась в науку об основанном на чувствах, намеренно «незаинтересованном» опыте и суждениях [Кант 1994]. И хотя на первый взгляд может показаться, что предпочтение, которое Евгений Онегин отдает Адаму Смиту перед Гомером и Феокритом, подкрепляет подобную антиномию, на самом деле его интерес к экономике скорее вопрос стиля и эмоциональных установок: он моден, как облачение молодого денди, и вносит дополнительный штрих в его образ скучающего байронического героя. Суждения Евгения совмещают русифицированную версию европейских дискурсов об экономике, эстетике и эмоциях.

Поэтизация идей политической экономии, подобная пушкинской, является смысловым ядром этой книги. Последующие главы исследуют трансформации европейской экономической и эмоциональной парадигм в русской литературе XIX века. Я рассматриваю мотивы траты, накопления, дара наряду с сюжетами о безумной или подавленной амбиции[3] (*ambition*) в контексте русской экономической и культурной истории. Исследование опирается на идеи «новой экономической критики» (*New Economic Criticism*) и взгляды литературоведов, социологов и историков, труды которых способствовали недавнему «эмоциональному повороту» в гуманитарных науках[4]. Эти научные концепции сделали очевидным для меня взаимное пересечение явлений и связанных с ними дискурсов в сфере экономики и эмоций и прояснили мое понимание множества способов, посредством которых литературная форма одновременно запечатлевает и формирует экономический и эмоциональный

---

3 Автор и переводчик в равной степени испытывали трудности, вызванные разницей культурно-исторических контекстов и несовпадения объема значения ключевого для этой книги понятия «амбиция» в русском, английском и французском языках. В русском языке едва ли найдется идеальный вариант перевода для английского и французского слова *ambition*. Ближайшие русские эквиваленты — «амбиция», «честолюбие» — содержат негативные коннотации, несвойственные для английского и французского языков. Поэтому было принято следующее решение: слова «амбиция» и «амбициозный» используются в общем случае для перевода английского и французского слова *ambition* ('желание возвыситься') и его производных: английского *ambitious* и французского *ambitieux*, а также в значениях, вероятно, более привычных российскому читателю ('самолюбие', 'спесь'), когда речь идет об истории этого слова и разных его коннотациях в литературе XIX века. Когда автор обращается к обсуждению близкого понятия «честолюбие», для перевода *ambition* эквивалентом все же выступает «амбиция», но «честолюбие» предпочтительнее, когда рассматривается эта специфическая репрезентация амбиции. Слово «честолюбие» используется лишь только, когда речь идет об этом термине и его коннотациях. И «честолюбец», и фраза «амбициозный человек» используются для перевода французского *ambitieux*. — *Примеч. пер.*

4 Наиболее значительные исследования в контексте методологии «новой экономической критики»: [Shell 1978; Goux 1990]. Полезные обзоры в этой области знаний см. [Osteen, Woodmansee 1999: 3–50; Poovey 2008: 10–14]. Оказали особое влияние на мою работу изучения эмоций: [Massumi 1995: 83–109; Reddy 2001; Sedgwick 2003; Ngai 2005; Gould 2009; Frevert 2011; Emotional Lexicons 2014]. Осмысление «эмоционального поворота», оказавшего серьезное влияние на русистику, представлено в статьях Я. Плампера и И. Виницкого [Plamper 2009: 229–237; Виницкий 2012: 441–460].

опыт[5]. Вычерчивая линии пересечений между коммерческими отношениями и обменом дарами и прослеживая сдвиги культурных понятий амбиции, щедрости и корысти, я показываю, что неденежные и непроизводственные обменные отношения и чувства, которые экономическая наука обычно не принимает в расчет, неразрывно связаны с социальными и экономическими структурами[6].

Исторические рамки книги — царствование Николая I (1825–1855), время суровой цензуры, экономической неопределенности и вместе с тем расцвета русской литературы. Это были также годы широкого распространения коммерческих отношений, которые разрушали основы аграрной экономики: деньги, наряду с крепостными, превратились в основную ценность; всегда нуждавшиеся в наличных средствах помещики закладывали свои имения казне, а правительство напечатало столько бумажных денег, что обрушило стоимость государственной валюты. Одновременно из газет и книг до русских читателей доходили отзвуки экономических перемен, происходивших в Европе после наполеоновских войн, и перед обществом встал главнейший вопрос: должна ли Россия следовать иностранным реформаторским тенденциям в экономике и политике[7].

В подобной атмосфере ценностных сдвигов русские писатели начали обращаться к литературному и художественному потенциалу экономики. Они придали новый смысл сюжету об амбиции, свойственному послереволюционной Франции, типу скупца и другим литературным моделям, которые были укоренены

---

5 В анализе связи экономики и эмоций я пользовалась социологическими исследованиями Э. Гофмана, В. Зелизер, А. Р. Хохшильд [Гофман 2009; Зелизер 2002; Hochschild 2012], где изучено влияние эмоционального опыта на классовые, гендерные и коммерческие взаимосвязи в американском консюмеризме. Важным также был опыт анализа роли чувств в классической политической экономии, представленный Э. Ротшильд и К. Галлахер [Rothschild 2001; Gallagher 2008].

6 Эта мысль акцентирует одну из общих целей этой книги: дать историю понятий. В частности, меня вдохновили труды об истории идей, понятий и слов: [Lovejoy 1936; Hirschman 1977; Koselleck 2002; Виноградов 1995; Живов 1966; Живов 2009].

7 О неоднозначном отношении Николая I и его министров к вопросу об индустриальном развитии см. [Pintner 1967: 29, 91–93, 123].

в реалиях и повествовательных традициях буржуазной Европы; эти модели казались чужеродными в повествованиях о русском обществе в условиях самодержавия и крепостного права. Подобные иностранные модели противоречили идеологии общественного расслоения и идеалам щедрости и сельской праздности, которые традиционно питали представления о русской национальной идентичности. В «Экономике чувств» вы увидите, как подобное противоречие вызвало к жизни некоторые из наиболее замечательных свойств русской литературы XIX века — от неуклонного затухания сюжетов об амбиции до резкого диссонанса полифонических романов Ф. М. Достоевского[8].

При Николае I русская литература претерпевала глубинную трансформацию и подъем. Именно в эту эпоху Пушкин сформировался как зрелый писатель, в полную силу расцвел талант Н. В. Гоголя и М. Ю. Лермонтова, дебютировали в литературе Ф. М. Достоевский, И. С. Тургенев и Л. Н. Толстой. Литературная критика становилась главной движущей силой интеллектуальной жизни; литературные институты постепенно трансформировались — от системы покровительства и тесно связанной культуры поэтического салона к расширению читательской аудитории, росту книготорговли и возможностей для авторов и издателей получать прибыль от литературных занятий[9]. Книга обращается к изучению

---

8 Делая упор на экономические противоречия, определившие этот период русской литературы, я следую за М. М. Бахтиным, который в «Проблемах поэтики Достоевского» отмечает, что «особо острые противоречия раннего капитализма в России» обеспечили идеальные исторические условия для возникновения полифонического романа [Бахтин 2002: 45].

9 В фундаментальных трудах, например в монографиях «Словесность и коммерция. Книжная лавка А. Ф. Смирдина» [Гриц и др. 2001] и «Fiction and Society in the Age of Pushkin» [Todd 1986], подробно рассматривается трансформация литературных институтов в 1830-е годы. Анализ реакции Гоголя и Достоевского на эти изменения, воплощенной в их творчестве, также представлен у А. Менье, Э. Лонсбери и У. М. Тодда. В комплексе эти исследования демонстрируют не только трансформацию литературных обществ в указанный период, но и остроту дебатов в периодике, спровоцированных этими переменами [Meynieux 1966; Lounsbery 2007; Todd 2002]. М. Фрейзер указывала, что полемика о литературе — одна из немногих деталей, которые достоверно описывают процесс профессионализации писательской деятель-

этих значимых и широко признанных изменений с новой точки зрения. В существующих трудах о русской литературе XIX века ее периодизация традиционно связана с гранд-персоной («пушкинская эпоха»), культурными мифами («золотой» и «серебряный» века) и литературными направлениями (романтизм, реализм, символизм) или развитием конкретных литературных форм (проза, роман). Я же предполагаю, что нарастающее ощущение неопределенности и все более напряженная полемика о политическом и экономическом будущем России отметили литературу эпохи Николая I общностью форм и тем, пронизывающей все стили и жанры. Более того, хотя экономическая критика русской литературы в основном обращается к ситуациям участия авторов и редакторов в литературных кружках и в процессе коммерциализации литературного творчества, я считаю, что аспекты экономики, не столь тесно связанные с собственно литературой, оказали на нее не менее важное определяющее влияние[10].

Одна из центральных идей моего исследования — это утверждение, что трудности, с которыми сталкивалась крепостническая экономика России в последние десятилетия своего существования, оказались плодотворными нарративными парадигмами. Некоторые из этих трудностей были вполне материальными / денежными: к примеру, расточительные траты, ускорявшие разорение дворянства, и высокая инфляция, подорвавшая стоимость бумажного рубля. Другие — скорее можно назвать концептуальными или эмоциональными: например, изменение общественных установок по отношению к таким «экономическим»

ности, поскольку большая часть доступной информации о чтении и продаже книг содержится собственно в художественном или публицистическом тексте. Считая «литературный рынок» продуктом романтического воображения, Фрейзер подчеркивает бросающуюся в глаза взаимосвязь эстетической и экономической теории и практики в тот период [Frazier 2007: 41].

10 Делая подобное заключение, я следую за Ю. М. Лотманом и Р. С. Валентино, в работах которых исследовалась литература начала XIX века в контексте некоторых экономических факторов: дворянской культуры расточительности, азартных игр и долгов и распространения коммерции [Лотман 1995: 491–495; Лотман 1975; Valentino 2014].

страстям и побуждениям, как амбиция, корысть и щедрость[11]. Еще один вызов социальной и экономической стабильности России касался текстов — поток новостей и литературы из Европы с описанием политических потрясений и поразительного развития коммерции и промышленности заставлял думать и чувствовать по-новому, иначе писать об экономике. Авторы, произведения которых я исследую, используют неустоявшиеся и неуместные на первый взгляд заимствованные экономические термины и понятия. Как можно видеть на примере эпиграфа из «Евгения Онегина», они не просто пытались подражательно представить местные экономические условия, но и вольно обращались с адаптациями европейских экономических моделей. Несоответствие между иностранными и отечественными экономическими реалиями стало источником русской поэтики[12].

В своем исследовании я приняла за аксиому отсутствие четких границ между объектами, словами и чувствами в рамках экономики материальной и экономики текстуальной. Подходящей эмблемой тут может служить монета: кусок металла только тогда начинает выполнять функцию денег, когда на нем обозначат официально объявленную стоимость и когда его можно использовать для исполнения своих желаний. Возьмем серебряный рубль ограниченного выпуска, представленный на рис. 1а и 1б. Эта монета 1836 года посвящена победе Александра I над Наполеоном Бонапартом в 1812 году и открытию в 1834 году Николаем I Александровской колонны на Дворцовой площади Санкт-Петербурга. Подтверждая стремление властей управлять чувствами граждан — наряду с экономикой, — монета буквально указывает россиянам, что они должны ощущать: благодарность. Надпись на монете «Александру Первому от благодарной России» цитирует слова с пьедестала колонны, этого впечатляющего ар-

---

11 О кризисе денежной системы и реформах в николаевскую эпоху см. [Кашкаров 1898].

12 Я использую термин «поэтика» в базовом значении «творческих принципов, определяющих любую литературную, культурную или общественную структуру» [Oxford English Dictionary 2016].

Рис. 1а. Серебряный рубль в память победы Александра I над Наполеоном и открытия Николаем I Александровской колонны на Дворцовой площади в Санкт-Петербурге в 1834 году. Выпущен в 1836 году. Аверс: портрет Александра I с надписью «Александр Первый Б(ожьей). М(илостью). Император Всеросс(ийский).». Фото любезно предоставлено Национальной нумизматической коллекцией Национального музея американской истории Смитсоновского института. Воспроизведено с разрешения Смитсоновского института

Рис. 1б. Серебряный рубль в память победы Александра I над Наполеоном и открытия Николаем I Александровской колонны на Дворцовой площади в Санкт-Петербурге в 1834 году. Выпущен в 1836 году. Реверс: Александрийский столп, текст: «Александру Первому от благодарной России. 1834. 1. рубль.». Фото любезно предоставлено Национальной нумизматической коллекцией Национального музея американской истории Смитсоновского института. Воспроизведено с разрешения Смитсоновского института

хитектурного шедевра, который остается одной из самых высоких триумфальных колонн в мире. Эта монета — памятник памятнику, который знаменует собой одновременно и культурно-технологическую, и военную победу, показывая россиян «благодарными» и прежнему, и нынешнему правителю. Примечательно, что подобный язык благодарности превращает деньги в дар: как памятный знак щедрости царской династии, который можно носить с собой, монета расширяет мемориальное пространство Дворцовой площади до размеров всей империи. Аббревиатура «Б. М.», то есть «Божьей милостью», освящает право царя награждать свой народ отчеканенными деньгами.

Несмотря на откровенно патриотический замысел дизайна, эта монета представляет собой столкновение устремлений, характерное для того времени. Неоклассическая эстетика портрета и памятника представляет самого Николая I как последнего по времени и самого влиятельного преемника европейской имперской традиции. И в то же время, хотя и непреднамеренно, признает непреложное главенство в России французских культурных парадигм: и неоклассицизм как направление в искусстве, и автор Александровской колонны родом из Франции[13]. Монета показывает, что от Наполеона можно было избавиться, а от французского культурного влияния — нет. Как мы увидим далее, противоречие между националистической / имперской политикой и эстетическим наследием галломании, одобренной властью в XVIII веке, стало формирующим фактором для литературы николаевского времени.

Медная копейка 1840 года, представленная на рис. 2а и 2б, отражает еще одно продуктивное напряжение между экономикой и эстетикой — на этот раз в сфере обращения. Копейка была отчеканена в период обострения финансовой нестабильности, когда старые денежные стандарты и формы заменялись новыми. На аверсе изображена корона над первой буквой имени царя и цифра его тронного имени, чтобы заверить людей в ценности денежного знака и склонить их — через денежный обмен — к повиновению экономическому и политическому порядку. Но также монета дает

---

[13] Создателем Александровской колонны был архитектор О. Монферран.

Рис. 2а. Медная копейка. 1840 год. Аверс. Фото любезно предоставлено Национальной нумизматической коллекцией Национального музея американской истории Смитсоновского института. Воспроизведено с разрешения Смитсоновского института

Рис. 2б. Медная копейка. 1840 год. На реверсе надпись «1 копейка серебром. 1840. Б(ожьей). М(илостью).». Фото любезно предоставлено Национальной нумизматической коллекцией Национального музея американской истории Смитсоновского института. Воспроизведено с разрешения Смитсоновского института

людям возможность трогать руками и даже портить знак царской власти. Истертая буква в самом центре оборотной стороны (буква «ять» в слове «копейка») дает возможный ответ на интригующий вопрос: почему Николай I никогда не позволял размещать на монетах свое изображение. Ценность, обозначенная на монете, подвергается воздействию тех, кто ею обладает, и обстоятельств, при которых она переходит из рук в руки, и именно эта сочетанная сила воздействия создателей, владельцев и условий определяет ее окончательную значимость. И эта черта — возрастающая сложность опознания и оценки — сближает монеты и слова, значение которых под напором употребления меняется с течением времени.

Последующая история александровского рубля и николаевской копейки подтверждает трансформацию смыслов, характерную и для монет, и для слов. Сколь бы различным ни было их изначальное предназначение, и памятный рубль лимитированной чеканки, и обычная копейка массового обращения в итоге оказались у великого князя Георгия Михайловича (1863–1919), известного нумизмата, собравшего самую крупную в мире коллекцию российских монет, а после ставшего жертвой тех же революционных сил, что заменили короны на денежных знаках серпом и молотом и изъяли из употребления устаревшую «ять». Увлечение великого князя коллекционированием дало старым монетам новую ценность и новое употребление — в качестве любопытных вещиц, произведений искусства, исторических артефактов, которые можно хранить и демонстрировать.

Для моей книги в равной степени ценны монетарный, эстетический и эмоциональный аспекты денежных знаков и их информационных составляющих. Однако главный упор здесь делается не только на взаимосвязи этих аспектов внутри России, но также и на пути их проникновения извне.

Рассмотрим определение слова *экономия*, данное в «Новом словотолкователе» (1803–1806). Этот словарь, опубликованный для разъяснения слов иностранного происхождения, которые вошли в российский лексикон, но остались незнакомыми для многих русских читателей, указывает дворянам-помещикам, как нужно понимать смысл экономии:

> Экономия, рассуждаемая яко мудрое управление имением, есть из первейших качеств, которое надлежало бы благовременно внушать детям. Она есть одно из главнейших оснований их славы и благоденствия, и состоит из распоряжения своих дел таким образом, чтобы расход соответствовал приходу, и чтобы никакое излишество не имело места <...>. Но, наблюдая правила благоразумной экономии, должно беречься, дабы не впасть в постыдную скупость, порок, заражающий обыкновеннее стариков. Экономия тогда только может почитаться добродетелью, когда она будет занимать среднее место между расточительностью и скупостью [Новый словотолкователь 1806, 3: стлб. 1229–1231].

Здесь мы видим экономический идеал как гармоничный баланс между расходами и доходами, а также между эмоциональной склонностью к расточительности и скупости.

Важно то, что данный идеал не имеет ничего общего с извлечением прибыли. Выступая против всяческих «излишеств», автор не оставляет возможности ни для долгов, ни для сбережений. И тем не менее, признавая в самом начале словарной статьи, что русские дворяне более склонны к «мотовству», чем к осуждаемой «постыдной скупости», автор ясно дает понять, что излишнее мотовство, хотя и более приемлемо в обществе, представляет материальную угрозу в России начала века в большей степени. Напротив, скупость представлена не столько реалией российской помещичьей экономики, сколько понятийным конструктом: приписывая ее «старикам», автор вызывает у читателя характерный образ классического скупца, чья страсть к деньгам — один из самых частых пороков, изображаемых в европейской литературе. Обращаясь к традициям как русской культуры, так и европейской литературы, это определение демонстрирует ситуацию, в которой экономические идеи — как и экономические практики — определяются моральными, эмоциональными и эстетическими нормами, российскими и иностранными.

Экономические нормы, представленные в «Новом словотолкователе», при Николае I пользовались возрастающим вниманием литераторов. Пушкин подчеркивает страсть к мотовству в дворянской среде, рисуя образ отца Евгения:

Служив отлично-благородно,
Долгами жил его отец,
Давал три бала ежегодно
И промотался наконец
[Пушкин 1937а: 6].

Молодой Онегин следует примеру безудержных трат отца. Его гардероб полон иностранной роскоши:

Все, чем для прихоти обильной
Торгует Лондон щепетильный
И по Балтическим волнам
За лес и сало возит нам,
Все, что в Париже вкус голодный,
Полезный промысел избрав,
Изобретает для забав,
Для роскоши, для неги модной, —
Все украшало кабинет
Философа в осьмнадцать лет
[Пушкин 1937а: 14].

Наряду с разорительной склонностью к гостеприимству, пример которого подавал отец Евгения, приобретение все растущего потока европейских товаров с конца XVIII века сыграло свою роль в обеднении русского дворянства [Kahan 1966]. Пытаясь получать больше денег, чтобы держаться на уровне стандартов растущего потребления, при этом редко давая себе труд заняться повышением прибыльности своих имений, дворянство поступало в точности как Онегин-старший, который закладывал земли в казну. В итоге к середине XIX века более половины земель во владении дворян перешли к государству [Pintner 1967: 44]. После смерти помещика-должника его наследник был обязан либо взять на себя бремя выплаты долгов, либо (менее почетный, но вполне обычный исход) лишался собственности [Лотман 1995: 491–495]. Выбрав последнее, Онегин становится воплощением исторического процесса, в ходе которого дворяне постепенно лишились и своих земель, и традиционной роли в обществе. Чем бы ни был тот «простой продукт», о котором он толковал отцу, именно традиция расточительности русского благородного сословия, а вовсе не принципы Адама Смита, определяет отношение Евгения к экономике.

Когда в феврале 1825 года вышла в свет первая глава «Евгения Онегина», никто не мог даже предположить, что она может быть соотнесена с историческими событиями, которые потрясут Россию спустя месяцы и годы. Только после того, как группа офицеров, вдохновленных частично сочинениями Адама Смита, 26 декабря попыталась помешать восшествию на престол Николая I, читатели Пушкина смогли узнать его обуреваемого скукой «эконома» если не среди участников заговора, то, по крайней мере, среди круга их друзей[14]. Онегин, которого задним числом стали ассоциировать с декабристами, за десятилетия, прошедшие после публикации романа, эволюционировал в олицетворение бессилия русского дворянства.

То, что Пушкин первым изобразил как дань моде (байроническая скука), превратилась у М. Ю. Лермонтова в «Герое нашего времени» (1840) в жестокий цинизм, порожденный невозможностью реализации маскулинной агентивности в постдекабристскую эпоху. В последующие годы экономические последствия бездействия дворянства стали еще более острыми. В романе И. А. Гончарова «Обломов» (1849–1859) праздный молодой помещик пренебрегает управлением своим поместьем, подрывая собственную социальную роль в аграрной России и способствуя отставанию России от переживающего индустриализацию Запада. К тому времени, когда И. С. Тургенев в «Дневнике лишнего человека» (1850) поставил диагноз целому поколению дворян, неспособному к осмысленной деятельности и самовыражению, наследники Онегина вывели русскую литературную традицию XIX века на самостоятельный, но все же тесно связанный с традицией европейского романа путь.

В этой книге история данной взаимосвязи рассказывается по-новому. В центре моего внимания не Евгений и не прочие

---

14 О влиянии Адама Смита на декабристов см. [Цвайнерт 2008: 108–12; Лотман 1995: 557].

«лишние люди» из благородных, о которых только что упоминалось, а их не столь изысканные двойники: люди действия, движимые амбицией, которые упорно появлялись в своей среде вопреки — или же, напротив, в силу — невозможности любой схемы самоопределения в постдекабристской России[15]. Питер Брукс полагает, что «определяющей характеристикой современного романа (и буржуазного общества) является отношение к устремлениям, движению вперед не как к объекту сатиры, а всерьез», но особенностью русской литературы XIX века являются не только «лишние» люди, лишенные амбиции, но и ее очарованность амбицией, которую нельзя принимать взаправду [Brooks 1984: 39].

В отличие от свойств «лишнего человека», амбиция не получила должного внимания исследователей литературы эпохи Николая I: пристальное изучение страсти, пронизывающей такие классические произведения, как «Пиковая дама» (1834) А. С. Пушкина, «Записки сумасшедшего» (1835) и «Мертвые души» (1842) Н. В. Гоголя и «Двойник» (1846) Ф. М. Достоевского, давно назрело. Но даже если ему не найдется места на последующих страницах, «лишний человек» — важная отправная точка размышлений в этой книге. Именно на почве «Евгения Онегина» и последующих повествований о бездействии благородного сословия безумная амбиция моих героев выглядит особенно остро. Кроме того, мое исследование сюжетов об амбиции объясняет происхождение сюжетов о бездействии, публиковавшихся в то же самое время; можно предположить, что привлекательность и тех, и других проистекает из постоянной культурной переоценки социальных и экономических стремлений в эпоху правления Николая I.

В десятилетия, являющиеся предметом моего исследования, интерес русских писателей к теме амбиции отчасти вдохновлялся Наполеоном и французскими романами, герои которых подражали этому великому образцу. Одержимость званиями и ти-

---

15 «Лишний человек» является предметом изучения в работах Э. Ченчес, Дж. Кларди и Б. Кларди и Ф. Ф. Сили [Chances 1978; Clardy, Clardy 1980; Seeley 1994].

тулами, а также широкие возможности социальной мобильности благодаря образованию и государственной службе делали амбицию все более значимой для николаевской России. Тем не менее предубеждение высшего сословия против сословия низкого и осуждение мирских устремлений со стороны Русской православной церкви поддерживали пренебрежительное отношение к попыткам социального возвышения путем государственной службы или накопления богатства. Более того, поскольку основными путями к продвижению оставались военная или статская служба, амбиция казалась недостойной и в глазах зарождающейся оппозиционной разночинной интеллигенции. Помимо подобного отношения современников, культурный феномен «самозванства», характерный для российского престола со времен Лжедмитрия (1605–1606), обеспечил теме амбиции особый потенциал повествования — одновременно еретический, революционный и карнавальный [Успенский 1994].

И что же происходит, когда тема амбиции среднего класса постнаполеоновской Франции приходит в постдекабристскую Россию? Куда эта амбиция заведет, и что она будет означать для литературных героев и читателей, вдохновленных ей? «Пиковая дама» Пушкина, «Записки сумасшедшего» Гоголя и «Двойник» Достоевского предлагают один возможный ответ на вопрос о том, куда ведет амбиция в России: в сумасшедший дом. И все-таки, как бы велико ни было искушение приписать подобный исход жестким ограничениям, накладываемым на амбицию или восприятию ее как испорченности, это объяснение будет неполным. На самом деле, русские писатели восприняли понимание амбиции как пути к безумию из Франции, где первые специалисты-психиатры ставили диагноз «амбициозная мономания» (*monomania ambitieuse*) в качестве доминирующего психологического расстройства в послереволюционную эпоху [Goldstein 2001: 159].

В отличие от французских авторов, которые в 1830-е годы отошли от клинического понимания амбиции как опасного истерического расстройства, русские писатели вплоть до 1860-х годов патологическую амбицию описывали. История о мономаньяке, одержимом наполеоновским комплексом, который идет на убийство и кражу только для того, чтобы затем впасть в лихорадочный бред, «Преступление и наказание» (1866) Достоевского являет собой пример и показательно негативной оценки амбиции, и ее концептуальной зависимости от французской литературы и культурных эталонов. Наполеоновские претензии героя Достоевского превращают «Преступление и наказание» в явление, аномальное для традиции русского романа. Социальная амбиция, столь продуктивная в сюжетах европейского «романа воспитания», в русской литературе присуща главным образом малым прозаическим формам, где скорее разрушает характер персонажа, чем формирует его. Рисуя амбицию как опасное устремление, которое следует отвергнуть и преодолеть, «Преступление и наказание» также знаменует собой отход от раннего творчества Достоевского, которое, подобно предшествующим ему историям об амбиции Пушкина и Гоголя, трактует эту страсть в духе ироничной двойственности. В своей книге я стремлюсь представить в новом свете эту трактовку и ее влияние на литературные формы.

Главу 1 открывает сравнение представлений об амбиции в России и Франции, которое разъясняет, как дискуссии об амбиции как опасном психическом расстройстве в медицинских и литературных кругах Франции сформировали представления о социальных стремлениях в России XIX века. Вначале я рассматриваю открытость французской патологической модели амбиции и упорное сопротивление последующему французскому опыту ее нормализации на уровне русского языка. Затем я прослеживаю распространение французского клинического понимания амбиции на почве русской литературы в периодической печати 1820–30-х годов и исследую русских персонажей, страдающих этим заболеванием, в «Трех листках из дома сумасшедших» (1834) Ф. В. Булгарина, «Записках сумасшедшего» Гоголя и «Двойнике» Достоевского. Главная задача первой главы — показать, как диссонанс между пониманием амбиции в русской и французской культурах вызвал к жизни противоречивые повествовательные тональности в произведениях Гоголя и Достоевского.

В главе 2 дан анализ того, что противостоит амбиции в гоголевских «Мертвых душах». В этом романе Гоголь одновременно подчеркивает и размывает различие, лелеемое с эпохи романтизма, между якобы заимствованным побуждением *приобретать* и предположительно русским императивом *отдавать*. Ни одного писателя не цитируют чаще, чем Гоголя, когда необходимо подтвердить идею о том, что щедрое гостеприимство — это важнейший элемент русской национальной идентичности, однако «Мертвые души» в действительности представляют собой более нелицеприятный — и откровенно материальный — взгляд на гостеприимство, чем это обычно было принято. В то время как предприимчивый герой разъезжает по провинции и покупает права на умерших крепостных, пользуясь гостеприимством их владельцев, Гоголь приправляет каждое предложение пресловутого «хлеба-соли» поэтикой отвращения. Он соединяет русскую щедрость с малопривлекательной экономикой тела, которая включает в себя и загнивающий институт крепостничества, и вымученную работу желудочно-кишечного тракта. Этот роман, как известно, незаконченный, являет собой кульминацию нарративной щедрости у Гоголя, его склонности позиционировать себя по отношению к читателям в рамках отношений хозяин-гость. Если сравнить «Мертвые души» с ранними украинскими повестями Гоголя, становится ясно, как эти взаимоотношения становились все напряженнее по мере его становления как писателя; его дар становилось все труднее отдавать и еще труднее принимать.

Глава 3 возвращает нас к «Двойнику» Достоевского, смещая фокус внимания от амбиции главного героя к основному инструменту, которым он пользуется для их реализации: деньгам. Что касается денег, то первое, на что обращается внимание в данной книге, это тот факт, что амбициозный герой вовсе не старается их получить, а, напротив, проматывает. Достоевский живописует противоречивые императивы мелкого чиновника, который нуждается в деньгах как раз для того, чтобы тратить их напоказ. Что еще важнее, неоднозначная культурная ценность денег в данном произведении усугубляется их явно неопределенной экономической ценностью, поскольку манипуляции главного героя с подозрительными денежными знаками размывают различия между настоящими и поддельными ценностями. Учитывая дестабилизацию валютного курса во время финансовых реформ 1839–1843 годов одновременно со становлением реализма в качестве нового эстетического курса в 1840-х годах, я утверждаю, что история российской денежной системы послужила источником эстетики фантастического реализма у Достоевского.

Глава 4 интерпретирует поразительную жизнеспособность классического типа скупца во время, когда амбиция заменила корыстолюбие в качестве квинтэссенции экономической страсти, а специфические в национальном и социальном смысле типы заменили типы универсальные как средство и цель литературного воплощения. Подтверждая неуместность накопительства для того, кто стремится продвинуться в высшем обществе, в «Скупом рыцаре» (1836) Пушкина, гоголевских «Мертвых душах» и «Господине Прохарчине» (1846) Достоевского скупость является антитезой социальной амбиции. Эти произведения основываются на давней — докапиталистической — традиции представления скупцов как эксцентричных литературных персонажей, намеренно изолирующих себя от общества. Однако авторы все же отходят от традиции, отказываясь от сатирического осмеяния или откровенного морального осуждения корыстолюбия, которые были со времен Античности важными компонентами историй о скупцах. Ставя вопрос об изменении культурной значимости идеи обогащения в русском обществе, постепенно подпадающем под воздействие коммерциализации, Пушкин, Гоголь и Достоевский больше озабочены художественным статусом типа скупца, воплощающего устаревшее понимание человеческих страстей, чем моральным статусом жадности. Эти авторы изображают скупца как метатип, на котором можно испытывать новые приемы создания характера и оценивать их.

Рассматривая в основном произведения, опубликованные в России между 1825 и 1855 годами, я не задаю жестко очерченных пространственных, временных или текстуальных рамок. Как и тенденции в литературе, чувства возникают в ответ на исторические события и формируют их, но это не поезд, который прибывает и отправляется по расписанию; они могут и ускользать от политического давления, и подпадать под него. В одно время чувства только зарождаются, в другое — полнее развиваются или утихают. Часто они являют собой эхо прошлого или фиксируют современные события, которые могут происходить где угодно и при совершенно различных обстоятельствах. Как утверждал Раймонд Уильямс, литература в особенности склонна фиксировать те «структуры чувств», которые формируют часть общественного сознания в настоящем, но которым не дано определения ни в доступных словарях, ни в официальных догмах. Поэтому я стараюсь найти свидетельства этих чувств не только в изменяющихся значениях слов русского языка, обозначающих амбицию, гостеприимство и скупость, но также в тех характерных элементах «побуждения, ограничения и тональности», которые, согласно Уильямсу, отмечают собой литературу определенного периода или поколения конкретным «стилем» [Williams 1977: 132–133]. Изучаемые мной произведения очевидно объединены побуждениями, которые движут персонажами и авторами, отличаясь сильнее всего степенью ограничений и тональностью. К примеру, даже если темы берутся одни и те же (больная амбиция, скупость, литературный обмен между Россией и Францией), Пушкин и Достоевский занимают позиции на разных концах диапазона от лаконичности до логореи и от гармонии до диссонанса. Несмотря на это, преимущество трактовки правления Николая I как периода в истории литературы заключается в том, что это дает возможность изучать произведения двух названных авторов в едином ключе. Светскую уравновешенность Пушкина и склонность Достоевского к избыточному и неудобному следует толковать как взаимно проясняющие друг друга способы реагировать на доминирующие экономические и эмоциональные условия в царствование Николая I.

Я не стремлюсь дать всеобъемлющий анализ всех значимых произведений, опубликованных с 1825 по 1855 год. Безусловно, внимание к страстному стремлению к социальному продвижению или к обогащению формирует картину, в которой женщины и представители низшего сословия остаются на заднем плане. Дворяне не только доминировали в сфере литературы, оставляя наиболее яркие свидетельства своего эмоционального опыта, но и занимали также наилучшее положение с точки зрения социума и закона, чтобы пытаться реализовать экономические проекты, которые я исследую. В частности, именно мужчины из числа обедневшего или мелкого дворянства, или же те, кто получил дворянское звание на государственной службе, выступают в роли главных героев общественной борьбы в литературе эпохи Николая I. Ограничение доступа к образованию и заработку для женщин делало замужество почти единственным способом социальной мобильности, и даже здесь их право принимать решения было очерчено довольно жесткими рамками. В моем представлении такой же вытесненной из системы социальных отношений группой являются крестьяне, которые еще в меньшей степени были представлены среди пишущей и читающей публики и практически были лишены возможности покинуть поместье, где родились. Даже с учетом того, что экономический факт крепостничества и растущие сомнения в его устойчивости или моральной оправданности являются центральными темами культурной мифологии русского гостеприимства, анализ которой дается в главе 2, крепостные и их эмоции в основном остаются для Гоголя и других писателей невидимыми или непонятными. Представление о русском обществе, основанное на моем анализе экономических стремлений, подтверждает меру зависимости чувств и их выражения от гендерной и классовой политики.

Возможно, история российской экономической мысли поможет ответить на вопрос, почему в период правления Николая I писатели так старались объяснить эти и другие материальные основы эмоций. В то время как традиция литературной критики очевидно возлагала на литературу задачу выражения, теоретического осмысления и культивирования чувств, политическая обстановка в России способствовала перенесению в художественный текст дискуссии на экономические темы. Литература стала основной сценой формирования представлений об экономике, и историки российской экономической мысли того периода часто обращаются именно к художественным произведениям. Несомненно, политическая тональность любой дискуссии на экономическую тему, где неизбежно поднимались вопросы прав собственности и верховенства закона, означала, что в самодержавной России писать об экономике всегда было делом рискованным[16]. Г. фон Шторх (1766–1835), учитель великого князя Николая Павловича (будущего императора Николая I) и его брата Михаила, в предисловии к своему «Курсу политической экономии, или Изложению начал, обусловливающих народное благоденствие» («Cours d' économie politique ou exposition des principes qui déterminent la prospérité des nations», 1815) осторожно замечает: «Политическая экономия затрагивает иногда довольно щекотливые вопросы» [Шторх 1881: I]. Напрямую (порой вплоть до плагиата) заимствуя идеи Смита и Ж.-Б. Сэя, Шторх был вынужден решать «деликатную» задачу представить царю такие основополагающие принципы классической политэкономии, как преимущество свободных предпринимательских отношений между свободными гражданами и первостепенная важность справедливой и эффективной судебной системы, способной разрешать споры по вопросам собственности. Ни крепостное право, ни неразвитая судебная система в России не могли соответствовать подобным догматам политической экономии, кото-

---

[16] Эта рискованность подтверждается судьбой таких пионеров экономического мышления, как Ю. Крижанич (1617–1683) и И. Т. Посошков (1652–1726). Крижанич, хорватский ученый и искатель приключений, жил в России, написал трактат об экономических проблемах государства в период правления царя Алексея Михайловича (1645–1676), был сослан в Сибирь по подозрению в намерении ниспровержения власти еще до написания своего трактата. После завершения своего труда ему пришлось прибегнуть к содействию иностранных дипломатов, чтобы бежать из России [Križanić 1985: xii]. Успешный купец Посошков составил в 1724 году трактат под названием «Книга о скудости и богатстве» (издана впервые в 1842 году) как рекомендацию для Петра I. Он был арестован вскоре после завершения книги и умер в Петропавловской крепости [Shirokograd 2008: 26–28].

рая, войдя в канун XIX столетия в сферу академической науки и получив официальный статус в царствование Александра I (1801–1825), при новом императоре попала под подозрение властей. Восстание декабристов даже заставило Николая I задуматься о том, не упразднить ли вовсе преподавание политической экономии как научной дисциплины в Московском университете [Цвайнерт 2008: 62].

Хотя этого в итоге не случилось, развитие политэкономии в последующие десятилетия тем не менее замедлилось. В царствование Николая I вышел только один новый учебник — «Опыт о народном богатстве или о началах политической экономии» (1847) А. И. Бутовского (1817–1890). Подобно большинству его предшественников, пишущих на тему российской экономики, Бутовский свободно заимствовал западные источники, а его труд отмечен характерной для русской экономической (и религиозной) мысли чертой — нежеланием разграничить понятия материального и духовного благосостояния [Цвайнерт 2008: 39]. По мнению Бутовского, литература сама по себе участвует в экономической деятельности, и не только как предмет торговли, но и как одно из тех «невещественных» благ, которые, наряду с «промыслами вещественными», составляют национальное благосостояние [Бутовский 1847: 428, 461–464]. Вторя этому вниманию к нематериальным ценностям в русской экономической науке, русская литература обычно связывает национальную идентичность с духовными и эмоциональными понятиями, в прямой оппозиции к тому, что ей представляется западным материализмом. Таким образом, разделения дискурсов экономики и эмоций в той степени, в которой это характерно для французской и британской экономической мысли XIX века, в России не произошло. Однако оно явило собой отправную точку для осмысления национальной специфики русской литературы.

Прослеживая то искренние, то ироничные попытки определения русскости, я надеюсь расширить словарь, доступный для описания взаимоотношений между русской и европейской литературой. Каждая из последующих глав будет посвящена образу, совмещающему экономическое и эмоциональное, который отражает литературное столкновение России и Запада. В главе 1 это *заражение* (идеями и настроениями), в главе 2 — *гостеприимство*, в главе 3 — *подделка* и в главе 4 — *накопительство*[17]. Этот список ни в коем случае не полон. Действительно, ученые, занимающиеся XVIII–XIX веками, уже сформировали диапазон понятий, эффективно описывающих вовлеченность России в европейскую литературу и культуру: от «международного обмена в литературе» и «культурного импорта» до «синкретизма», «имперсонации», «диалога» и «дистилляции» [Томашевский 1960: 171; Клейн 2005: особ. 319–323; Todd 1986: 2; Greenleaf 1994: 4; Meyer 2008: 10; Golburt 2014: 194]. Предлагаемые мною новые термины должны дополнить уже существующие, подчеркивая разнообразие подходов русских писателей к задаче взаимодействия с европейской литературой при помощи акцента на экономические и эмоциональные образы и сюжетные мотивы.

Моя цель — не выяснить, что такое эмоции или как они формируются, но использовать историю эмоциональных понятий для истолкования литературных текстов. Поэтому я использую такие современные понятия, как эмоция (*emotion*), аффект (*affect*) и чувство (*feeling*), а также прилагательные эмоциональный (*emotional*) и аффективный (*affective*), как по большей части взаимозаменяемые. Из отличий, установленных между этими терминами в области исследования аффектов, самым полезным для данной книги является то, что эмоция — это конкретное понятие (страх, стыд и т. д.), а аффект, подобно «структурам чувств» Уильямса, выходит за рамки понятий и слов для их обозначения [Massumi 1995: особ. 89; Gould 2009: 20–22]. Хотя, рассуждая о таких понятиях, как амбиция и корыстолюбие,

---

17 Давая эти образы для сравнения, я следую примеру Н. Мелас. В каждой главе своей книги она представляет «литературно-теоретический образ для этой несопоставимости, в котором можно найти почву для сравнения, но не основу для эквивалентности», в том числе «антагонист», «диссимиляция», «сравнение» (*com-paraison*), «отношение», «исковерканная метафора» и «катастрофическая миниатюризация» [Melas 2007: xiii].

я в целом отдаю предпочтение понятию «страсть», а не «эмоция», но я склоняюсь к понятию «аффект», когда необходимо подчеркнуть психологические или физические ощущения, смысл которых в полной мере не способна передать устоявшаяся терминология. Неспособность слов и понятий отразить подобные ощущения особенно заметна в изображении русской литературой амбиции, отмеченном напряжением между французским пониманием термина «*ambition*» и значениями его ближайших русских эквивалентов, «амбиция» и «честолюбие». Для целей моей книги «чувство» (‘*feeling*’) — полезный общий термин, отражающий одновременно и психологические, и физические ощущения, которые могут иметь или не иметь подходящее словесное выражение.

Для настоящего исследования большую значимость имеют различия между первичными ключевыми словами для выражения эмоций в XIX веке, а именно «страстью» (‘*passion*’) и «сентиментом» (‘*sentiment*’). Под страстью я имею в виду насчитывающую много веков идею сильной и потенциально не поддающейся контролю эмоции, обычно связанной с телом и имеющей долговременную фиксацию. Под сентиментом я понимаю исторически и жанрово маркированное представление XVIII и начала XIX века об эмоциях, культивируемых посредством воспитания, частично состоящих из саморефлексивных суждений и часто обретающих форму сочувствия к чужому несчастью. Что же касается русского слова *чувство*, которое, в дополнение к значению «сентимент», полученному в эпоху сентиментализма, могло также иметь и более общее значение, я буду придерживаться именно его, если контекст не подразумевает иного.

Взяв в качестве основного предмета исследований экономический и эмоциональный лексикон русской литературы начала XIX столетия, эта книга старается передать энергию, с которой писатели брали на вооружение самый разнообразный спектр складывающихся в то время европейских и российских теорий относительно природы и происхождения эмоций и их роли в экономической жизни. Возможно, наиболее поразительно то, что произведения, посвященные амбиции, стяжательству, щедрости и скупости, наиболее ярко отражают понимание экономики и эмоций, которые коренятся в идее телесности. Это понимание впоследствии было утеряно и только недавно стало возрождаться в научной среде[18]. Импульсом к этому возрождению стал явный всплеск интереса к эмоциям, в частности, к науке и культуре чувствительности XVIII века[19]. Таким образом, эмоциональный поворот в науке, наряду с недавним бумом экономической критики, позволяет обнаружить в основополагающих произведениях русской литературы экономику чувств.

---

[18] См., например, [Gallagher 2008; Williams 2002; Riskin 2002; Sobol 2009].

[19] Эта волна научных работ о культуре чувствительности побудила И. Ю. Виницкого заявить, что мы ныне живем в эпоху неосентиментализма [Виницкий 2012: 448]. См. также его работу о В. А. Жуковском [Vinitsky 2015].

Глава 1
Безумная амбиция

Пример заразителен.
Ж.-Л. Алибер. Физиология страстей

Амбиция[1] обладает огромным повествовательным потенциалом. Ведя свое происхождение от латинского *ambire* — 'обходить, окружать', в более специфическом смысле — 'добиваться голосов избирателей', — оно выносит вперед идею движения сквозь время и пространство. Основополагающие произведения русской прозы XIX века используют этот динамизм только для того, чтобы обуздать его. В «Пиковой даме» Пушкина молодой офицер ищет удачи при помощи карточной игры и сверхъестественного. В «Записках сумасшедшего» Гоголя и «Двойнике» Достоевского чиновники среднего возраста жаждут продвижения по службе. И в каждом случае герой не только не добивается желаемого: в конечном счете он оказывается изгнан из общества и препровожден в сумасшедший дом. Эти истории о безумной амбиции отражают эволюцию культурного понимания стремления к восходящей социальной мобильности, являя собой пример межнационального литературного заимствования, столь способствовавшего процветанию русской прозы в XIX веке. Пушкин, Гоголь и Достоевский проверяют нарративные пути, открытые амбиции

---

[1] См. примеч. 3 во Введении относительно перевода слова *ambition*.

в России после восстания декабристов, реагируя тем самым на возрастание внимания к этой страсти в постнаполеоновской Европе.

В русских сюжетах о социальных стремлениях эпохи Николая I прежде всего поражает неуловимость значений слов *честолюбие* и *амбиция* как ближайших эквивалентов английского *ambition* и французского *ambition* (см. Приложение). На рубеже XVIII–XIX веков эти русские слова приобретали новые оттенки значения под давлением меняющихся социальных и культурных норм в России и за границей. Особенно глубокое воздействие на изображение амбиции в русской литературе оказали политические потрясения и развитие литературы Франции. Сравнивая словарные определения понятий «честолюбие» и «амбиция» и *ambition*, а также рассматривая их употребление в различных жанрах — от коротких рассказов и повестей до психиатрической литературы и церковных проповедей, — я начинаю эту главу сравнительной историей понятия «амбиция» и *ambition* в России и Франции. Затем я прослежу распространение в России конца XVIII — начала XIX века «заразных» французских медицинских и литературных дискурсов об амбиции. Именно в тот период русское и французское понимание стремления к продвижению по социальной лестнице вошли в теснейшее соприкосновение, породив целый ряд сознательно межнациональных нарративов об амбиции, которые способствовали развитию русской прозаической традиции. Акцентируя внимание на переносе французского дискурса о безумной амбиции на почву российской периодики после восстания декабристов и на случаях психических расстройств в повествованиях о честолюбивых чиновниках, я останавливаюсь на «Трех листках из дома сумасшедших, или Психическом исцелении неизлечимой болезни (Первое извлечение из Записок старого врача)» Булгарина, «Записках сумасшедшего» Гоголя и «Двойнике» Достоевского. Основная задача данной главы — объяснить особенности повествовательных тональностей, которые фиксируют диссонанс между различными социальными подходами к амбиции в произведениях Гоголя и Достоевского.

История понятия. *Ambition*, честолюбие и амбиция

Слово *ambition* вошло во французский язык в XIII веке, означая «страстное желание славы и почестей» (см. Приложение). В контексте средневекового придворного общества это понятие, таким образом, стало тесно ассоциироваться со страстями, неуправляемыми эмоциями, которые, как считалось, порождаются движением гуморов в теле, и с честью, высочайшей социальной ценностью того времени. Согласно такому пониманию, амбиция соединяет тело индивидуума с социумом. К концу XVIII столетия взаимосвязи между амбицией, телом и социумом становятся темой первостепенной важности в ранней французской психиатрической литературе. Европейские теоретики уже долгое время считали корыстолюбие наиболее пагубной из экономических страстей, социальные же потрясения Великой французской революции и поражающий воображение взлет Наполеона из безвестности к высотам власти породили мощную волну амбиции у молодых людей, привлекая повышенное внимание к угрозам, которые это чувство могут составлять для личности и общества в целом. Как указывал историк Я. Гольдштейн, амбиция и *ambitieux* ('амбициозный человек, честолюбец') были распространенной темой психиатрической литературы во Франции начала XIX века. Отмечая большое количество «умалишенных на почве амбиции» в годы после Французской революции и особенно в постнаполеоновскую эпоху, первые французские психиатры-профессионалы продвинулись настолько, что идентифицировали «амбициозную мономанию» ('*monomania ambitieuse*') как доминирующее психологическое расстройство того времени. Очевидное преобладание патологической амбиции у представителей среднего класса в этот период заставило первых психиатров Франции, таких как Ф. Пинель (1745–1826) и Ж.-Э. Д. Эскироль (1772–1840), утверждать, что страсти и их дисбаланс зависят от социальных факторов [Goldstein 2001: 158]. Согласно этой новой концепции страстей, класс, гендер и политические структуры подогревают одни страсти и остужают другие. Предполагалось, к примеру, что у женщин было относительно мало амбиции, поскольку их возможности делать карьеру или участвовать в общественной жизни были невелики [Goldstein 2001: 161] (также см. [Aliber 1825: 346]). Связывая клиническое внимание к амбиции с усилиями врачей по созданию современной психиатрической науки, Гольдштейн показывает, что изучение амбиции заняло особое место в истории этой дисциплины. Для психиатров первой половины XIX века мужская амбиция стала тем, чем явилась женская истерия для психиатров второй — центральным объектом изучения, вокруг которого складывалась психиатрия как таковая.

Французская литература XIX века помогла нормализовать амбицию. В таких произведениях, как «Красное и черное» (1830) Стендаля и «Утраченные иллюзии» (1837–1843) О. де Бальзака, амбиция — это не столько несбыточная мечта о величии, сколько план действий. Хотя и в этих произведениях присутствуют следы ранних клинических дискурсов о «амбициозной мономании», все же амбиция в них представлена как всепроникающая сила, управляющая повседневным ходом событий в постнаполеоновской Франции[2]. Как писал П. Брукс, сюжеты Стендаля и Бальзака обретают все более отчетливую форму по мере того, как амбициозные герои стремятся к своим целям, и подобная структура нарратива придает легитимность амбиции, приглашая читателя разделить это стремление к успеху [Brooks 1984: 39–41]. Я не хочу сказать, что Стендаль, Бальзак и другие французские авторы оправдывают амбицию; поведение их персонажей часто кажется неприглядным с точки зрения морали, и как правило, их мечтания терпят крах. И все же французская литература об амбиции, в отличие от вдохновленных ею произведений российских авторов, характеризуется стремлением на протяжении многих сотен страниц верить в возможность достижения героем страстно желаемой цели. Несмотря на довольно сложную трактовку амбиции, французская литература помогла этой страсти

---

[2] Об использовании Стендалем французского клинического дискурса об амбиции см. [Kete 2005].

выйти из сумасшедшего дома на улицы и подарила читателям надежду на ее осуществление.

Сравнительный анализ французских определений слова *ambition* подтверждает постепенный процесс изменений в значении этого понятия, которые возникли с помощью литературы, и чувство, изначально считавшееся пагубным, стало считаться нормальным, а в конечном счете, и приветствоваться. Как показано в Приложении, «Словарь Французской Академии» («Dictionnaire de L'Académie française») изначально определял *ambition* как «чрезмерное желание славы и величия» (1694), затем как «неумеренное желание почестей, славы, возвышения, отличий» (1798, 1835) и к концу XIX века просто как «желание почестей, славы, возвышения, отличий» (1878). Утратив негативный оттенок чрезмерности, понятие *ambition* к началу XX века также приобрело более активную характеристику: «желание или поиск почестей, славы, возвышения, отличий» (1935). В контексте французского потребительского капитализма конца XX века когда-то разрушительная *ambition* начала трактоваться как естественное и энергичное «полное жизни желание возвыситься, чтобы реализовать все возможности, присущие чьей-либо натуре» (1986)[3].

Во Франции с 1789 по 1830 год успешные преобразования юридических и социальных институтов и способствовали ускорению социальной мобильности, и получали дальнейшее развитие благодаря ей. Россия, напротив, в эти и последующие десятилетия столкнулась с подавлением властями французского либерализма. Екатерина II, обеспокоенная веяниями французской революции, выступила против радикализации идей Просвещения. Изгнав из России армию французов (и положив конец амбициям Наполеона), Александр I в течение своего правления все более склонялся к консерватизму. Встревоженный восстанием декабристов, вдохновленных главным образом французским реформаторством, и потом июльской революцией 1830 года, Николай I издал

---

3 [Dictionnaire de L'Académie française 1694, 1798, 1835, 1878, 1935]. Цит. по: URL: http://www.academie-francaise.fr/le-dictionnaire/la-9e-edition (дата обращения: 02.11.2020).

ряд законов, враждебных проявлениям амбиции. Например, новый «Свод законов Российской империи», введенный в действие в 1832 году, укреплял основанную на сословных (а не на классовых) различиях структуру российского общества. И точно так же в 1840-х годах власти повысили требования к получению как наследственного, так и ненаследственного дворянства в первый раз с того момента, как Петр Великий ввел Табель о рангах [Миронов 1999: 80, 138].

И тем не менее гражданская и военная служба обеспечивала возможности для социального продвижения существенному числу выходцев из непривилегированных сословий в 30–40-е годы XIX века. В действительности власти не могли ограничить число лиц, получающих дворянский статус, поскольку все больше людей поступало в гимназии, в офицерский корпус и в гражданскую службу, а каждый из этих институтов представлял собой потенциальный путь к продвижению в высшее сословие [Миронов 1999: 133–139]. В этот период очень четко обозначилось растущее противоречие между реальной возможностью социальной мобильности и попытками властей воспрепятствовать ей. Еще больше противоречий придавали амбиции соперничающие между собой отечественные и иностранные представления о ней. Несмотря на цензуру публикаций об антимонархических политических движениях за рубежом в попытке правительства Николая I сдержать волнение в обществе, идеи социальных преобразований проникали в Россию через периодику и романы. Особое подозрение властей вызывала современная французская литература, изображающая представителей низкого происхождения, которые меняли и себя, и свою страну; у русских читателей она при этом пользовалась широкой популярностью [Томашевский 1960: 169]. И все-таки Россия не имела сильного среднего класса, способного представить амбицию легитимной и желательной на уровне национальной культуры; такие буржуазные ценности, как индивидуализм и экономность, шли вразрез с русскими культурными идеалами, например смирением как важнейшей чертой русского православия или безудержной щедростью — предметом гордости дворянства.

Подобные конфликтующие установки в отношении к амбиции можно проследить в словарных определениях понятий «честолюбие», «амбиция» и связанных с ними. *Честолюбие* появилось в XVIII веке как секуляризованная форма церковнославянского слова «любочестие», от которого оно и унаследовало противоречивые коннотации, связанные с православными и аристократическими ценностями. «Любочестие», сочетающее славянские корни слов «любовь» и «честь», вошло в обиход в переводах библейских текстов на русский язык[4] в виде кальки греческого понятия *φιλοτιμια* ('любовь к почестям'). Эта устаревшая форма продолжала использоваться вплоть до XIX века в религиозном контексте, обозначая греховное желание мирской славы[5]. В светском контексте любочестие часто было окрашено подобным представлением о его греховности. Тем не менее это слово могло еще использоваться и в позитивном свете: в высказываниях, призванных утвердить достоинства дворянства, оно обозначало похвальное стремление прославиться самому или прославить кого-либо[6]. В этом последнем смысле любочестие тесно соприка-

---

4 К примеру, в издании так называемой «Елизаветинской Библии» 1756 года в «Книге Премудрости Соломона» (14: 18), где говорится о греховном сотворении идолов, слово *φιλοτιμια* переведено как *любочестие*: «В продолжение же злочестия и не разумеющих принуди художниково любочестие» [Библия 1751: 358]. В то же время русский синодальный перевод 1876 года заменяет любочестие *тщанием*: «К усилению же почитания и от незнающих поощряло тщание художника» [Библия 1876: 400]. Точно так же Библия короля Якова (Авторизованная Библия) использует слово *diligence* ('тщание') в этом отрывке [King James Bible 1611].

5 В проповеди в день почитания святых Петра и Павла в 1825 году влиятельный митрополит Московский Филарет (1782–1867) убеждает слушателей подражать апостолам, отказываясь от поиска славы земной: «Если не можешь еще возлюбить поношение, отвергни по крайней мере любочестие» [Дроздов 1873–1885: 218].

6 М. В. Ломоносов, например, защищает и *любочестие*, и *честолюбие*, которые использует как синонимы, в своей «Риторике» («Краткое руководство к красноречию, книга первая, в которой содержится риторика...», 1748, вторая редакция 1765). Согласно Ломоносову, «без сей страсти не чинились бы на свете знатные предприятия» [Ломоносов 1952: 188], см. об этом также [Levitt 2011: 130].

сается с такими достоинствами дворянства, как щедрость и гостеприимство: любочестие, к примеру, может побудить к проявлению щедрости при приеме важных гостей.

Если появление понятия «честолюбие» в XVIII веке указывает на потребность очистить идею обретения почестей от религиозного осуждения, первые издатели «Словаря Академии Российской» (1789–1794) явно не принадлежали к числу тех, кто такую потребность испытывал. Они презирали честолюбие как «слабость духа, по которой человек ищет в наружных знаках и способах получить уважение и почтение от других, коих сам в себе не имеет» [Словарь Академии Российской 1794, VI: 730][7].

«Толковый словарь живого великорусского языка» (1863–1866) В. И. Даля смягчает намеренный критицизм академического толкования слова «честолюбие», определяя его как «искательство внешней чести, уваженья, почета» [Даль 1882: 730]. Тем не менее Даль все же отмечает направленность честолюбия на «внешние» признаки и искусственные показатели славы. Эта направленность еще отчетливее проявляется в его определении «честолюбца» («человека, обладающего честолюбием») как «страстного к чинам, отличиям, ко славе, похвалам и потому действующего не по нравственным убеждениям, а по сим видам» [Даль 1882: 731]. В последующие десятилетия *честолюбие* не поспевало за все более позитивным переосмыслением французской *ambition*. Действительно, после революции 1917 года официальный упор на коллективное сделал индивидуальное стремление к возвышению в социуме крайне проблематичным, и на протяжении совет-

---

[7] Интересно, что издатели первого «Словаря Академии Российской» дают более благоприятное истолкование уже устаревающему слову «любочестие», определяя его как «любление воздавать честь другому» [Словарь Академии Российской 1794]. Переведенное в устаревшую форму, это значение исчезло из позднейших изданий. Второе издание (1806–1822) повторяет резко негативное определение, данное в первом издании *честолюбию*, и представляет *любочестие* его простым синонимом. Однако явное толкование любочестия как желания почтить других остается в определении во втором издании в сопутствующей (теперь уже устаревшей) форме *любочестивый*: «1. Желающий почестей, уважения. 2. Щедрый» [Словарь Академии 1814].

ского периода словари трактовали честолюбие все более негативным образом. Первое издание Малого академического словаря определяет его как «сильное желание занимать высокое, почетное положение, обладать властью; стремление к почестям, к славе» [МАС 1961: 918], а второе издание этого же словаря (1981–1984) — как «стремление добиться высокого, почетного положения, жажда известности, славы» [МАС 1984: 672]. Риторика «жажды», свойственная этому определению позднего советского периода, предполагает не «полное жизни желание» самореализации, а физическую потребность в признании со стороны других людей.

Несомненно, словарные дефиниции дают лишь частичное представление об истории слова. Это в особенности справедливо в случае в высшей степени нормативного «Словаря Академии Российской», который скорее выносит суждение, чем объясняет разнообразные коннотации слова. Явно нормативная трактовка слова «честолюбие» говорит о том, с какой энергией обсуждалась его моральная легитимность в XVIII–XIX веках. Чего не способны показать словари, но ясно показывает литература: в тот период понятие «честолюбие» стало тесно ассоциироваться с Табелью о рангах — системой установленных властью ступеней социальной ценности, введенной Петром I. В теории Табель о рангах — многоуровневая иерархия служилого дворянства в соответствии с классами гражданских, военных и придворных чинов — должна была обеспечить людям низкого происхождения возможность получить дворянство благодаря ревностной службе государству. На практике же она устанавливала между представителями разных классов барьеры, которые легче было преодолеть за счет социальных связей, а не личных достоинств. Закрепленные законом административные обозначения в Табели о рангах — отличительное свойство русского общества начала XIX века, объясняющее, почему государственный аппарат гораздо чаще присутствует в изображении социальных устремлений в русской литературе, чем во французских произведениях на ту же тему. В то время как амбициозные герои Бальзака и Стендаля ищут счастья в сферах, далеких от государства, таких как светские салоны («Шагреневая кожа»), духовенство («Красное и черное») или писательство («Утраченные иллюзии»), герои «Трех листков из дома сумасшедших» Булгарина, «Записок сумасшедшего» Гоголя и «Двойника» Достоевского все как один стремятся к карьере на государственной службе. Главный герой «Пиковой дамы» — офицер, и значит, тоже служит государству.

Толкование честолюбия как страстного стремления к высокому положению на государственной службе наполняет его изображения в литературе особенно многогранным идеологическим значением. С одной стороны, деятельность властей в большой степени зависела от активного стремления людей к продвижению по службе. С другой стороны, широко распространенное желание возвыситься могло нести угрозу стабильности стратифицированного российского общества. Как мы увидим в «Трех листках из сумасшедшего дома» Булгарина, слова *честолюбие* и *честолюбец*, употребленные для описания представителей низшего класса, могли служить реакционной цели, окрашивая стремление к социальному возвышению в негативные с точки зрения морали тона. Однако, как покажут гоголевские «Записки сумасшедшего», те же слова в адрес сильных мира в устах лиц низшего класса сего могут ставить под вопрос их достоинства и патриотические чувства. Очевидным образом, осуждение честолюбия может либо поддерживать, либо подрывать легитимность социальной иерархии.

Семантическая траектория заимствованного слова *амбиция* следует более причудливым изгибам, чем *честолюбие*, иногда приближаясь к значению французского *ambition*, а иногда резко отклоняясь от него. Слово *амбиция* вошло в русский лексикон в начале XVIII века — вполне закономерно, что это произошло в амбициозные времена Петра Великого. Согласно «Этимологическому словарю русского языка» М. Фасмера, слово *амбиция* пришло в русский язык через польское заимствование — *ambicja* [Фасмер 1964], однако другие авторитетные издания, например словарь Даля и «Большой академический словарь русского языка», считают его французским заимствованием. В любом случае, к концу XVIII века это слово получило широкое распространение, одновременно сохраняя чужеродность. Оно не указано в первом и втором издании «Словаря Академии Российской», однако появляется — пусть и в нестандартной форме — в провокационном сентиментальном романе-путешествии «Путешествие из Петербурга в Москву» (1790) А. Н. Радищева. В одном месте рассказчик у Радищева становится свидетелем того, как отец побуждает своих сыновей отказаться от требования светского этикета, требующего наносить визиты вышестоящим особам:

> Вошед в свет, узнаете скоро, что в обществе существует обычай посещать в праздничные дни по утрам знатных особ; обычай скаредный, ничего не значущий, показующий в посетителях дух робости, а в посещаемом дух надменности и слабый рассудок. У римлян было похожее сему обыкновение, которое они называли амбицио, то есть снискание или обхождение; а оттуда и любочестие названо амбицио, ибо посещениями именитых людей юноши снискивали себе путь к чинам и достоинствам [Радищев 1992: 54].

Радищев употребляет латинизированное написание слова («амбицио»), что позволяет предположить, что форма еще не устоялась в русском языке к концу XVIII столетия. Этот отрывок особенно интересен в свете обсуждения русских слов, использующихся для обозначения амбиции: Радищев сравнивает русские и западные (в данном случае древнеримские) формы проявления социальных устремлений. Похоже, что цель данного сравнения — не только раскритиковать тех, кто стремится к возвышению в обществе, но также и дать определение новому слову (*амбицио* / *амбиция*), которое в то время широко обсуждалось.

Включив слово «амбиция» в список иностранных заимствований, которые еще требовали объяснений, в начале XIX века «Новый словотолкователь» определяет ее как «славолюбие, высокомерие, любочестие, чрезвычайное и непомерное желание к богатству, к достоинствам, к чести» [Новый словотолкователь 1803]. Именно это толкование амбиции начала XIX века максимально приблизилось к французской *ambition*, поскольку в дальнейшем последнее значение «стремления к возвышению в обществе» (так важное для французского понятия) ослабело, а затем и вовсе исчезло. В словаре Даля *амбиция* — это «чувство чести, благородства; самолюбие, спесь, чванство; требование внешних знаков уважения, почета» [Даль 1880: 14]. Здесь амбиция считается присущей исключительно благородному сословию и подается скорее в смысле самооценки личности, чем ее возвышения. В зависимости от взглядов человека, приписывающего амбиции себе или другим, это чувство можно считать позитивным (в смысле «дворянской гордости») или негативным («спесь»).

Единственный зафиксированный у А. С. Пушкина случай употребления слова «амбиция» дает пример позитивной ее оценки как «благородной гордости». В письме 1825 года к своему другу князю П. А. Вяземскому Пушкин пишет, что готов предоставить свои стихи журналу «Московский телеграф» (1825–1834), однако его *амбиция* требует отказаться от того, чтобы его имя было указано среди редакторов:

> Если ему нужны стихи мои, то пошли ему, что тебе попадется (кроме Онегина), если же мое имя, как сотрудника, то не соглашусь из благородной гордости, т. е. амбиции: Телеграф человек порядочный и честный — но враль и невежда; а вранье и невежество журнала делится между его издателями; в часть эту входить не намерен [Пушкин 1937б: 185].

Объясняя амбицию как свою «благородную гордость», Пушкин — представитель дворянства — привязывает ее к своему наследственному социальному статусу. Хотя в 1820-е годы Пушкин публиковал свои произведения в «Московском телеграфе», к концу десятилетия он дистанцируется от журнала и его издателя Н. А. Полевого — выходца из «третьего сословия», которого круг дворян-литераторов рассматривал как одного из предприимчивых людей, торгующих русским словом[8]. Пушкинская

---

8 Со своей стороны, Полевой критиковал этих писателей благородного сословия, именуя их «аристократами от литературы». См. [Rzadkiewicz 1998: 73].

амбиция как чувство гордости, побуждающее его избегать всяческих связей своего имени с «враньем и невежеством» издателей «Московского телеграфа» (и, предположительно, также коммерческими интересами), поддерживает не прогрессивное изменение классового положения (продвижение представителей низшего класса), а консервативное сохранение дворянских отличий и привилегий. В этом значении амбиция — это оборонительная форма стремления, противостоящего рыночным силам коммерциализации и демократизации.

Как и в случае использования «амбицио» Радищевым в «Путешествии из Петербурга в Москву», употребление Пушкиным слова *амбиция* в каком-то смысле экспериментально. В то время как Радищев предлагает исторический комментарий происхождения слова *амбицио* и поясняет, что оно является синонимом *любочестия*, Пушкин предваряет употребление слова *амбиция* определением «благородная гордость». Это может указывать на то, что Пушкин не уверен, что понятия «благородная гордость» и «амбиция» эквивалентны (хотя и предполагает их смысловую близость), или же не убежден, что Вяземский поймет значение слова *амбиция*, если использовать его без разъяснений. Любопытно, что популярный писатель и журналист Булгарин делает аналогичное заявление в своих «Воспоминаниях» (1846–1849), говоря в одном месте о своей «врожденной благородной гордости (то, что мы называем амбицией)» [Булгарин 2001: 131][9]. Осуждают ли или прославляют амбицию в своих произведениях Радищев, Пушкин и Булгарин, она выступает как понятие, которому русские писатели стремятся дать разъяснение.

Это чувство классовой гордости претерпело изменения в ходе политических преобразований XX века. После Октябрьской революции уничтожение дворянства и официальное стирание классовых различий наделили понятие «амбиция» предосудительным смыслом, хотя в новых условиях возможности для ее

---

[9] Я благодарна Любови Гольбурт за то, что она привлекла мое внимание к этому отрывку.

проявления были открыты для всех. Первое издание «Словаря русского языка» (МАС, 1957–1961) разрывает первичные ассоциации с благородным сословием и с активным стремлением к социальному возвышению, определяя амбицию как «самолюбие, чувство собственного достоинства, а также преувеличенное самолюбие, чванство» [МАС 1957: 25]. Негативное толкование амбиции как самомнения и завышенной самооценки выглядит еще острее во втором издании этого же словаря (1981–1984), где это слово объясняется как «обостренное самолюбие, чрезмерное преувеличенное чувство собственного достоинства» [МАС 1981: 34]. Между тем последнее издание «Большого академического словаря русского языка» (издание продолжается с 2004 года) указывает на дальнейшие изменения. В этом издании постсоветского периода амбиции даются следующие определения: «1. Гордость, обостренное чувство собственного достоинства. 2. Чрезмерное самомнение, самолюбие; спесь, чванство. Притязания на что-л., вызванные уверенностью в себе, в своих силах, возможностях; честолюбивые замыслы» [БАС 2004]. Хотя и поданное в более негативном ключе, чем современное французское *ambition*, толкование амбиции как «притязаний на что-либо», подкрепленных «уверенностью ... в своих силах, и возможностях», приближается к французскому (и английскому): от раздутой самооценки к фантазиям о самореализации. Распространение идеи амбиции как активного стремления к социальному продвижению в постсоветской России является предметом статьи И. Б. Левонтиной (2006), которая отмечает:

> Яркая примета нашего времени — словоупотребления типа: *кадровый центр «Амбиция»* (он занимается трудоустройством), *11-я ежегодная конференция «Управление в России: время амбициозных целей»*. А вот из объявления о вакансиях: *«Нужен еще один амбициозный и целеустремленный сотрудник»* [Левонтина 2006].

Эта продолжающаяся трансформация содержания понятия «амбиция» представляет собой современный пример того, как стремление к социальному возвышению и связанные с ним понятия гордости, собственного достоинства и самореализации подвергаются иностранному влиянию и находятся в состоянии идеологически заряженных колебаний на протяжении современной истории России.

Культурное заражение

Если развитие предпринимательства и усиление роли английского языка в постсоветской России способствовали переосмыслению слова «амбиция» в последние годы, то распространение нарративов о честолюбии и амбиции — патологической жажде социального выдвижения — в России начала XIX века не в последнюю очередь обязано экспансии французской литературы и общественной мысли. Французский дискурс о чрезмерной амбиции как причине безумия в конце XVIII века уже начал распространяться в России, где, в отсутствие развитой традиции медицинской литературы, врачи опирались на французский опыт понимания психических заболеваний. Как указывает И. Ю. Виницкий, после революции само французское происхождение психиатрического дискурса послужило причиной того, что Екатерина II стала с подозрением относиться к психическим заболеваниям. В особенности императрица опасалась меланхолии (избытка черной желчи), которую она считала некой разновидностью французской идеологической инфекции[10]. Отдельный интерес для моего исследования представляет реакция Екатерины II на радищевское «Путешествие из Петербурга в Москву» — один из приведенных Виницким примеров того, как Екатерина II связывала меланхолию с «политическими и моральными расстройствами» [Vinitsky 2007: 36].

---

[10] Термин «меланхолия» происходит из классической Греции, он распространился в средневековой Европе вместе с теорией Галена о гуморах, и в XVIII веке оставался популярен. Обычно применялся в отношении психологических расстройств, от депрессии до сумасшествия. Исторические обзоры эволюции этого понятия см. у Р. Клибански и С. Джексона [Klibanksy, Panofsky, Saxl 1964; Jackson 1986].

Императрица видит в нападках Радищева на общественный строй России результат его патологической амбиции:

> Вероятно кажется, что родился с необузданной амбиции [sic!] и, готовясь к вышным степеням, да ныне еще не дошед, желчь нетерпение разлилось повсюда на все установленное и произвело особое умствование, взятое, однако, из разных полумудрецов сего века, как-то Руссо, аббе Рейнала и тому гипохондрику подобные... [цит. по: Старцев 1990: 374].

В те времена «гипохондрия», которую Екатерина II приписывает мыслителям эпохи Просвещения Жан-Жаку Руссо и Гийому Рейналю (1713–1796), понималась как форма меланхолии, вызванная неправильным функционированием ипохондрической, или верхней, части живота [Diderot, D'Alembert 1751: 408]. Рассуждая, являются радикальные взгляды Радищева симптомами нереализованной врожденной амбиции или порождены кругом чтения, императрица задает в точности те же вопросы, что и первые французские психиатры относительно происхождения страстей и их дисбаланса как в физиологическом, так и в социально-политическом отношениях. Парадоксальным образом Екатерина II прибегает к принципам именно французской медицины, чтобы защитить свой режим от того, что считает исходящей от Франции угрозой.

Ко второй четверти XIX века обсуждение темы патологической амбиции во французских медицинских кругах стало доходить до русских читателей через периодику. Анализируя литературно-исторический контекст, породивший «Записки сумасшедшего», — контекст, в рамках которого стали модными романтические повествования о душевных болезнях в традиции гофманианы, — В. В. Гиппиус отмечает публикацию нескольких французских и русских рассказов о безумной амбиции в те годы, когда Гоголь работал над этим произведением [Гиппиус 1994: 75]. Два французских текста, упомянутые Гиппиусом, были опубликованы анонимно, поэтому их источники и связь с более масштабным французским медицинским обсуждением амбициозной мономании остались писателю неизвестны. Этот медицинский дискурс заслуживает дальнейшего исследования как ключевой источник изображения амбиции в русской литературе XIX века.

В 1826 году в «Московском телеграфе» был напечатан рассказ «Сумасшедший честолюбец». «Московский телеграф», самый читаемый русский журнал своего времени, регулярно публиковал русские и иностранные произведения и статьи по искусству, наукам и общественным проблемам как в России, так и за рубежом. Издатели журнала назвали «Сумасшедшего честолюбца» переводом с французского, без дальнейших уточнений об источнике. Фактически, это прямой перевод рассказа французского врача Жана-Луи Алибера (1768–1837), который в 1825 году включил его в свой трактат «Физиология страстей» («Physiologie des Passions») [Alibert 1825: 341–369]. Алибер был выдающейся фигурой в области, которую историк Э. А. Уильямс назвала «антропологической медициной», а практикующие ее специалисты — «наукой о человеке». Как указывала Уильямс, наука о человеке, уходящая корнями в витализм школы Монпелье начала XVIII века, достигла своего пика в годы Французской революции и в последующие десятилетия оказывала постоянное влияние на французскую медицину. Исследователи науки о человеке, изначально намеренные изучать взаимосвязи между «физическими, умственными и страстными» элементами человеческой жизни, к концу XVIII века сформулировали свой предмет как взаимоотношения между «физическим и моральным» [Williams 2002: 1–2, 8]. Сегодня эта область наиболее тесно ассоциируется с Пьером Жаном Жоржем Кабанисом (1757–1808) и его работой «Отношения между физическою и нравственною природою человека» («Rapports du Physique et du Moral de l'homme» (1802))[11]. Более всего известный своим мнением о том, что все аспекты умственной и эмоциональной жизни (включая психические заболевания) коренятся в физиологии, Кабанис также утверждал, что окружение и социальные факторы могут вносить свой вклад в развитие душевных расстройств или же, напротив, способствовать их излечению. Другой ведущей фигурой в данной области

---

[11] Русский перевод — 1865–1866. — *Примеч. ред.*

был Филипп Пинель, который в «Медико-философском трактате о душевных болезнях, или мании» («Traité médicophilosophique sur l'aliénation mentale, ou la manie» (1801))[12] популярно излагал идею о том, что безумие имеет как «моральные», так и физические причины, и к нему должно применяться «моральное лечение». Например, в одном месте своего трактата Пинель предлагает предоставлять страдающим от «подавленной амбиции» какую-либо работу или предмет, на которые те могли бы направить свою энергию, и приводит пример человека, успешно исцеленного подобным образом [Goldstein 2001: 49–55, 71, 83–84].

Хотя работа Алибера в области науки о человеке не стала прорывом такого же масштаба, как труды Кабаниса и Пинеля, он тем не менее являлся влиятельной фигурой в годы революции, правления Наполеона и Реставрации. Впервые он привлек к себе внимание работой «Рассуждение о взаимосвязях между медициной и физическими и моральными науками» («Discours sur les rapports de la médecine avec les Sciences Physiques et Morales», 1798) и впоследствии имел постоянный литературный успех, занимал престижные должности лейб-медика Людовика XVIII (годы правления 1815–1824) и Карла X (годы правления 1824–1830). Хотя сегодня его помнят главным образом как основателя французской дерматологии, он получил прижизненное международное признание за «Физиологию страстей», которая была переведена на несколько европейских языков и выдержала множество переизданий в первое же десятилетие после выхода в свет. Главная мысль этой работы в том, что страсти порождаются природными инстинктами, которые обычно проявляют себя согласно законам «животной экономии» (*économie animale*), но способны разрушать физическую, физиологическую и социальную гармонию при гиперактивном проявлении[13]. Алибер утверждает, что амбиция

---

[12] Русский перевод — 1899. — *Примеч. ред.*

[13] Хотя упор на инстинкты принадлежит лично Алиберу, упоминание им «животной экономии» и приравнивание здоровья к «гармонии» восходят к учению школы витализма Монпелье XVIII века, которая оказала глубокое воздействие на развитие медицины во Франции конца XVIII — начала

порождается природным инстинктом «подражания», который движет всеми живыми существами, формируя их по моделям своих предшественников [Aliber 1825: 269, 330]. «Пример заразителен», провозглашает Алибер, словно пророчески предвидя распространение своих теорий в России, и эти слова я взяла в качестве эпиграфа к настоящей главе [Aliber 1825: 275]. Иллюстрируя свой теоретический анализ амбиции, Алибер приводит рассказ, «L'ambitieux fou, ou l'Histoire d'Anselme, dit Diogen», который вышел в «Московском телеграфе» под названием «Сумасшедший честолюбец» [Алибер 1826в][14].

Очевидно, переводчик считал слова «честолюбец» и «честолюбие» лучшими переводами французского «*ambitieux*» и «*ambition*». В русском переводе рассказ начинается следующими словами: «Из бесчисленного множества причин, способствующих заблуждению ума человеческого, есть одна, сильнее всех действующая

XIX веков. Учитель Алибера Пинель сам преподавал в Монпелье, и его вера в «моральные» корни безумия представляет собой продолжение учения этой школы, которая настаивала на тесной связи между физическими и моральными элементами человеческой жизни. Виталисты вывели идею телесной гармонии из классических источников, что Алибер и признает в начале своей «Физиологии», цитируя платоновское описание тела как «гармоничного инструмента, предназначенного отражать, имитировать и воспроизводить феномен духа» [Alibert 1825: i–ii].
Более новый термин «животная экономия» активно использовался в голландской медицине XVII века. Голландский врач Г. Бургаве (1668–1738), труды которого были популярны во Франции, использовал этот термин как синоним физиологии, «первое отделение физики», включающее в себя «некоторые части человеческого Тела, с их Механизмом и Действиями; вместе с Доктриной Жизни, Здоровья и некоторых их Эффектов, которые производятся Действиями Частей». Примечательно, что французский физиократ Франсуа Кесне написал трактат о животной экономии на заре своей карьеры, и есть мнение, что его теории «животной экономии» определили его позднейшие взгляды на политэкономию [Williams 2002: 37–38, 40; Booth 2005: 82; Boerhaave 1742: 77; Quesnay 1736; Bazhgraf 2000: 545–549].

14 Алибер включил в свой трактат несколько других «анекдотов», чтобы проиллюстрировать свои теории. В течение 1826 года «Московский телеграф» напечатал переводы по крайней мере трех этих «анекдотов», помимо «Сумасшедшего честолюбца». В одном случае главный издатель Полевой указывает себя как переводчика [Алибер 1826г; Алибер 1826а; Алибер 1826б].

и всех более поразительная: это честолюбие». Считая желание повысить свой социальный статус естественным инстинктом, Алибер также утверждает, что определенные социально-политические условия особенно этому способствуют:

> Но сей феномен всего более является в тех обстоятельствах, когда великие политические выгоды оковывают души всех. Например, никогда в Бисетрском доме (в Париже) не бывало такого множества сумасшедших сего рода, как в то время, когда все волновалось во Франции для восстановления прав и законов [Алибер 1826в: 90].

Как показывает ссылка на «политические интересы», амбиция (*ambition*) в этом рассказе (или, опять же, «честолюбие» в переводе) толкуется как жажда политической власти. Алибер считает бредовое отождествление сумасшедшего с королевской особой или высокопоставленным военным или чиновником наиболее распространенной формой безумной амбиции. Склонность амбициозных безумцев к подобного рода самовозвеличивающим иллюзиям подтверждает влияние Наполеона, этого величайшего из честолюбцев, на дискуссии того времени об амбиции. И если судьба Наполеона послужила источником вдохновения для бесчисленных представителей низшего класса, то «Сумасшедший честолюбец» направлен против этой демократической тенденции, рисуя наполеоновские амбиции родом болезни.

Алибер подает события «Сумасшедшего честолюбца» как собственные наблюдения в период ученичества у Пинеля в больнице Бисетр. И все-таки он использует понятие безумной амбиции иначе, чем Пинель, смещая фокус авторского интереса с вопроса о том, как излечить это расстройство, на разнообразные и подрывные в политическом смысле формы, которые оно может принимать. Основываясь на многочисленных случаях безумной амбиции в Бисетрском доме, автор обращается к истории одного пациента-меланхолика по имени Ансельм, мнящего себя Наполеоном; сперва он мечтает о военной славе, потом — о славе политика-философа. Когда юношеские мечты о быстром возвышении на военной службе терпят крах, Ансельм отказывается от

Рис. 3. Сумасшедший честолюбец в Бисетрской больнице (Le fou ambitieux á l'Hospice de Bicêtre). Иллюстрация. Воспроизводится по изданию: Alibert J.-L. Physiologie des passions, ou Nouvelle doctrine des sentiments moraux. Paris: Bechet jeune, 1825. M 1112.3. Библиотека Countway, отдел редких книг, Гарвардский университет

мира и встает в позу современного Диогена, греческого философа, вдохновителя школы циников, который известен своей критикой общества. Главная цель «Сумасшедшего честолюбца» — показать, что, даже если Ансельм верит, что отверг для себя светские амбиции, его стремление критиковать современное ему французское правительство и принимать участие в его реформировании является в действительности симптомом той же самой губительной страсти. Ночью Ансельму снится, что он король или император; днем, следуя примеру Наполеона, перестроившего французскую правовую систему, он составляет новые своды законов (уложения) и отсылает их главам правительств для введения в действие. Когда же его проекты не находят воплощения, он умирает в отчаянии от сердечного приступа [Алибер 1826в: 99–102]. Иллюстрация к этому рассказу изображает Ансельма в виде страдающего философа, запертого в стенах Бисетрского дома (см. рис. 3). На заднем плане изображение другого пациента в короне и со скипетром указывает на широкий контекст обсуждений во французских медицинских кругах патологической амбиции, ставший источником для Алибера.

Реакционное изображение Алибером реформаторской амбиции как своего рода смертельной изнурительной болезни раскрывает тесную связь между медициной и троном во Франции эпохи Реставрации, тогда как включение морализаторских историй вроде «Сумасшедшего честолюбца» в «Физиологию страстей» демонстрирует взаимозависимость между медицинским дискурсом и литературой. Грань между историей болезни и романтической историей о безумии действительно проницаема, как и грань между французской и русской словесностью. Отделяя фрагмент книги Алибера от ее источника и переведя его на русский язык, издатели «Московского телеграфа» перенесли обсуждение мономании на почве амбиции из постнаполеоновской Франции на новую почву журналистики постдекабристской России. В этом новом контексте крушение мечтаний Ансельма о политических реформах должно было резонировать с недавней попыткой декабристов ввести конституционную монархию. Чувствительность к этой теме в России 1826 года, возможно, объясняет различие между началом французского текста «Сумасшедшего честолюбца» и его переводом в журнале. В то время как Алибер называет амбицию «более частой и более побудительной» (*plus frequente et plus energique*) причиной безумия, чем любая другая, в русском переводе честолюбие «сильнее... и... более поразительная» причина [Алибер 1826в: ненумерованная страница между 349 и 350]. Хотел ли русский переводчик дистанцироваться как можно дальше от сумасшедших честолюбцев или просто счел, что такая версия более привлекательна, но в русском варианте честолюбие выглядит менее общим и более опасным явлением, чем «*ambition*» в оригинале.

В 1829 году в недолго просуществовавшей газете «Бабочка» (1829–1831) появился анонимный рассказ, озаглавленный «Дом сумасшедших в Шарантоне (Отрывок из записок одного путешественника)» [Дом сумасшедших 1829]. Подобно «Сумасшедшему честолюбцу», «Дом сумасшедших в Шарантоне» описывает французский сумасшедший дом, заполненный амбициозными безумцами и людьми в здравом уме, которым эти безумцы любопытны и которые хотят поделиться их историями. В этом случае сценой является французская психиатрическая лечебница в Шарантоне, где с 1825 по 1840 год служил главным врачом Жан-Этьен Эскироль, ученик и соратник Пинеля. Он придерживался мнения, что стремительная смена новых правителей в послереволюционную эпоху ответственна за возникновение формы мономании, заставлявшей людей «считать себя императорами и королями, императрицами и королевами», и что психические болезни стали национальным духом времени [Goldstein 2001: 139, 159]. Возрастающая популярность мнения о том, что чрезмерная амбиция являлась главной силой французского политического климата того времени, подтверждается карикатурой О. Домье «Министерский Шарантон. Разнообразные политические безумцы-мономаньяки» (1832) (см. рис. 4). Представляя современных французских политиков охваченными различными психическими расстройствами, Домье изображает людей в самодельных коронах, мантиях, а в одном случае даже в шляпе, напоминающей знаменитую треуголку Наполеона.

Рис. 4. О. Домье. Министерский Шарантон. Разнообразные политические безумцы-мономаньяки. Впервые опубликовано в «La Caricature» от 31 мая 1832 года. Раскрашенная литография, 19,5 × 50,8 см. Художественный музей Филадельфии. Коллекция Уильяма Г. Гельфанда, 1988–102–70

В «Доме сумасшедших в Шарантоне» повествование ведется от лица путешественника, который посещает больницу в Шарантоне и встречает там нескольких пациентов, страдающих от тех же маний, которые исследовал Эскироль. Первый из них — артиллерийский офицер, считающий, что он король Испании. Безосновательная уверенность в собственной власти подогревает его планы провести в больнице реформы и написать новую конституцию [Дом сумасшедших 1829: 135]. Издатели «Бабочки» утверждают, что о «Доме сумасшедших в Шарантоне» им было «сообщено», не указывая источников. Место действия и явные отсылки к французской медицинской литературе об амбициозной мономании заставляют предположить, что это перевод или адаптация французского первоисточника. Действительно, большую часть опубликованных в «Бабочке» материалов составляли переводы из французских журналов. Например, указывалось, что две статьи из того номера, где публиковался «Дом сумасшедших...», были взяты из газеты «Le Voleur» («Вор»), которая перепечатывала материалы из французской прессы и, возможно, послужила образцом для «Бабочки». В одном из номеров газеты за 1828 год опубликована статья некоего F. D. «Визит в заведение для душевнобольных в Шарантоне», возможный источник «Дома сумасшедших в Шарантоне»; указано, что этот материал — тоже перепечатка статьи из «Le Courrier des Tribunaux» («Судебного курьера»).

Рассказчик в «Визите...» — ученый, описывающий различные типы безумия, с которыми он столкнулся во время последнего посещения Шарантона. Он отмечает, что лица, страдающие от психических заболеваний, в особенности склонны к фиксациям на «богатстве и величии», и заявляет, что врачи признают «безумие на почве амбиции» (*'folie de l'ambition'*) особенно сильным и неизлечимым расстройством [F. D. 1828: 1–2].

«Дом сумасшедших в Шарантоне» не является прямым переводом «Визита в заведение для душевнобольных в Шарантоне». У обоих схожая нарративная рамка — посещение Шарантона и особенный интерес к теме амбиции. Неизвестно, перенесли ли издатели «Бабочки» замысел «Визита...» в «Дом сумасшедших...» или опирались на иные источники, но ясно, что французские истории о безумии на почве амбиции являли собой «заразные» сюжеты, которые распространились в русской периодике посредством перепечаток и переводов. Ясно также, что политические амбиции, которые в карикатурном виде изображались в подобных историях, носили все более подрывной характер на фоне восстания декабристов в России и Июльской революции во Франции. Примечательно, что В. С. Филимонов, издатель «Бабочки» и одновременно преуспевающий провинциальный губернатор, сам был арестован в 1831 году по обвинению в связях с подпольным московским студенческим кружком Н. П. Сунгурова и был признан виновным в желании изменить государственный строй (амбиции реформатора): среди его бумаг были найдены черновики конституции [Кокорева 1958: 54]. В результате Филимонов был лишен всех чинов и отправлен в ссылку, а его газета закрыта.

Туманность источников и отсутствие привязки к социально-историческим условиям, присущее французским материалам о безумии на почве амбиции, в российской печати составляет резкий контраст с укорененностью самого этого дискурса в специфических социально-исторических условиях. В то время как психиатры утверждали, что амбициозная мономания есть психическое расстройство, присущее послереволюционной Франции, периодическая печать перенесла дискуссию о безумии на почве амбиции в Россию, сделав эту тему доступной русским авторам, которые, со своей стороны, демонстрируют, как может выглядеть социально обусловленная дисгармония страстей в совершенно ином социальном окружении.

Амбиция в проправительственной прессе. Ф. В. Булгарин «Три листка из дома сумасшедших»

В своем рассказе «Три листка из Дома Сумасшедших, или Психическое исцеление неисцелимой болезни (Первый отрывок из Записок старого врача)», написанном в 1834 году, Булгарин меняет направление французской риторики о безумии на почве амбиции. Его рассказ не только представляет то, что он называет «честолюбие», как физическое и моральное заболевание, но и дает рецепт его исцеления [Булгарин 1834]. Наделяя свой труд чертами научности, Булгарин предваряет его эпиграфом из физиолога и философа-материалиста Кабаниса, чей вклад в «науку о человеке» я уже отмечала. Цитата, выбранная Булгариным в качестве отправной точки, представляет собой вывод, к которому Кабанис приходит в конце первого тома своего известного трактата «Отношения между физическою и нравственною природою человека» («Rapports du physique et du moral de l'homme» (1802), русский перевод — 1865):

> Наблюдение и опыт позволили нам обнаружить средства, чтобы бороться, и порой успешно, против болезненных состояний; искусство, использующее эти средства, может впоследствии менять и совершенствовать действия разума и привычки воли [Булгарин 1834][15].

---

15 Оригинальный французский текст эпиграфа: «L'observation et l'expérience nous ayant fait découvrir les moyens de combattre assez souvent avec succés, l'état de maladie, l'art qui met en usage ces moyens, peut donc modifier et perfectionner les opérations de l'intelligence et les habitudes de la volonté» [Cabanis 1815: 471]. Этот эпиграф исчезает из большинства доступных переизданий рассказа. Найден в [Булгарин 1834: 15 февраля, по. 37]. Далее текст «Трех листков...» приводится по репринту в антологии «Косморама. Библиотека русской фантастики» (редактор Ю. М. Медведев) [Булгарин 1997: 360–369].

Наряду с французским эпиграфом, русский подзаголовок к рассказу Булгарина («Психическое исцеление неисцелимой болезни») предполагает, что развивающаяся быстрыми темпами французская наука о человеке может быть эффективно интегрирована в российскую медицинскую практику и литературную жизнь с тем, чтобы исцелять даже самые тяжелые психологические расстройства. Последующее повествование дает представление о том, как подобный процесс может работать на благо отдельных людей и общества в целом.

Как показывает приведенный Булгариным отрывок из Кабаниса, «наблюдение» было важнейшим элементом диагностики и лечения, применявшихся французскими врачами. Действительно, ключевое место, которое Кабанис и другие практики в области науки о человеке отводили наблюдению, было одним из самых ценных вкладов в развитие французской медицины [Williams 2002: 80–81]. В «Трех листках...» этот медицинский принцип используется Булгариным для характеристики и служит источником нарративного интереса. Рассказчик здесь — врач, и сюжет начинается с того, что он отвечает на просьбу о помощи больного юноши, пытается поставить диагноз при помощи наблюдения. Изучая физиогномику пациента и отмечая «бледную и сухую» кожу, «желтые» щеки и «безжизненные» глаза, врач сперва ставит диагноз «гипохондрия» — та форма меланхолии, что Екатерина II приписывает Руссо и Рейналю в своих заметках о «Путешествии из Петербурга в Москву» Радищева; чтобы определить корни заболевания, врачу требуется дальнейшее наблюдение.

Отражая исторический процесс, в ходе которого социальная обусловленность амбиции стала очевидной для первых французских психиатров, Булгарин приводит своего врача-рассказчика к заключению, что болезнь его пациента коренится не в физиологии, а в социальных причинах. Однажды доктор видит, как молодой человек читает и яростно реагирует на новости о назначениях и наградах в официальной правительственной газете «Санкт-Петербургские сенатские ведомости» (1811–1917): «Его глаза налились кровью, щеки горели, и он то вертелся на стуле, то вскакивал, ударяя по столу кулаками» [Булгарин 1997: 360–361].

«Задыхаясь и потрясая листом» газеты, пациент протестует против продвижения по службе тех, кого считает менее достойными, чем он сам:

> Вот люди, которых я знаю, как самого себя, люди, у которых нет столько ума и способностей в башке, сколько у меня в мизинце! Люди-машины!.. А вот один из них начальником отделения, другой директором, третий правителем канцелярии, четвертый губернатором!.. Все обвешаны орденами!.. А я.. я..! [Булгарин 1997: 360–361].

В подтверждение идеи Кабаниса о том, что наблюдение — ключ к постановке диагноза, возмущение пациента во время чтения раскрывает врачу картину происходящего: «Дело объяснялось. Червь, грызущий душу моего пациента, назывался *честолюбие* [курсив в оригинале. — *Дж. П.*]» [Булгарин 1997: 360–361]. Внешний вид и поведение героя в этой сцене свидетельствуют о его внутренней психической жизни, а чтение становится одновременно и причиной, и симптомом психического расстройства.

Как и русском переводе «Сумасшедшего честолюбца», амбиция соотносится со словом *честолюбие*, однако в рассказе Булгарина оно имеет традиционный для России оттенок греховности и встроено в специфический культурный контекст петербургской бюрократии. Изображая честолюбие червем, грызущим душу молодого героя, Булгарин добавляет религиозную окраску риторике «Сумасшедшего честолюбца» Алибера с его представлением амбиции как паразитического, изнуряющего заболевания, напоминая о библейском «черве сомнения», подрывающем веру в Бога[16]. Как проявление гордыни, этого смертного греха в православной доктрине, честолюбие — это паразит духовный, физический и социальный: как «червь сомнения», оно подрывает веру пациента в российский общественный строй.

Доктор считает эту «болезнь души и болезнь ума» причиной протеста молодого человека против непогрешимости Табели

---

[16] Я благодарна Роберту Бёрду за эту идею.

о рангах, а также причиной его неспособности служить в бюрократическом аппарате:

> Пациент мой, ища быстрого возвышения и начальника, который бы заметил необыкновенные его способности, беспрестанно переменял места, и наконец остался вовсе без места, в ожидании необыкновенного случая к возвышению. Уплывающее бесполезно время, унося с собой старшинство по службе, ниспадало на сердце его по каплям, как растопленный свинец, и делало неисцелимые язвы [Булгарин 1997: 360–361].

Изображая неустанное перемещение честолюбца с одного «места» в государственном аппарате на другое, этот отрывок представляет читателю отличительное свойство всех текстов, написанных в традиции «болезненной амбиции в Петербурге»: затруднительное жизненное положение неприкаянного безумца, который пытается изменить свое положение в обществе. Но если последующие произведения Пушкина, Гоголя и Достоевского знакомят читателей с амбициозными героями, которые блуждают по городским улицам в поисках новых высоких мест, в «Трех листках...» амбиция уже в прошлом, и ее подавление оказало парализующее воздействие на жертву еще до начала рассказа. Здесь амбиция порождает нарратив не о социальных устремлениях, а о диагнозе и исцелении. Поскольку амбиция заставляет молодого человека сомневаться в действиях государства, исцеление болезни становится равносильно подавлению антиправительственных протестов.

Средство от больного честолюбия, предписанное врачом-рассказчиком у Булгарина, оказывается странной смесью русской и французской моральной медицины. Используя истории как род лечения, врач рассказывает своему пациенту о другом человеке, которого он когда-то лечил «в одной из европейских столиц». Хотя национальность этого человека не называется, прошлый пациент напоминает французов из «Сумасшедшего честолюбца» и «Дома сумасшедших в Шарантоне» своими бредовыми иллюзиями о политической власти: «Он беспрестанно занимался письмом, воображая, что управляет государством. Он писал приказания, проекты, раздавал места и чины, дарил миллионами, делал выговоры». Подобно Ансельму в «Сумасшедшем честолюбце», этот несчастный в итоге умер от изнурения и неутоленной амбиции. Но он оставил врачу свой дневник, состоящий из тех самых «трех листков из дома сумасшедших». В дневнике, который врач показывает своему нынешнему пациенту, безумец дает фантастический отчет о своем внушительном прошлом честолюбца. Он утверждает, что прожил три жизни, каждую из которых описывает на одном из «трех листков».

В первой жизни он был исполненным амбиции мизантропом — известным миллионером. Таинственным образом родившись вновь через сто лет, он узнал, что, несмотря на его известность и благосостояние в прошлом, никто его не помнил, поэтому вторую жизнь он посвятил «обычным добродетелям»: женился, стал отцом семейства и прожил жизнь щедрого провинциального помещика, заботясь о своих крестьянах и помогая им в нужде. В третьей жизни он обнаружил, что его потомки и потомки его крестьян благоденствуют и помнят, каким хорошим человеком он был. И все же каким-то образом он не сумел вынести уроков из прошлого опыта и снова поддался убийственному притяжению амбиции. Дневник снабжает больного героя многочисленными примерами отношения к амбиции и ясно указывает на наилучший образ мыслей. Чтение этой морализаторской истории эффективно излечивает молодого человека от собственного безумия на почве амбиции. Через много лет после своего выздоровления бывший пациент говорит врачу, что дневник побудил его уехать в деревню, позаботиться о своих крепостных и — что важнее всего — читать в «Сенатских ведомостях» только указы, а не объявления о назначениях [Булгарин 1997: 362–368]. Хотя и диагноз безумия на почве амбиции, и метод лечения основаны на европейских моделях, врач пользуется ими, прописывая пациенту идеализированную жизнь русского барина.

Амбиция — испытание для физического здоровья героя и существующего общественного строя, и Булгарин изображает отказ от нее как жизненно важный акт для здорового функционирования и тела, и государства. Как и те самые «три листка» европейского безумца, автор представляет свой рассказ как исцеление нравственности. Дневниковая форма рамочного нарратива — на трех страницах, по одной на каждый из дней — определяет структуру рассказа «Первое извлечение из Записок старого врача», который несколько дней (и на нескольких «листках») печатался в газете Булгарина «Северная пчела» (1825–1864). Дневник европейца представляет цикличную структуру рассказа о нескольких прожитых жизнях и под новым углом рассматривает амбицию в каждом из «листков». Рассказ же Булгарина подразумевает, что, если читатели будут обращаться к его газете ради ежедневной дозы нравственного исцеления, они получат не только развлечение, но и станут в целом счастливее и здоровее. Иными словами, чтение «листков» «Северной пчелы» удержит россиян от того, чтобы, «задыхаясь, потрясать листом», на котором в «Сенатских ведомостях» печатались извещения о назначениях.

И все же, какие бы решения ни предлагал булгаринский рассказ, он демонстрирует противоречивость сигналов в отношении амбиции, подаваемых читателям российской прессы. Отмечая назначения и награждения, «Сенатские ведомости» побуждали читателей стремиться к подобным почестям, разжигая амбицию, изображаемую у Булгарина как потенциальная угроза общественному порядку. «Три листка...» указывают на растущее противостояние между Табелью о рангах и государством. С одной стороны, публикацией назначений в «Сенатских ведомостях» власти поощряли и вознаграждали военных и штатских служащих. С другой стороны, как показывает рассказ Булгарина, явный фаворитизм, зачастую определявший решения о назначениях, мог провоцировать негодование и подрывать авторитет официального дискурса (включая язык чинов и титулов), дарующего власть и привилегии. А учитывая то, что правительство само одновременно и поощряло, и подавляло амбицию, неудивительно, что пациент в рассказе Булгарина избавляется от одержимости чинами, только сбегая из Санкт-Петербурга, как будто в столице нет места человеку, желающему жить в гармонии со всеми государственными предписаниями.

Средство исцеления от честолюбия, предложенное Булгариным в «Трех листках...», кажется еще более сложным, если рассматривать его в широком контексте публикаций «Северной пчелы». Как единственное неправительственное издание, которому в России в 30-е годы XIX века было позволено печатать политические новости, «Северная пчела» стала полуофициальной коммерческой газетой, занимавшей на рынке неоднозначное положение: с одной стороны, она печатала европейские новости, чтобы стимулировать продажи, а с другой стороны, старалась продвигать проправительственные идеалы[17]. Так, в начале 1830-х годов газета освещала восстание карлистов в Испании. Попытки Карлоса, брата недавно скончавшегося короля Фердинанда VII (годы правления 1808, 1814–1833), отобрать испанский престол у дочери Фердинанда VII Изабеллы II (годы правления 1833–1868) обеспечили русским читателям захватывающую историю политически подрывной амбиции[18]. Хотя целью Булгарина в «Трех листках...» было показать противоядие безумию на почве амбиции, освещение им испанского мятежа в тех же самых выпусках «Северной пчелы» немало способствовало распространению болезни.

Культурный дисонанс.
Н. В. Гоголь «Записки сумасшедшего»

Гоголь в «Записках сумасшедшего» показывает, что случается, когда русским читателям предлагаются противоречивые иностранные и отечественные суждения об амбиции, циркулиро-

[17] О жизни и политических воззрениях Ф. В. Булгарина см. [Рейтблат 1998; Алтунян 1998].

[18] Перед смертью Фердинанд отменил салический закон, не позволявший женщинам наследовать престол, открыв тем самым своей дочери Изабелле возможность стать королевой. Однако после его смерти ультрароялисты во главе с Карлосом подняли восстание и сражались много лет в бесплодной попытке посадить Карлоса на трон [Shroeder 1998: 722–725]. Следует отметить, что в России как раз обратная ситуация: Павел I в 1797 году узаконил принцип наследования старшим из потомков мужского пола, тем самым исключив женщин из линии наследования. Об освещении испанского восстания в «Северной пчеле» см. [Золотусский 1975].

вавшие в российской печати 1830-х годов[19]. Это история Аксентия Ивановича Поприщина, титулярного советника, чье неудовлетворенное желание продвинуться по службе и жениться на дочери своего начальника ускоряет его путь к безумию, кульминацией которого является его убежденность, что он король Испании. Как отмечали некоторые исследователи, симптомы безумия в итоге выливаются в протест против бюрократии, а грезы о королевском достоинстве можно рассматривать как попытку отказа героя от занимаемого им общественного положения письмоводителя среднего чина[20]. Также указывалось, что Поприщин — типичный читатель «Северной пчелы», со страниц которой он узнает о спорах за испанский трон[21]. И все же существующие интерпретации повести могут быть дополнены размышлением о влиянии на построение сюжета о социальном крахе и воображаемом триумфе перенесенного в русскую периодику французского дискурса о патологической амбиции. Культурная и идеологическая разнородность изображения амбиции в печати лежит в основе гоголевской трактовки этой неуместной в России после восстания декабристов страсти.

Французское понимание патологической амбиции как бредовых мечтаний об облеченности королевской властью пришло к Гоголю косвенным путем, через булгаринские «Три листка...». Следуя примеру Булгарина, Гоголь сочетает это понимание с российским толкованием «честолюбия» как чрезмерного стремления к продвижению на государственной службе. Но Гоголь отходит от Булгарина и французских писателей, обращавшихся к историям о безумной амбиции до него: Гоголь трактует патологическую амбицию не как экзотическое явление, которое читатели могут изучать с эпистемологическим и эмоциональным беспри-

---

19 «Записки сумасшедшего» впервые были опубликованы под заголовком «Клочки из записок сумасшедшего» в сборнике «Арабески. Разные сочинения Н. Гоголя, ч. 2-я», (1835) [Гоголь 1835].

20 См., например, работы С. Меллер-Сэлли и Д. Фангера [Moeller-Sally 1998: 325–346; Fanger 1979: 115–118].

21 О Поприщине как читателе «Северной пчелы» см. [Золотусский 1975; Fanger 1979: 115].

страстием. За исключением собственно названия рассказа, нарративная перспектива у Гоголя лишена фигуры рассказчика — врача или другого, предположительно психически здорового наблюдателя. Вместо этого он подает текст в виде «записок» самого сумасшедшего честолюбца, погружая читателей непосредственно в тесные отношения с персонажем, который терзается амбицией. В отличие от «трех листков» из дневника сумасшедшего в булгаринском рассказе, «записки» гоголевского рассказчика не предлагают читателю ни лекарства от чрезмерной амбиции, ни явного ответа на вопрос о том, как к ней относиться. Кроме того, если персонажи с чрезмерной амбицией из «Сумасшедшего честолюбца», «Дома сумасшедших в Шарантоне» и «Трех листков» уже заключены в психиатрические лечебницы или иным образом оказались изолированными от общества еще до начала сюжета, гоголевские «Записки...» сопровождают честолюбивого героя по улицам Петербурга на протяжении всего повествования, которое заканчивается помещением в лечебницу. Таким образом, Гоголь сочетает диагноз патологической одержимости титулом, о котором говорится в «Трех листках...», с продолжительным испанским мятежом, о котором писала «Северная пчела». Результатом оказывается сугубо двойственное описание амбиции, которая предстает ни полностью нормальной, ни очевидно патологической: не то чтобы вызывает у читателя приятное чувство, но и не психологическое расстройство, от которого можно с легкостью дистанцироваться.

В начале «Записок» Поприщин заявляет о своей амбиции, показывая, что еще надеется ее осуществить. Его социальная амбиция неразрывно связана с эротическим желанием: он говорит, что желание приблизиться к Софи, дочери своего директора, движет его стремлениями. Интересно, что Поприщин принимает близко к сердцу мнения других людей, считающих такие цели неразумными. В частности, он приводит слова начальника своего отделения, который жестко критикует Поприщина за то, что тот осмелился считать себя подходящей парой для Софи: «Ведь ты волочишься за директорской дочерью! Ну, посмотри на себя, подумай только, что ты? Ведь ты нуль, более ничего. Ведь у тебя нет ни гроша за душою» [Гоголь 1977: 161]. Монологическая форма записок (дневника) все более превращается в диалог, когда Поприщин протестует против мнения начальника отделения о его амбиции:

> Я дворянин. Что ж, и я могу дослужиться. Мне еще сорок два года — время такое, в которое, по-настоящему, только начинается служба. Погоди, приятель! Будем и мы полковником, а, может быть, если бог даст, то чем-нибудь и побольше <...> Достатков нет — вот беда [Гоголь 1977: 161].

Здесь попытка Поприщина оправдаться перед собой оборачивается признанием чужого мнения, так как он понимает непреодолимость стоящих перед ним препятствий. Не имея средств, он не может вести образ жизни, достойный тех, кто заслуживает повышения, а без повышения по службе у него никогда не будет «достатков». Поприщин не расстался со своей амбицией, она служит стимулом для героя и одновременно движителем сюжета, но предмет честолюбивых желаний с самого начала кажется недостижимым.

Помимо названия повести, самое первое и четкое указание, что амбиция Поприщина — это форма сумасшествия и что развитие нарратива не приведет к ее реализации, мы видим почти в самом начале, когда вера в то, что собаки могут говорить и писать по-русски, заставляет героя последовать за одной из них через весь город. Оказывается, что собака принадлежит Софи, и интерес Поприщина рождается из безумной мысли о том, что «собачонка» занимается перепиской с другой собакой и что их письма могут намекнуть ему, как приблизиться к предмету его мечтаний. Встреча Поприщина с собаками, умеющими разговаривать и писать письма, раскрывает сложность гоголевского понимания амбиции. В строчке, вырезанной цензурой из текста «Записок», вошедшего в сборник «Арабески» 1835 года, но восстановленной по рукописной версии позднее, Поприщин озвучивает изначальную неготовность верить в то, что собаки умеют писать:

> Я еще в жизни не слыхивал, чтобы собака могла писать. Правильно писать может только дворянин. Оно, конечно, некоторые и купчики-конторщики и даже крепостной народ пописывает иногда; но их писание большей частью механическое: ни запятых, ни точек, ни слога [Гоголь 1977: 159][22].

С одной стороны, этот отрывок рисует мыслительный процесс Поприщина как комически бредовый: биологическое различие между людьми и собаками видится ему сходным с социальным — между дворянами и недворянами, а стиль механически редуцируется до пунктуации: «ни запятых, ни точек». С другой стороны, этот отрывок покушается на дворянскую монополию на культуру, коль скоро стилю можно научиться, как грамоте. Так что же кроется за словами Гоголя: насмешка над сумасшедшим честолюбцем, над российским общественным строем или над тем и другим одновременно?

Цензоры, вычеркнув этот пассаж, косвенным образом нацеленный на благородное сословие, все же допустили в печать другие, казалось бы, более крамольные части рассказа — к примеру, тот, где Поприщин, узнав, что Софи собирается замуж за камер-юнкера, разражается тирадой против Табели о рангах:

> Что ж из того, что он камер-юнкер. Ведь это больше ничего кроме достоинства, не какая-нибудь вещь видимая, которую бы можно взять в руки <...> Я несколько раз уже хотел добраться, отчего происходят все эти разности. Отчего я титулярный советник и с какой стати я титулярный советник? Может быть, я какой-нибудь граф или генерал, а только так кажусь титулярным советником? Может быть, я сам еще не знаю, кто я таков [Гоголь 1977: 168].

Так дерзко ставить под сомнение общественный порядок во времена суровой официальной цензуры можно было только в безумном бреду. К этому моменту у Поприщина уже проявилось психическое расстройство (он поверил, что собаки умеют писать

---

[22] О цензуре повести Гоголя см. [Asch 1976].

и разговаривать). Непоследовательность его идей подтверждается далее: герой принимает принадлежность к социальным группам за возможности, присущие членам этих групп, и, противореча собственному доводу о том, что чины — явление искусственное, а не прирожденное, заявляет, что может, сам не зная того, быть графом или генералом.

Ослабляя тональность поприщинской критики и представляя ее как болезненную и лицемерную одновременно, Гоголь сумел использовать материал своей незаконченной комедии «Владимир третьей степени» (1833). По сохранившимся фрагментам и воспоминаниям современников Гоголя ясно, что комедия задумывалась в традиции безумной амбиции. В ней рассказывается о чиновнике высокого ранга, который так лихорадочно жаждет получить орден, упомянутый в заглавии, что в итоге теряет рассудок, воображая, что он и есть тот самый орден [Гиппиус 1994: 76, 131][23]. В письме к М. П. Погодину в феврале 1833 года Гоголь пишет, что целиком поглощен этой комедией — и даже немного теряет разум, — но уже оставил работу, потому что она никогда не пройдет цензуру: «Я помешался на комедии <...> *Владимир 3-ей степени*, и сколько злости! смеху! соли!.. Но вдруг остановился, увидевши, что перо так и толкается об такие места, которые цензура ни за что не пропустит» [Гоголь 1940: 262–263]. Действительно, жесткая цензура того времени (сильно порезавшая текст «Записок сумасшедшего») вряд ли позволила бы опубликовать произведение, гласившее, что стимулом к служению высокопоставленных членов общества может быть не патриотический порыв, а больная амбиция.

Хотя Поприщин имеет скромный чин титулярного советника, в «Записках...» есть высокопоставленный человек, мечтающий о наградах (аллюзия на главного героя «Владимира третьей степени»). Это директор Поприщина, отец Софи. Когда Поприщин перехватывает (или думает, что перехватывает) письма собачки Меджи, то узнает, что директор, нетерпеливо ожидая

---

[23] Комедия была опубликована в 1842 году как несколько драматических сцен: «Утро делового человека», «Тяжба», «Лакейская», «Сцены из светской жизни».

награждения, повторяет себе и собачке: «Получу или не получу?» [Гоголь 1977: 165]. И когда наконец получает желанную награду, то демонстрирует ее не только друзьям и знакомым, но даже предъявляет орденскую ленту Меджи, ожидая и от нее восхищения. Поприщин приводит слова Меджи об этом событии и реагирует так:

> «Я увидела какую-то ленточку. Я нюхала ее, но решительно не нашла никакого аромата; наконец, потихоньку лизнула: соленое немного».
>
> Гм! Эта собачонка, мне кажется, уж слишком... чтобы ее не высекли! А, так он честолюбец! Это нужно взять к сведению [Гоголь 1977: 165].

Реакция Поприщина и особенно начальное «Гм!» говорит о его противоречивом понимании амбиции. Его пренебрежение к замечаниям Меджи как не соответствующим ее низкому статусу позволяет предположить, что он сам привержен status quo, будучи убежден, что собачонка должна знать свое место[24]. Называя своего начальника «честолюбцем» и считая, что это честолюбие «нужно взять к сведению», Поприщин дает понять, что вынашивает амбициозный замысел использовать этого человека для собственного возвышения. Более того, Гоголь использует письмо собачки как прием сокрытия авторского отношения к амбиции: несмотря на то что неуважение Меджи к хозяйской награде сильно принижает начальника, фантазии Поприщина о собаках-корреспондентках делают смешным его самого. Гоголь отнимает у читателей возможность отделить амбициозное от неамбициозного и мнение об амбиции от самой амбиции.

В другом отступлении на тему стремления к возвышению в обществе Поприщин предлагает псевдоклиническое объяснение причины патологической амбиции, которое, как кажется,

---

[24] Ассоциация между собаками и чинами в отрывке снова вызвали недовольство цензоров: Гоголя заставили вымарать строки, в которых Меджи не впечатлил запах и вкус «ленточки» [Asch 1976: 22].

пародирует оценку этого расстройства доктором-рассказчиком у Булгарина в «Трех листках...»: «Все это честолюбие и честолюбие оттого, что под язычком находится маленький пузырек, и в нем небольшой червячок величиною с булавочную головку, и это все делает какой-то цырюльник, который живет в Гороховой» [Гоголь 1977: 172]. Абсурдный диагноз Поприщина отсылает к образу «червя»-паразита в «Трех листках...». Но если Булгарин представляет этиологию сумасшедшего честолюбия своего рассказчика в виде серьезной медицинской дискуссии, у Гоголя диагноз — просто симптом заболевания. Булгаринские «Три листка...», вероятно, дали Гоголю основания опубликовать историю честолюбца и даже включить туда некоторые идеи из комедии «Владимир третьей степени», поскольку он приписал все появления амбиции — и любую возможную социальную критику — сумасшедшему мелкому чиновнику, которого заключают в лечебницу. Вероятно, факт знакомства Гоголя с рассказом Булгарина и материалы «Северной пчелы» 1834 года определили, по крайней мере отчасти, решение изменить план «Записок сумасшедшего» (которые изначально должны были называться «Записки сумасшедшего музыканта»)[25]. Сместив фокус своей истории с темы безумного гения, восходящей к гофмановской традиции *Künstlernovellen* («артистической» новеллы), которая своей популярностью в России обязана В. Ф. Одоевскому, Гоголь пишет «Записки сумасшедшего» как своеобразный ответ «Трем листкам...» и «Северной пчеле».

Гоголь не только открыто заимствует у газеты Булгарина, но и косвенно упрекает ее в безумии Поприщина. Герой не способен прояснить для себя связь прочитанного в газетах со своей собственной жизнью. Например, он сначала встревожен тем, что слышит разговор собак, но затем верит в реальность этого странного происшествия, потому что припоминает, как читал о чем-то похожем: «Действительно, на свете уже случилось множество подобных примеров <...> Я читал тоже в газетах о двух коровах, которые пришли в лавку и спросили себе фунт чаю»

---

[25] См. комментарий к «Запискам сумасшедшего» в [Гоголь 1977: 297].

[Гоголь 1977: 159]. В другом месте Поприщин ссылается на «Северную пчелу» и беспорядочную мешанину материалов о Франции и России:

> Читал «Пчелку». Эка глупый народ французы! Ну, чего хотят они? Взял бы, ей богу, их всех да и перепорол розгами! Там же читал очень приятное изображение бала, описанное курским помещиком. Курские помещики хорошо пишут [Гоголь 1977: 160].

Здесь Поприщин демонстрирует как социальный консерватизм, так и средние литературные вкусы идеального читателя «Северной пчелы»: он осуждает стремление французов к демократии и хвалит писательские таланты русского помещиков из Курска (который вряд ли можно назвать центром русской литературной жизни). Что еще важнее, быстро переходя от Франции к провинциальной России, герой показывает, как газеты вроде «Северной пчелы» способны размывать воображаемые границы между принципиально несопоставимым пространственными и историческими контекстами, открывая русским читателям возможность чувствовать тесную связь зарубежных новостей и литературы с их собственной жизнью.

Именно подобный воображаемый скачок, которому способствует чтение этой газеты, вызывает у Поприщина амбициозный бред, что он вовсе не титулярный советник, а сам король Испании. Однажды утром герой читает, что Испания осталась без короля:

> Я сегодня все утро читал газеты. Странные дела делаются в Испании. Я даже не мог хорошенько разобрать их. Пишут, что престол упразднен, и что чины находятся в затруднительном положении о избрании наследника и от того происходят возмущения. Мне кажется это чрезвычайно странным. Как же может быть престол упразднен? Говорят, какая-то донна должна взойти на престол. Не может взойти донна на престол. Никак не может. На престоле должен быть король <...> Государство не может быть без короля. Король есть, да только он где-нибудь находится в неизвестности [Гоголь 1977: 169].

Высказывание Поприщина о кризисе престолонаследия в Испании убеждает нас в том, что он читает «Северную пчелу», так как эти события освещались как раз в тех выпусках, где печатались «Три листка...». Убежденность Поприщина в правильности престолонаследия по мужской линии говорит о консервативной идеологической ориентации, вполне сходной с той, что вдохновляла произведения Булгарина, однако реакция на события в Испании высвечивает нестабильность, присущую посленаполеоновской Европе, которая беспокоила читателей «Северной пчелы». В гоголевских «Записках...» именно такая новость приводит Поприщина к выводу, что он тоже может стать монархом. Будучи неспособен различать русские и европейские места, времена и исторические персонажи в лавине новостей, герой смешивает прочитанное с реальностью.

В день, датированный им как «Год 2000-й апреля 43 числа», Поприщин ставит себя на место мятежника Карлоса и пишет: «Сегодняшний день — есть день величайшего торжества! В Испании есть король. Он отыскался. Этот король я» [Гоголь 1977: 170]. Здесь мышление героя определяется полуофициальной риторикой политических репортажей и пространственно-временной логикой газеты, помещающей истории о различных местах и временах в рамках единого пространства ежедневного выпуска[26]. Газета побуждает Поприщина вообразить себя то репортером, объявляющим об официальном государственном событии, то Карлосом, объявившим себя испанским королем, то европейцем вроде Наполеона, которому скромное общественное положение не помешало буквально взлететь к высотам власти. По образцу газеты, дающей противоречивые взгляды на амби-

---

[26] И. П. Золотусский справедливо указывает, что «сам *дух* освещения этих событий в прессе того времени, как и дух этой прессы, предопределил психологию героя Гоголя, его образ мышления и поступки». Но хотя Золотусский утверждает, что, в конечном счете, Гоголь в образе Поприщина имеет в виду нанести удар «по меркантилизму и позитивизму булгаринской идеологии» [Золотусский 1975: 39, 52], в моем прочтении значение этого персонажа связано с его вовлечением в противоречие идей булгаринской газеты и современных русских культурных тенденций.

цию, Поприщин думает, что может быть всеми перечисленными персонажами сразу, даже если одно несопоставимо с другим: в его сознании принцип престолонаследия отлично уживается с возможностью узурпации власти.

Как русский читатель, который старательно пытается уяснить «странные дела», творящиеся за границей, и временами смешивает эти дела со своими собственными, гоголевский герой выступает не только от лица озадаченных мешаниной иностранных новостей читателей, но и русской литературы того периода в целом. Безумная путаница представлений об амбиции в голове Поприщина указывает в более обширное явление смешения русских и европейских литературных и культурных моделей в периодике. Гоголь плодотворно использует это смешение, превращая его одновременно в тему и языковой материал своей повести. Заимствуя главную тему из «Трех листков...», он одновременно пародирует морализаторский тон Булгарина, высмеивает чиновников и низкого, и высокого ранга за их амбиции, ставит под сомнение общественный строй — и тут же ослабляет остроту критики, представляя ее как фантазии безумца. Суть здесь не в том, что Гоголь использует сумасшествие, чтобы завуалировать сатирическое осуждение Булгарина, амбиции или российского общества, а скорее в том, что он подчеркивает разнообразие современных российских и иностранных дискурсов об амбиции — дискурсов, которые не только шли вразрез друг с другом, но в некоторых случаях были столь же изначально непоследовательны, сколь и повествование Гоголя.

Одна из самых поразительных вещей в диалогической трактовке амбиции у Гоголя заключается в том, что она преподносится в подчеркнуто монологической форме — повествование ведется от первого лица. Присутствие диссонирующих голосов, говорящих одновременно, придает «Запискам» до странности амбивалентную тональность, оставляя читателей в неуверенности: что именно им следует думать о Поприщине и его амбиции. По словам В. Г. Белинского, «вы [читатели] еще смеетесь над простаком, но уже ваш смех растворен горечью; это смех над сумасшедшим, которого бред и смешит и возбуждает сострадание» [Белинский 1953: 297]. Даже если эксцентричные фантазии Поприщина побуждают читателя смеяться над ним, его слова в дневнике содержат критику окостеневшей общественной иерархии, скрыть которую смех не может. Поскольку Гоголь никого, кроме Поприщина, не наделяет нарративной властью, вопросы, которые задает герой о законности Табели о рангах («Отчего происходят все эти разности?» и «Отчего я титулярный советник?»), остаются открытыми. Более того, как только Поприщин полностью теряет рассудок, вообразив, что заведение для умалишенных — это испанский двор, то жестокое физическое лечение (бьют, поливают ледяной водой), его амбиция и его отчаяние придают этой комической истории все более тревожный оттенок [Гоголь 1977: 175].

В заключительном абзаце Гоголь предлагает читателям музыкальный образ, как нельзя лучше передающий амбивалентную тональность текста и ту сложность, с которой они сталкиваются, пытаясь понять его трактовку амбиции. Отчаянно взывая о спасении из сумасшедшего дома, а затем воображая, что он действительно сумел спастись, Поприщин говорит о местности, по которой, как ему кажется, он несется на быстрой тройке:

> Вот небо клубится передо мною; звездочка сверкает вдали; лес несется с темными деревьями и месяцем; сизый туман стелется под ногами; струна звенит в тумане; с одной стороны море, с другой Италия; вон и русские избы виднеют. Дом ли то мой синеет вдали? [Гоголь 1977: 176].

Прибегая к европейским общественным и географическим наименованиям (испанский король, итальянский пейзаж), чтобы воссоздать заново себя и свое окружение, Поприщин выпускает на волю ту самую амбицию, которая была столь решительно подавлена в Петербурге. Однако, пытаясь отыскать себе место где-то между Европой и Россией, герой не может сказать, нашел ли он его, спрашивая: «Дом ли то мой?» Те же вопросы остаются и у читателей.

Где истинное место амбиции — в сумасшедшем доме или за его стенами, в Европе или в России? Кто имеет право ее проявлять и куда она может завести? Единственным ответом Гоголя остается звон струны где-то в тумане — странное, резкое звучание культурного диссонанса.

Неуместная амбиция.
Ф. М. Достоевский «Двойник»

Достоевский доводит диссонанс между противоречивыми толкованиями амбиции до еще более раздражающих интонаций в своей фантастической «доппельгангеровской» повести «Двойник». Как и в «Записках сумасшедшего», здесь сохраняется исконно французское клиническое толкование амбиции как причины безумия, и в то же время эта страсть подается как движущая сила замыслов и генератор желаний.

Герой произведения — титулярный советник среднего возраста Яков Петрович Голядкин, который, подобно Поприщину, гонится за бесплодными мечтами о продвижении по службе и любви в столице, пока его насильно не запирают в четырех стенах. Развивая гоголевские связи амбиции со слишком бурным воображением, Достоевский рисует ее как фантастическую силу, вызывающую к жизни различные воплощения Я.

«Двойник» — первое значительное русское произведение, посвященное «амбиции», а не «честолюбию» как стремлению к социальному возвышению. Критики не раз отмечали, насколько молодой Достоевский был очарован идеей амбиции. Так, Ю. В. Манн утверждал, что именно сосредоточенность Достоевского на данном предмете сильнее всего отличает его ранние работы от предшествующих произведений натуральной школы [Манн 1969: 299–304][27]. Говоря о первом опубликованном произ-

---

[27] Е. Н. Дрыжакова также исследует толкование Достоевским понятия «амбиция» в статье «Madness as an Act of Defense of Personality in Dostoevsky's *The Double*» [Dryzhakova 2006: 59–74]. Тогда как Дрыжакова трактует амбицию как общечеловеческую форму самосознания, мне интересно отнесение корней этого понятия к исторически специфическим классовым структурам и литературным парадигмам.

ведении Достоевского «Бедные люди» (1846), Манн справедливо утверждает, что «амбиция», столь почитаемая обнищавшим героем Макаром Девушкиным, есть не что иное, как *самолюбие* — не греховное чувство гордости, но скорее «осознание и утверждение своего человеческого “достоинства”». Отмечая, что изображение Достоевским Девушкина как человека с «амбицией» есть часть демократического отношения автора к бедным людям, Манн также подчеркивает парадоксальную трактовку Достоевским этого чувства: на самом деле амбиция Девушкина — признак его собственного консерватизма, так как «в своем представлении о себе он опирается на официальные правовые и государственные категории» [Манн 1969: 299, 301]. На мой взгляд, этот парадокс проистекает из классовой подоплеки амбиции: как понятие, обозначавшее в начале XIX века чувство гордости, присущее исключительно благородному сословию, амбиция была консервативна по своей сути. Только служение государству позволяет Девушкину чувствовать себя «благородным». В отличие от французского *ambition*, этой силы желания, побуждавшей героев Бальзака и Стендаля стремиться к возвышению, амбиция Девушкина — это чувство собственного достоинства, которое он опасается утратить, впав в нищету и бесславие.

В «Двойнике» амбиция приобретает новую значимость, поскольку Достоевский ставит во главу угла именно несоответствие между русской амбицией, которую он описывает в «Бедных людях», и *ambition* французских романов, которые автор читал в то время. Как преданный читатель (а однажды и переводчик) Бальзака, Достоевский, несомненно, был знаком с современным французским значением этого слова, которое существенно влияет на понятие «амбиция» в «Двойнике»[28].

Я считаю, что прочтение «Двойника» не только как дань уважения гоголевским «Запискам сумасшедшего» и «Мертвым душам», но и как инверсии сюжета «Утраченных иллюзий» Баль-

---

[28] До написания «Бедных людей» Достоевский был переводчиком «Евгении Гранде» (1833) О. де Бальзака. См. [Гроссман 1925; Гроссман 1914: 87–96; Fanger 1965; Rayfield 1984].

зака, может оказать продуктивным. Эта инверсия сильнее всего ощущается там, где Достоевский описывает Голядкина как «ветошку <...> с амбицией» [Достоевский 1972б: 168]. Если в «Утраченных иллюзиях» амбициозный юный герой Люсьен полон решимости не превращаться в «отрепье общества» (*'un haillon social'*), под которым он понимает старика без положения и репутации в обществе [Бальзак 1973: 440], Голядкин, человек средних лет, таковым и является. Люсьен на краткий миг возвышается в обществе только для того, чтобы вновь упасть, повторяя судьбу Наполеона, характерную для честолюбцев французских романов того времени. Со своей стороны, Голядкин не только не возвышается даже на время, но с каждым шагом опускается все ниже. К концу повести он падает уже так низко в своих собственных глазах и в глазах окружающих, что даже позволяет «затереть себя, как ветошку, об которую грязные сапоги обтирают» [Достоевский 1972б: 168]. И все-таки рассказчик у Достоевского прибавляет, будто бы высказывая взгляды самого Голядкина, что даже если тот позволил бы использовать себя как ветошь, но все же

> ветошка эта была бы с амбицией, ветошка-то эта была бы с одушевлением и чувствами, хотя бы и с безответной амбицией и с безответными чувствами и далеко в грязных складках этой ветошки скрытыми, но все-таки с чувствами... [Достоевский 1972б: 168–169].

В силу многочисленности современных Достоевскому значений ('благородная гордость', 'высокомерие' или 'стремление к возвышению в обществе') слово «амбиция» представляет значительную трудность для перевода «Двойника» на английский язык. Руководствуясь многозначностью этого слова, Р. Пивер и Г. Волохонская иногда переводят «амбицию» как *ambition*, а иногда как *pride* ('гордость') или *vanity* ('тщеславие'). Например, они переводят «ветошка с амбицией» как *rag with ambition*, но используют слово *vanity* ('тщеславие'), когда Голядкин корит себя за амбицию: «Fool that I am, galloping away with my vanity! There's where I got with my vanity! That's vanity for you, you scoundrel, that's vanity!» («Расскакался, дуралей, я с амбицией! Туда же полез за амбицией! Вот тебе и амбиция, подлец ты этакой, вот и амбиция!» [Достоевский 1972б: 178]). Учитывая самоуничижение, заложенное Голядкиным в сравнении себя с ветошкой с амбицией, и аллюзию движения («расскакался <...> с амбицией!»), возможно, в первом случае более адекватным переводом будет *pride* ('гордость'), а во втором — *ambition* ('амбиция'). Но важнее то, что на протяжении всего текста «Двойника» Достоевский противопоставляет эти различные смыслы *амбиции* ('желание возвыситься', 'гордость', 'тщеславие') друг другу.

Противопоставляя стремление Голядкина возвыситься его попыткам сохранить самоуважение в обществе, которое с пренебрежением относится к социальным устремлениям, «Двойник» исследует переживание амбиции героем, испытывающим внутренний конфликт. Амбиция оказывается одновременно важной и отторгаемой. Хотя Голядкин то и дело признает, что для него амбиция — это чувство собственного достоинства, он постоянно отрицает свое желание возвыситься. И его желание возвыситься, которое включает воображаемую проекцию другого, будущего Я, и отрицание этой амбиции, которое включает дистанцирование от личности, которую он в действительности собой представляет, ответственны за появление двойника — менее стыдливое и более успешное в своей амбиции alter ego Голядкина. Помещение амбиции Голядкина в двойника порождает две параллельных линии повествования: одну — об успехе двойника в обществе, и другую — о крушении самого Голядкина. Двойник вытесняет Голядкина с должности и продвигается по службе, и к концу повести Голядкин теряет и место, и слугу, и даже дом.

Амбиция не только разветвляет нарратив, но толкает его на бесплодные, хаотичные, странные зигзагообразные метания по Петербургу[29]. К примеру, в начале повести появление героя на великосветском балу, куда его не приглашали, придает драматизма подавленному желанию добиться общественного положения. Он подходит к дому, поднимается по лестнице, слуга не дает ему

---

[29] В. В. Виноградов рассуждает о быстроте, вечной прерывистости и неопределенной цели передвижений Голядкина, однако не упоминает о роли амбиции как их движущем стимуле [Виноградов 1976: 109–116].

войти, он спускается вниз, затем на секунду снова поднимается и снова летит вниз, когда дверь ударяет его по лицу. Наконец Голядкин проникает в дом через заднюю дверь, согнувшись, прокрадывается через черную лестницу и попадает на праздник только для того, чтобы его выдворили на улицу. Вскоре после этого эпизода появляется двойник, начиная восхождение к высокому положению, а действия самого Голядкина, преследующего по всей столице это призрачное воплощение идеала продвижения по социальной лестнице, становятся все более безумными.

Сюжет с множественными линиями и направлениями, порожденный подавленной амбицией Голядкина, состоит из ряда нелепых оплошностей, которые, в свою очередь, усиливают намеренную стыдливую, конфузливую повествовательную тональность «Двойника». Определение, данное Сианн Нгай понятию «эмоциональный тон» — «аффективная манера, ориентация или установка по отношению к своей аудитории и миру» [Ngai 2005], проливает особенно яркий свет на «Двойника», поскольку главная амбиция Голядкина — это войти в общество «хорошего тона» [Достоевский 1972б: 114–115]. Французский *bon ton* (‘хороший тон’), к которому стремится Голядкин, это иностранная «аффективная манера», и его неубедительные претензии на нее создают напряженный «эмоциональный тон» произведения.

В «Утраченных иллюзиях» Бальзак описывает тон поведения высшего общества как «полную гармонию», когда «все бесподобно сочетается, ничто не оскорбляет вкуса <...> в этой области, как в музыке, диссонанс есть полное отрицание самого искусства» [Бальзак 1973: 166]. В то время как юный Люсьен вначале совершает оплошности, но потом оказывается способен привести свое поведение в соответствии с правилами хорошего тона, Голядкин же миновал стадию обучения и, отчаянно пытаясь придерживаться «хорошего тона», терпит крах, берет одну фальшивую ноту за другой. Эти неудачи отдаляют его не только от честолюбцев вроде Люсьена, но и от «лишних людей» вроде Евгения Онегина: в отличие от утонченного пушкинского героя, который настолько усвоил «высший тон» в обществе, что мог, вместе с рассказчиком, полагать его «скучным» («Довольно скучен высший тон» [Пушкин 1937а: 22]), Голядкин слишком неуклюж, чтобы позволять себе скуку.

В «Двойнике» слово *тон* появляется примерно 25 раз, чаще всего в значении «образа жизни или поведения». Голядкин сильно озабочен — можно сказать, одержим — тем, чтобы добиться «хорошего тона». Эта озабоченность тоном приобретает уже характер истерии, и текст начинает казаться метатоническим, если послушать, как Голядкин бормочет имя своего непосредственного начальника Ан*тон*а Ан*тон*овича:

> Я, Антон Антонович, славу богу, — заикаясь, проговорил господин Голядкин. — Я, Антон Антонович, совершенно здоров; я, Антон Антонович, теперь ничего, — прибавил он нерешительно, не совсем еще доверяя часто поминаемому им Антону Антоновичу» [Достоевский 1972б: 147–148].

Если подсчитать все случаи, где Голядкин и рассказчик повторяют имя и отчество этого человека, количество повторений в тексте «тон» возрастет примерно до 200, и *тон*, этот ускользающий предмет голядкинской амбиции, будет звучать в повести как предвестник социальной смерти.

Статья, обозначенная как перевод с французского, опубликованная в «Московском телеграфе» в 1825 году, ясно показывает полную невозможность для Голядкина реализовать свою амбицию в достижении «хорошего тона». В этой статье «О светских обществах и хорошем тоне» утверждается, что важнейший закон хорошего тона — это «узнать *свое место* в большом свете, занять его *совершенно*, но не переходить ни на шаг за пределы <...> уравновесить себя с другими на том месте, которое вам *назначат*» [О светских обществах 1825: 108][30]. Если хороший тон предусматривает необходимость знать свое место и «ни на единый шаг» не переходить границ, тогда амбиция, побуждающая как раз к выходу за предписанные рамки, есть, безусловно, признак дурного

30 Курсив оригинала. В конце статьи отмечен факт перевода, и возможно наличие нескольких его источников. Например, короткая статья «Qu'est-ce que le bon ton?», появившаяся в французском театральном журнале в 1825 году, отличается от русского текста в частностях, однако содержит некоторые примечательно похожие выражения [Qu'est-ce que le bon ton 1825].

тона. Разрываясь между парадоксальной амбицией подняться в «хорошее общество» и неуместностью этой амбиции, Голядкин постоянно оказывается «не на своем месте».

Причины смущения, описанные социологом Э. Гофманом в классическом очерке «Смущение и социальная организация» («Embarrassment and Social Organization», 1956), очень хорошо объясняют затруднительное положение Голядкина в «Двойнике»[31]. Гофман пишет:

> Часто важные каждодневные случаи смущения возникают, когда проецируемое Я как-то противостоит другому Я, которое, хотя и валидно в других контекстах, не может сохраняться здесь в гармонии с первым [Гофман 2009: 132].

Для Гофмана, как и для Достоевского, смущение — это тональный диссонанс, возникающий в ходе социальных взаимодействий в обществе с различными уровнями иерархии: одна из главных причин, по которым люди проецируют разные Я, заключается в том, что от них ожидается разное поведение в отношении лиц с более высоким или более низким общественным положением.

Теория смущения Гофмана может помочь нам разобраться во взаимосвязи между амбицией и характерным аффективным регистром, или литературным тоном, «Двойника». Достоевскому интересно не только то, куда заведет амбиция его героя, он также исследует, насколько амбиция может вызывать смущение и неловкость. Когда совсем убитый Голядкин вспоминает, как его выгнали с праздника Клары Олсуфьевны, ощущая, как «один червячок <...> точит даже и теперь его сердце» [Достоевский 1972б: 157], читатели, знакомые с червем честолюбия в рассказах Булгарина и Гоголя, могут отметить, что фокус здесь смещается с диагноза (пародийного или нет) патологического стремления к разрушительному воздействию этого стремления на самолюбие. Более того, даже не отождествляя себя с Голядкиным или не зная, как относиться

---

[31] О стыде и смущении в произведениях Достоевского см. также [Martinsen 2003; Tapp 2016]. О смущении как центральной проблематике романа XIX века см. [Puckett 2008].

к подобной амбиции, читатели «Двойника» способны почувствовать испытываемый героем дискомфорт. Как замечает Гофман, когда речь идет о смущении, «границы эго оказываются особенно слабыми» [Гофман 2009: 123]. Смущение очень заразительно, оно не только пронизывает весь текст, но и выходит за его границы, принимая форму эмоциональной тональности, которая передается читателям. И все же, если «неуклюжий» социальный тон голядкинского поведения проистекает из дисгармонии его социальных Я в жестко стратифицированном обществе и из подавления его амбиции, «смущенный» литературный тон «Двойника» также является результатом странного, дезориентирующего столкновения между французским *ambition* и русской *амбицией*.

В этой главе предлагались многочисленные дополняющие друг друга объяснения, почему амбиция в русской литературе начала XIX века предстает как неуместная. В эпоху, когда амбиция считалась определяющим эмоциональным явлением постнаполеоновской Европы, перенос заразного литературного и медицинского дискурса из Франции в Россию побудил русских авторов создавать произведения об амбиции, в которых поднимались, на первый взгляд, неразрешимые вопросы о российской социальной организации и социальной мобильности. И главный из них — следует ли считать стремление к общественному возвышению нормальным (именно такое понимание начало активно формироваться в постнаполеоновской Европе)? Даже в свете того, что Табель о рангах теоретически открывала возможности для социальной мобильности все большему количеству русских людей, ограничения, налагаемые на личную независимость в самодержавном государстве, культурные табу в отношении индивидуализма или стремления к экономическому благосостоянию и даже сам русский язык, в котором отсутствовало слово для обозначения легитимного стремления к возвышению, работали против нормализации амбиции в России.

Когда Булгарин, Гоголь и Достоевский, следуя французской традиции, трактовали амбицию как занятный род сумасшествия, экзотичность амбиции усиливалась за счет того, что европейская форма этой «болезни» была перенесена в российскую среду. Эта новая среда была отмечена, с одной стороны, недавним крахом реформаторских амбиций декабристов, а с другой — противоречивыми оценками социальной амбиции в периодической печати. Даже официальные и полуофициальные проправительственные издания одновременно порождали и осуждали амбицию. Таким образом, парадигма французского дискурса патологической амбиции процветала в русской литературе уже после того, как французские авторы, такие как Бальзак и Стендаль, начали от нее отходить.

Генеалогия безумной амбиции, представленная в этой главе, есть лишь начало истории межнационального культурного обмена, где динамическая сила этой французской страсти способствовала развитию русской прозы. А во второй главе продолжает историю таинственный гость, которого ошибочно приняли за Наполеона.

Рис. 5. Карикатура на Н. В. Гоголя в доме Зинаиды Волконской в Риме. Приписывается Ф. Бруни. Конец 1830-х годов. Девочка на рисунке — дочь Волконской. Воспроизводится по изданию: Trofimoff A. La Princesse Zénaïde Wolkonsky (Rome: Staderini, 1966), [Trofimoff 1966]

Глава 2
Дар Гоголя

> Как ни глуп Индейский петух, как ни глуп Русский, выехавший за границу и жалеющий, что при нем нет крепостного человека, как ни глупы Фрак и Мундир, два глупейших произведения 19 века, — но вряд ли они все вместе глупее моей головы. Ничего решительно не могу Вам из нее выкопать, Марья Александровна. Чепуха и дичь в ней такая, как в русском губернском городе; а бестолково, как в комнате хозяина на другой день после заданной им вечеринки, которою он сам был недоволен, над которою потрунили вдоволь гости и после которой ему остались только: битая посуда, нечистота на полу и заспанные рожи его лакеев.
>
> *Н. В. Гоголь. Запись в альбоме*

В записи на странице дамского альбома, не помеченной датой, Н. В. Гоголь сравнивает собственную голову с грязной комнатой на другой день после неудачной вечеринки. Владелицей этого альбома была Мария Власова, чья младшая сестра Зинаида Волконская считалась одной из самых блистательных хозяек салонов в России XIX столетия. Салон Волконской пользовался известностью в Москве конца 1820-х годов, но и после ее переезда в Рим в 1830-е годы она продолжала принимать у себя представителей российской культурной элиты. Живя в Италии, где он работал над первым томом «Мертвых душ», Гоголь часто бывал на вилле Волконской. М. А. Власова, которая вела дом и устраивала обеды, была с ним в дружеских отношениях и, очевидно, попросила написать что-нибудь в ее альбоме[1]. Отвечая на доброе располо-

---

1 Цит. по: [Фридкин 1985: 150–151], впервые опубликован в статье О. Якобсона и А. Арутюновой [Jakobson, Aroutunova 1972: 236, 238]. О визитах Гоголя в дом З. А. Волконской и его отношениях с М. А. Власовой см. также воспоминания Н. А. Белозерской [Белозерская 1897а: 939–972; Белозерская 1897б: 154] и монографию М. Фейруезера [Fairweather 2000: 244–262].

жение продуманным отказом, Гоголь, постоянный гость, принял роль плохого хозяина, которому и предложить нечего.

На другой странице альбома можно найти юмористический набросок, приписываемый Ф. А. Бруни (см. рис. 5). Этот набросок — своеобразная иллюстрация альбомной записи Гоголя: изображенный на нем в виде угрюмого гостя с больной головой, писатель рассеянно глядит в газету (или поверх нее), не обращая внимания на девочку, с интересом на него глазеющую. Девочка — дочь Волконской, наставником которой одно время был Гоголь [Trofimoff 1966: 123]. Невнимание гостя к ее призывам как бы напоминает о той записи-отказе, столь мастерски сочиненной Гоголем в альбоме Власовой. Воспроизводя сцены чтения и письма, в которых Гоголь предстает как гость, не способный или не желающий, вопреки ожиданиям, отплатить добром за добро, эти документальные свидетельства жизни писателя за границей воплощают в себе идею скверного гостеприимства, которая, по моему мнению, и определяет концепцию «Мертвых душ».

Гоголевский роман предстает в виде цепочки эпизодов неудавшегося гостеприимства. Амбициозный герой, Павел Иванович Чичиков, разъезжает по российской провинции, покупая «мертвые души» (то есть крепостных, которые уже умерли, но попрежнему числятся в ревизских сказках живыми и, стало быть, считаются облагаемой налогами собственностью), останавливаясь в гостиницах и трактирах, где предлагается гостеприимство за плату, и в домах местных чиновников и помещиков. Каждый раз, переступая порог очередного пристанища, Чичиков приспосабливается к неписаным законам конкретной эмоциональной экономики[2]. Лавируя между сделками тут и там, вечный гость досыта ест за разными столами, потихоньку накапливая документы на владение крепостными, которые дадут ему желанное

---

[2] Пороги у Гоголя служат иной цели, чем в творчестве Достоевского. По мнению Бахтина, порог у Достоевского может «сочетаться и с мотивом встречи, но наиболее существенное его восполнение — это хронотоп *кризиса* и жизненного *перелома*» [Бахтин 1975: 397] (курсив оригинала). Для Гоголя, напротив, переход порога означает именно встречу и, что самое важное, — обмен обыденный и фантастический одновременно.

положение в обществе. И все-таки во всех этих сценах гастрономического, эмоционального и экономического взаимообмена что-то не складывается: чувства задеты, аппетиты не удовлетворены. И даже там, где ожидания персонажей оправдываются, читателей Гоголя не покидает ощущение беспокойства, поскольку поэтика отвращения препятствует течению нарратива о социальных столкновениях, пищеварительном процессе и экономическом прогрессе.

«Мертвые души» уже давно считаются произведением, свидетельствующим о конфликте ценностей в николаевской России. Друг и современник Гоголя С. П. Шевырев считал, что поэма противопоставила новый императив «брать» традиционному императиву «отдавать». В своем очерке о «Мертвых душах» 1842 года Шевырев называет «приобретателя» Чичикова представителем современной жизни, замечая, что «страсть к приобретению есть господствующая страсть нашего времени». Шевырев подчеркивает контраст между этой новой экономической страстью и врожденной русской «чертой», проявляющейся у помещиков, которых посещает Чичиков: «гостеприимство, это русское радушие к гостю, которое живет в них и держится как будто инстинкт народный». И все же, несмотря на попытки Шевырева противопоставить одно другому, оказывается, что стремления брать и отдавать в чем-то сродни: оба можно сравнить с работой Гоголя над «Мертвыми душами». Потому что, как признает Шевырев, «Чичиков отличился необыкновенным поэтическим даром в вымысле средства к приобретению» [Шевырев 1842а: 209–210, 219]. Здесь Шевырев ставит «поэта своего дела» из «Мертвых душ» вровень с их автором, и персонаж со своим создателем совместно преобразуют коммерческую логику в поэтический материал. И если в этом смысле Гоголь напоминает своего героя — жадного гостя Чичикова, — то в другом его можно сравнить с другими его персонажами — щедрыми хозяевами.

Называя экспансивный прозаический стиль автора «*хлебосольным*» (курсив оригинала), Шевырев изображает Гоголя хозяином, отдающим все, что имеет: «Да, в фантазии нашего поэта есть русская щедрость или чивость, доходящая до расточительности, свойство, выражаемое у нас старинною пословицей: все что ни есть в печи, то на стол мечи». В качестве примеров этого повествовательного гостеприимства Шевырев называет множество «чудных полных картинок, ярких сравнений, замет, эпизодов, а иногда и характеров, легко, но метко очерченных», которые «дарит вам Гоголь так, просто, даром, в придачу ко всей Поэме, сверх того, что необходимо входит в ее содержание». Шевыреву подобное словесное изобилие кажется лакомым:

> Гоголя можно сравнить с богатым русским хлебосолом, который за роскошным столом своим кроме двухаршинной стерляди, архангельской телятины и прочих солидных блюд предлагает вам множество закусок, прикусок, подливок и дорогих соусов, которые все идут в придачу к неистощимому пиру и неприметно съедаются, заслоненные главными сокровищами щедрого русского хлебосольства [Шевырев 1842б: 374–375].

Консервативный славянофил Шевырев был склонен считать то, что в его понимании являлось русским «инстинктом» хлебосольства, в конечном счете более сильным и глубоким, чем проникающая в страну «страсть» к приобретательству. Особенное впечатление на него произвело настойчивое гостеприимство скупца-помещика Плюшкина, который, пусть и нехотя, зовет Чичикова к своему столу. Гоголевский рассказчик представляет гостеприимство как присущую русским ценность, торжествующую над плюшкинской жадностью, замечая, что «гостеприимство у нас в таком ходу, что и скряга не в силах преступить его законов» [Гоголь 1978а: 115]. Однако от внимания Шевырева ускользает весь отталкивающий характер предложения Плюшкина: «сухарь из кулича» да немного «ликерчику», куда «козявки да всякая дрянь напичкались» [Гоголь 1978а: 118–119]. И в этой, и в других сценах хлебосольство в гоголевском нарративе гораздо менее аппетитно, чем предполагали Шевырев и многие критики после него.

Если современная парадигма *брать* и традиционная парадигма *отдавать*, по мнению Шевырева, столь отчетливо различаются, как же удается их совместить в гоголевской прозе? Как именно взаимодействуют экономика приобретательства и экономика хлебосольства в «Мертвых душах»? И в чем заключается значение чувства омерзения, которое то и дело вызывает у нас дар Гоголя?

Исследователи, которые рассматривали аферу приобретателя Чичикова как ответ на распространение духа коммерции и трансформацию ценностей в аграрной России, оставляют возможность для более глубокого рассмотрения в нарративной экономике Гоголя такой ценности, как гостеприимство[3]. Действительно, несмотря на главенствующее место темы гостеприимства в жизни и произведениях писателя, исследователи творчества Гоголя уделяли ей на удивление мало внимания. Угощения, которыми персонажи потчуют друг друга в «Мертвых душах», и метафорическое угощение поэмой, которое Гоголь предлагает читателям, в целом всегда трактовались в смысле гастрономическом и не связывались с идеей хлебосольства или дара[4]. Внимание к динамике социального и биологического взаимодействия, которую Гоголь задействует в сценах угощения, раскрывает как экономическую ориентацию, так и менее привлекательную оборотную сторону его повествовательных «пиршеств».

Внося свой вклад в существующую критическую литературу по обмену и гастрономии в «Мертвых душах», данная глава тесно сближает экономические парадигмы *брать* и *отдавать*,

---

3 О проблемах ценностей и оценки в «Мертвых душах» см. [Morson 1992: 206–215; Valentino 2014: 64–65] и главу 4 этой книги.

4 Изображение еды у Гоголя стало темой нескольких специальных исследований, например, [LeBlanc 1988: 68–80; Kolb-Seletski 1970: 35–57; Obolensky 1972]. Еда занимает характерное место во многих других трудах о Гоголе. Для А. Белого героем гоголевских книг является «брюхо», а все вместе эти книги образуют эпическую «Жратвиаду» [Белый 1934: 156]. Манн рассматривает еду в контексте материального у Гоголя [Манн 1978: 151–170]. А. Карлинский приписывает Гоголю «аппетит к словам, который можно определить только как словесное чревоугодие» [Karlinsky 1970: 169–186]. К. Попкин анализирует неудовлетворенность «из-за *повествовательного* голода», которую могут испытывать читатели Гоголя, когда приступают к его произведениям, а их потчуют мешающими развитию сюжета отступлениями [Popkin 1993: 14] (курсив оригинала).

столь тесно соседствующие в гоголевском повествовании. После краткого рассмотрения места гостеприимства в истории и теории дара я перейду к анализу его центральной роли в осмыслении художественной литературой проблем национальной идентичности и крепостного права в России начала и середины XIX века. Обращаясь к Гоголю, я подчеркиваю внимание писателя к теме гостеприимства и связанного с ним социального института покровительства в его литературной карьере и определяю три четко различимых аффективных модуса гостеприимства в его творчестве: жуткого, ностальгического (украинские повести) и омерзительного («Мертвые души»). Я рассматриваю этот роман как кульминацию очарованности Гоголя обменом одновременно экономическим и эмоциональным и показываю, что хотя на первый взгляд он противопоставляет коммерческую амбицию и гостеприимство в силу их подчинения логике «интереса» и «чувства» соответственно, на самом деле он ставит читателей перед фактом их нераздельности.

В погоне за мертвыми душами Чичиков извлекает выгоду из гостеприимства дворян, которое и скрывает факт эксплуатации крестьянского труда, и опирается на него. Желание Чичикова получить «крепости» — документы, которые дают право на владение именами, лишь формально привязанными к физическим телам, — удивляет хозяев своей странностью, и все же они готовы его удовлетворить. Только когда чиновники, заверявшие фальшивые бумаги Чичикова, начинают опасаться, что сами попадут под подозрения вышестоящего начальства, они гонят его как мошенника и иностранца. Обсуждая махинации Чичикова, его принимают за вора, фальшивомонетчика и даже «переодетого Наполеона». Это последнее предположение намекает не только на стремительное падение Бонапарта, но и на его тактику подрыва экономики России: во время войны его армия распространила тысячи фальшивых российских ассигнаций. Добавляя дополнительной экзотики амбиции Чичикова, пристальный поиск сходства героя с Наполеоном доходит до представления его Антихристом — фигурой, ассоциирующейся с французским императором в умах чиновников [Гоголь 1978а: 184–197].

Один из чиновников рассматривает историю с Чичиковым под совершенно иным углом: его погоня за дарами (угощениями и гостеприимством помещиков, крепостными душами по дружеской цене) подтолкнула почтмейстера к заявлению, что Чичиков, должно быть, некий капитан Копейкин, ветеран войны с Наполеоном, которому российский государь отказал в благотворительности, и он решился жить разбоем [Гоголь 1978а: 190–196]. Другие чиновники отвергают эту диковинную теорию, поскольку у Копейкина недостает одной руки и ноги, но «Повесть о капитане Копейкине» несет в себе смысловое зерно, которое я бы хотела развить. Начав с того места, где остановился почтмейстер, данная глава рисует портрет Чичикова как искателя даров государства. Его коммерческие амбиции могут казаться наполеоновскими и демоническими, однако они опираются на щедрость русского крепостничества — института, в основе которого лежат земли и люди, дарованные государем дворянству и который выпестовал культуру благородного гостеприимства, используемую Чичиковым[5].

Взаимозависимость парадигм *брать* и *отдавать* в «Мертвых душах» особенно четко видна в единственном объяснении, которое дает рассказчик поступкам Чичикова:

> Справедливее всего назвать его: хозяин, приобретатель. Приобретение — вина всего; из-за него произвелись дела, которым свет дает название *не очень чистых*. Правда, в таком характере есть уже что-то отталкивающее, и тот же читатель, который на жизненной своей дороге будет дружен с таким человеком, будет водить с ним хлеб-соль и проводить приятно время, станет глядеть на него косо, если он очутится героем драмы или поэмы. Но мудр тот, кто не гнушается никаким характером, но, вперя в него испытующий взгляд, изведывает его до первоначальных причин. Быстро все превращается в человеке; не успеешь оглянуться, как уже вырос внутри страшный червь, самовластно обративший к себе все жизненные соки [Гоголь 1978а: 231].

---

[5] Рассматривая собирание Чичиковым мертвых душ как манипуляции с дарами государства, я следую за идеями А. Цинк в ее статье «Cicikovs genialer Plan — (Anti-)Okonomie in Nikolaj Gogol's "Mertvye duši"» [Zink 2016: 87–100].

В этом отрывке «червь» амбиции, которого мы встретили у Гоголя и Булгарина (см. главу 1), вновь возникает в виде червя приобретательства. Чичиков, безусловно, амбициозен, потому что желает обрести благосостояние и статус, которых у него нет. Однако ни рассказчик, ни персонажи не характеризуют его как *амбициозного* или *честолюбивого*[6]. Как показано в главе 1, значения этих слов, принятые в начале XIX столетия, обладали коннотациями чести и гордости благородного сословия, противоречащими «недостойному» стремлению к приобретательству. В то время дворянину было свойственно сорить деньгами, а не копить их, то есть проявлять открытость и щедрость, а не расчетливость и экономность. Как говорит рассказчик у Гоголя, репутация приобретателя была «не очень чистой». Изображая национальную экономику в метафорах физиологии, Гоголь представляет амбицию как этакого паразита приобретательства, который гнездится в животе и требует, чтобы его постоянно кормили.

Рассказчик утверждает, что, хотя такой персонаж, как Чичиков, может удивить читателя в качестве героя поэмы, читатель все же «будет водить с ним хлеб-соль»: принимать его в своем доме, кормить, делить жизнь. Но это также означает восстановить себя в обмен. В русском языке гоголевская фраза для описания процесса гостеприимства несет смысл взаимной трапезы («обмена» сотрапезников и хлебом, и солью); эта фигура речи означает поддержание дружеских отношений благодаря постоянным взаимным визитам. Более того, отсылая к традиционному у славян предложению «хлеба и соли», Гоголь изображает эту симбиотическую взаимосвязь как национальную традицию. Хотя и Гоголь, и Шевырев говорят, что страсть к приобретательству, подобно огню, охватывает русские тела, дома и государственность, Шевырев обходит молчанием, что Гоголь считает

[6] Со своей стороны, Чичиков использует соответствующую форму амбиции, достаточно неубедительно объясняя свой интерес к мертвым душам тем, что хочет жениться и поэтому ему нужно предъявить права собственности по крайней мере на 300 крепостных, чтобы произвести впечатление на будущую родню, которых он называет «преамбициозные люди» [Гоголь 1978: 76].

восприимчивость к этой страсти частью народной традиции гостеприимства. Экономика дарения в «Мертвых душах» одновременно питает и подпитывается обменом.

Гостеприимство как дар

Начиная с основополагающего труда М. Мосса «Опыт о даре»[7], взаимовыгодный обмен является ключевой темой теории дарения в XX–XXI веках. Главный постулат работы Мосса — разоблачение агрессивного экономического характера обмена дарами: хотя может показаться, что дар — вещь бесплатная и лишенная эгоистических побуждений, по сути дарение носит характер обязывающий и меркантильный. Мосс заключает, что обязанности отдавать, получать и совершать взаимный обмен — характерные черты формирования и дифференциации «архаических» сообществ. Поскольку обмен дарами одновременно связывает людей и делает их должниками друг друга, каждый раз одаряемый встает в положение неравное и подчиненное дарителю; чтобы избежать этого, необходимо «отдариться», это раз за разом запускает цикл взаимовыгодного обмена. Дарить существенно больше, чем другие могут дать взамен, означает утвердиться на позициях власти и престижа. Церемония обмена дарами, принятая на тихоокеанском побережье северо-запада Северной Америки и известная как *потлач*, где хозяин обязан сделать необычайно щедрые подарки, которые порой приводят к его полному разорению, приводится Моссом как главный пример побуждений к соревнованию — это теневая сторона добровольного дарения [Мосс 2011: 139, 210]. В наше время *потлач* также является примером зависимости самого понятия дара — как его формулирует Мосс — от мировой торговли, поскольку, как теперь известно, *потлач* появился не *до* проникновения в Северную Америку европейских товарных рынков, а *в результате* этого явления

---

7 «Essai sur le don. Forme et raison de l'échange dans les sociétiés archaïques» (1925). — *Примеч. ред.*

[Hyde 1999: 30]. Неожиданно оказалось, что и *потлач*, и теория дара Мосса имеют коммерческую основу.

Признавая невозможность бесплатного и неэгоистичного дара, философы с меньшей охотой, чем антропологи, соглашались отказаться от идеала такого дара. Именно невозможность воплотить этот идеал на практике поразила Ж. Деррида, по мнению которого, «Мосс говорит о чем угодно, только не о даре» [Derrida 1992: 24]. Дар гостеприимства наделяется в работах Деррида особой этической значимостью. Как и любой обмен дарами, гостеприимство в традиционном понимании (абсолютно обратном тому, что ныне предлагает «индустрия гостеприимства») отличается от товарного обмена тем, что оно творится за пределами рынка и государства. Его своеобразие, однако, заключается в том, что оно подразумевает выраженную открытость другому человеку, которому предлагается не только все, чем хозяин владеет, но и собственное *место* — самое свое Я. Согласно Деррида, подобный обмен никогда не происходит в действительности, поскольку предполагает такую структуру неравенства и различия, которую как раз нацелен уничтожить: полное принятие Другого и способность дать ему почувствовать себя «как дома» означает отмену ролей *хозяина* и *гостя*, а значит, и сам акт гостеприимства [Derrida, Dufourmantelle 2000: 25, 75].

Работы Деррида способствовали появлению в последние десятилетия целого ряда междисциплинарных исследований по теме гостеприимства, став подтверждением очарования, и идеалом «абсолютного гостеприимства», и его недостижимостью. В формулировке П. Мелвилла, особенно знаменательной в свете нашей дискуссии о Гоголе, «каждый неудачный случай гостеприимства проявляется в рамках уникального сочетания исторических, социальных и психологических условий», и именно по этим отличительным свойствам следует определять значение гостеприимства для конкретного места, времени или текста [Melville 2007: 18]. Например, ученые, исследующие современную европейскую риторику гостеприимства, были поражены зачастую пронизывающим ее тоном ностальгии, как будто сама идея гостеприимства — это идея уже рухнувшего сооружения

[Still 2010: 27–28][8]. Такая ностальгия есть симптом влияния коммерции на идею гостеприимства, поскольку именно подъем современной «индустрии гостеприимства», которую составляют гостиницы и рестораны, предлагающие кров и стол за деньги, и сделал ненужным традиционный прием путников и способствовал его мифологизации[9]. Гостеприимство стало признаком отсутствия эгоизма — черты, предположительно утраченной в коммерциализированном обществе. Как и в случае теории дарения Мосса, современное понятие гостеприимства пронизано коммерцией.

На самом деле, концептуальное взаимопересечение гостеприимства и коммерции — явление для современной эпохи не уникальное. Обязанность принимать у себя путников с древнейших времен была неотделима от принципов рыночной торговли, поскольку путники, сильно зависящие от гостеприимства (и предлагавшие что-либо в обмен), зачастую являлись торговцами. Ранняя коммерческая история русского гостеприимства представлена в названии известнейшего торгового центра Санкт-Петербурга «Гостиный Двор». Как и подразумевает это название, *гостями* когда-то называли купцов. В Киевской Руси и допетровской России *гости* были торговой элитой и вели дела далеко от дома: некоторые из них были иностранцами, другие же путешествовали в чужие края или просто разъезжали по русским землям [Baron 1980б: 4; Baron 1980a].

Важность торговли в истории гостеприимства, вероятно, объясняет тот интригующий факт, что оба английских слова *host* и *guest* являются производными от латинского *hostis*, которое изначально значило и 'хозяин', и 'гость'. Как пояснял Э. Бенвенист,

---

8 См. также [Still 2011: 12; Монтандон 2004: 62–63].

9 Особенно жизненный пример ностальгических жалоб на подрыв гостеприимства коммерцией дается в определении термина «hospitalité» в «Энциклопедии» Дидро и д'Аламбера: «Гостеприимство естественным образом утрачено во всей Европе, ибо вся Европа занимается путешествиями и коммерцией» («L'hospitalité s'est donc perdue naturellement dans toute l'Europe, parce que toute l'Europe est devenue voyageante & comerçante») [Diderot, D'Alembert 1751: 316].

слово *hostis* обозначало взаимовыгодные отношения без различий между обеими сторонами [Бенвенист 1995: 74–83]. Если английский термин *hospitality* сочетает в себе *hostis* с латинским *pet* или *pot*, что значит 'хозяин' (в данном случае 'хозяин дома'), то русское слово *гостеприимство* сочетает *гость* (*hostis*) и *-приимство*, тем самым направляя фокус внимания на акт приема, а не на роль хозяина в данном взаимодействии. Подобный акцент усиливает ощущение взаимообмена, поскольку хозяин принимает гостя, а тот, в свою очередь, принимает то, что предлагает хозяин. Хотя взаимообмен необязательно подразумевает коммерческие отношения (торговлю ради прибыли, осуществляемую посредством денег), в него заложена идея отдать что-либо *в обмен* на что-то другое, а не бесплатно.

В переходные в социальном и экономическом отношении эпохи дар вообще и дар гостеприимства в частности являлись предметами интенсивных обсуждений, поднимая круг вопросов, связанных природой и целями взаимоотношения между *Я* и *Другим*. Так, революция в России подтолкнула Мосса к изучению этой темы: убежденный социалист, считавший необходимым сохранение рыночной конкуренции, Мосс пишет «Опыт о даре», направленный как против необузданного капитализма, так и против большевизма[10]. А повышенное внимание к этой теме в последние десятилетия можно рассматривать как реакцию на тенденции деколонизации и глобализации [Still 2010: 1–2]. В случае же русской литературы начала XIX века это был проект укрепления национальной идентичности в эпоху все более авторефлексивного восприятия иностранных культурных форм и усиления неопределенности моральной и экономической

---

[10] Политические предпочтения Мосса становятся очевидными в конце «Опыта о даре». Распространяя свой анализ ритуалов вручения даров в «архаических» обществах на вопросы социальной организации современных индустриальных наций, он пишет, что «избыток великодушия и коллективизма был бы для [человека] и для общества так же вреден, как и эгоизм наших современников и индивидуализм наших законов» [Мосс 2011: 267]. Подробнее о взглядах Мосса на советский коммунизм см. [Gane 1992: 135–164; Fournier 1994: 194–205].

легитимности крепостничества, что и породило обширный литературный дискурс о гостеприимстве и сопровождающих его провалах.

Гостеприимство как часть русскости

Гостеприимство стало ответом на некоторые из самых насущных потребностей русского романтизма. В 1820-е годы российские интеллектуалы, вдохновленные философией немецкого романтизма, все чаще задумывались над задачей определения русской национальной идентичности. В 1819 году поэт П. А. Вяземский ввел в употребление термин «народность», кальку с французского *nationalité*, дав тем самым писателям, критикам и государственным деятелям понятие, значение которого будет горячо обсуждаться в грядущие десятилетия [Miller 2008: 380]. В 1833 году министр народного просвещения в правительстве императора Николая I С. С. Уваров закрепил понятие «народность» как третью составляющую в своей формуле официальной идеологии «Православие, Самодержавие, Народность» и придал тем самым новую значимость задаче определения этого слова и связанного с ним понятия «народ». И все же, как утверждает П. Я. Чаадаев в «Философических письмах» (1829–1830), активное заимствование европейских культурных форм Петром I и его преемниками на протяжении XVIII века затрудняло задачу тому, кто желал бы определить характерные свойства русской национальной идеи в XIX веке. В этом сочинении, созданном в конце 1820-х годов и несколько лет до выхода в печать в 1836 году ходившем в списках, автор обвиняет процесс европеизации в вытеснении российского дворянства, превращении его представителей в гостей на собственной земле: «В домах наших мы как будто определены на постой; в семьях мы имеем вид чужестранцев; в городах мы похожи на кочевников» [Чаадаев 1991: 324][11]. Если национальная

---

[11] Об утрате исторических корней и скитаниях в дискурсе о русской национальной идентичности см. [Kleespies 2012].

идентичность означает чувство дома, то сцены гостеприимства в русской литературе XIX столетия должны вызывать у читателя именно это чувство (или чаще его отсутствие).

С одной стороны, гостеприимство, являясь глубоко укоренившейся и неуклонно воспеваемой культурной ценностью, предлагало наиболее благоприятный ответ на вопрос о том, что значит быть русским человеком. С другой стороны, гостеприимство порождает столкновения, которые одновременно и подтверждают, и оспаривают категории отечественного и чужеземного, тем самым создавая набор тропов, подходящий в большей мере для исследования, чем для провозглашения понятия национальности. В русской литературе начала XIX века *русскость* выступает не как некая застывшая, неподвижная категория, но как сеть неравноценных изменчивых отношений между Россией и западноевропейскими странами, которым она подражала на протяжении XVIII столетия; между аристократическим меньшинством и крестьянским большинством, между интеллигенцией и государством, а также между центральными (этнически русскими) и периферийными многонациональными регионами Российской империи. Для авторов, раскрывающих эти отношения, дискурс гостеприимства оказался очень удобен, поскольку позволял одновременно признавать, что русская идентичность обладает собственным специфическим содержанием, и подвергать это утверждение сомнению. Дискурс гостеприимства оказывал и стабилизирующее, и дестабилизирующее воздействие на культуру, тем самым представляя открытость Другому как характерную черту русской идентичности.

Рисуя гостеприимство как черту национального характера, русские писатели искали его корни в славянском язычестве и в православном христианстве. Н. М. Карамзин изображает щедрое хлебосольство своих соотечественников как продолжение славянских обычаев в первом томе «Истории государства Российского» (1803–1826):

> Столь же единогласно хвалят летописи общее гостеприимство Славян, редкое в других землях и доныне весьма обыкновенное во всех Славянских: так следы древних

> обычаев сохраняются в течение многих веков, и самое отдаленное потомство наследует нравы своих предков [Карамзин 1818: 68–69].

Далее Карамзин отмечает, что «древняя Славянская роскошь гостеприимства» проявляется в «коренном Русском имени *хлебосольство*» [Карамзин 1824: 164]. Происходя от слов *хлеб* и *соль*, это понятие восходит к языческому ритуалу предложения символической пищи гостям, переступающим порог хозяйского дома [Hellberg-Hirn 1980: 145]. Этот ритуал придавал магическое значение и моменту прибытия гостей, и пространству перехода, благословляя приносимые новости, дары, долги, дружбу и отвращая возможные угрозы. Православная церковь, борясь с язычеством, одновременно прославляла гостеприимство, побуждая своих приверженцев давать кров путникам, паломникам и юродивым[12].

Однако русское гостеприимство во времена Карамзина подпитывалось уже и европейскими источниками. Перед публикацией своей «Истории» Карамзин подчеркивал эту европейскую черту в своих «Письмах русского путешественника» (1791–1792). В следующем отрывке путешественник-рассказчик отвечает на список вопросов, присланных ему французской дворянкой, ищущей для себя убежище после Французской революции:

> Вопрос. Любят ли иностранцев в России? Хорошо ли их принимают?
> Ответ. Гостеприимство есть добродетель русских. Мы же благодарны иностранцам за просвещение, за множество умных идей и приятных чувств, которые были неизвестны предкам нашим до связи с другими Европейскими землями.

---

12 Говоря о религиозных корнях русского гостеприимства, мы обращаемся к своду правил домашнего уклада XVI века — «Домострою». Его автор наставляет: «Церковников, и нищих, и маломощных, и бедных, и страдающих, и странников приглашай в дом свой и, как можешь, накорми, напои, и согрей, и милостыню давай от праведных своих трудов, ибо и в дому, и на рынке, и в пути очищаются тем все грехи: ведь они заступники перед Богом за наши грехи» [Домострой 2000: 205].

> Осыпая гостей ласками, мы любим им доказывать, что ученики едва ли уступают учителям в искусстве жить и с людьми обходиться [Карамзин 1984: 291].

Карамзин писал свои «Письма» в эпоху Екатерины II — время, отмеченное самым щедрым проявлением гостеприимства в российской истории. По сути, благородную культуру гостеприимства в период царствования Екатерины сформировало подражание Европе во внешних проявлениях могущества, возможное благодаря расширению и закреплению крепостного права [Riasanovsky, Steinberg 2011: 247, 260]. Следуя примеру Людовика XIV, императрица устраивала грандиозные празднества, развлекая своих верных приближенных на приемах, процессиях и театральных представлениях [Roosevelt 1995: 142][13]. Императрица позволяла своим фаворитам принимать ее у себя, даруя им богатые земли и тысячи крепостных, особенно в Украине. Получатели этих даров тратили целые состояния, принимая у себя государыню в разных уголках империи, иногда специально для этой цели строя дворцы, театры и павильоны. Екатерина подражала Людовику XIV, придворные подражали ей, дворяне помельче подражали аристократам высокого ранга, и расточительное, порой чрезмерное гостеприимство стало отличительной чертой идентичности российского благородного сословия [Roosevelt 1995: 130, 135, 142–145, 174–175]. В то время, как в начале XXI века авторы часто рисовали подобное гостеприимство как квинтэссенцию русского духа, в действительности оно возникло (подобно потлачу) в результате соприкосновения отечественных и иностранных форм щедрости, власти и коммерции.

Хотя проявление гостеприимства в значительной степени формировалось демонстрацией могущества со стороны государства, оно также стало важнейшей площадкой общения дворянства вне сферы государства. Это объясняет его процветание даже после того, как поток государственных даров начал иссякать. В XIX столетии царские подарки в виде земель и крепостных

---

13 О развлечениях Екатерины II см. также [Munro 1997: 31–48].

стали редки, а вот зарубежные товары и кредиты, которые можно было брать на их приобретение, начали входить в обиход. Состоятельные помещики, продолжая усердствовать в безудержном мотовстве и раздаче даров, влезали в катастрофические долги. Многие дворяне закладывали свои имения в казну, а после, не имея возможности заплатить, теряли свою собственность, а с ней и статус гостеприимного хозяина. К 1820-м годам расточительное хлебосольство эпохи Екатерины II стало считаться исчезающим обычаем старины, который тем не менее продолжал существовать в остаточном виде и часто упоминался в дискуссиях о благородстве и национальной традиции.

Обратимся к роману в стихах Пушкина «Евгений Онегин». Гостеприимство приводит Онегина-старшего к финансовому краху: «Давал три бала ежегодно / И промотался наконец» [Пушкин 1937а: 6]. Кажется, такое расточительное гостеприимство заканчивается смертью отца Онегина, поскольку сам Евгений отдает отцовский дом в Санкт-Петербурге кредиторам. Он тоже легко тратит деньги, однако мы не встречаем упоминаний о том, что он устраивает для кого-то приемы. Даже унаследовав сельское имение дяди, Евгений отказывается играть роль хозяина: он проводит в деревне всего один сезон, проявляя лишь минутный интерес к имению и чуть ли не враждебность по отношению к соседям. Но если поступки Онегина свидетельствуют об исчезновении щедрого хлебосольства старины, его соседи сохраняют этот обычай в некой причудливой форме. Пушкин, изображая во второй и третьей главах повседневную жизнь семейства Лариных, приводит перечень обычаев гостеприимства, свидетельствующий о том, как тесно они связаны с национальной традицией:

> Они хранили в жизни мирной
> Привычки милой старины;
> У них на масленице жирной
> Водились русские блины;
> <...>
> И за столом у них гостям
> Носили блюда по чинам [Пушкин 1937а: 47].

Гостеприимство Лариных — культурное наследие русского язычества, православия и Европы. Блины, которые изначально символизировали праздник Солнца, Масленицу, у славян-язычников и которыми стали отмечать приближение Великого поста, готовятся в соответствии с православным календарем, а обычай обслуживания гостей по чинам ввел Петр I, позаимствовав у пруссаков, датчан и шведов идею Табели о рангах [Hughes 1998: 181]. Что касается традиционного хлебосольства, то Ларины, как и сам Пушкин, не делают различий между отечественным и чужеземным.

Визиты Онегина к Лариным задают схему, которая позднее будет часто повторяться в русской литературе: в этих эпизодах гостеприимства разворачивается вторжение экзотических культурных парадигм. В доме Лариных Евгений предстает как неудобный и неблагодарный гость, который не вписывается в контекст традиции, — и не потому, что эти традиции чисто русские, а Евгений — европеец, «москвич в гарольдовом плаще»: жизнь Лариных тоже отмечена европеизацией, однако Евгений представляет собой новую, более циничную версию европеизированной российской знати. Та же динамика имеет место и в «Мертвых душах», и в «Отцах и детях» И. С. Тургенева (1862), где провинциальный российский помещик предлагает гостеприимство человеку, который вторгается в их дом с будоражащими новыми идеями. В «Мертвых душах» Чичиков представляет новые способы ведения дел и новые способы обогащения. В «Отцах и детях» нигилист Базаров критикует все ценности, близкие его хозяевам, от либерализма до религии и поэзии. В обоих произведениях гостеприимство усиливает столкновение между культурой дворян-землевладельцев и разъедающими ее экономическими и идеологическими силами.

Картины гостеприимства у Пушкина, Гоголя и Тургенева демонстрируют, что на протяжении XIX столетия крепостничество как материальная основа хлебосольства русской знати постепенно становилось центром внимания. В «Евгении Онегине» гостеприимство ассоциируется исключительно с дворянством, а труд крепостных, делающих его возможным, остается за рамками повествования. Пример этой «забывчивости» можно увидеть у Пушкина в незаконченной строфе из третьей главы:

> Поедем. —
> Поскакали други,
> Явились; им расточены
> Порой тяжелые услуги
> Гостеприимной старины.
> Обряд известный угощенья:
> Несут на блюдечках варенья,
> На столик ставят вощаной
> Кувшин с брусничною водой [Пушкин 1937а: 52].

Этот фрагмент завершает беседу Онегина с его приятелем Ленским, когда они решают нанести визит вдове Лариной и ее дочерям и сразу переходят к действию. Разрыв после «Поедем», разделяющий первую строку на две части, подчеркивает скорость и легкость, с которыми Онегин и Ленский переходят к сцене гостеприимства. Они не получали особого приглашения в тот день, не уведомляли о своем визите, а просто между делом заезжают к Лариным. Удивительно, что в сцене, которая по логике вещей должна включать в себя ритуал знакомства, Пушкин не приводит ни имен, ни каких-то общих понятий вроде «хозяйка», «мать», «госпожа», «дочь», «слуга», чтобы описать, кто и что делает в процессе приема гостей. В этом смысле Дж. Фален, английский переводчик «Онегина», отходит от пушкинского оригинала, указывая, что *The hostess artfully arranges* (‘хозяйка красиво подает’) варенье. Пушкин использует безличную форму глаголов (3-е лицо, множественное число) для описания ритуала угощения: «несут», «ставят».

Наряду с этой безличностью и лаконичностью, многоточия, которые завершают строфу, создают впечатление, будто происходящее настолько понятно, что не требует пояснений. Вычеркнутые строки, сохранившиеся в пушкинской рукописи, открывают то, о чем молчат строки окончательной редакции: труд крепостных, на котором покоится гостеприимство знати. Вот эти строки:

Поджавши руки, у дверей
Сбежались девушки скорей
Взглянуть на нового соседа,
И на дворе толпа людей
Критиковала их коней [Пушкин 1937а: 574].

Исключая этих крепостных, толпящихся на сцене, из конечной версии строфы, Пушкин представляет русское гостеприимство в усадьбах провинциальных помещиков как известный ритуал, предусматривающий умолчание об экономических моментах, обеспечивающих само его существование.

В «Мертвых душах» Гоголь уделяет немногим больше внимания живым крестьянам, на которых опирается обмен знаками гостеприимства между дворянами. Что еще важнее, Гоголь выдвигает на передний план принудительную маргинализацию крепостных самим названием произведения: эти «души» занимают центральное место как раз в силу своего отсутствия, потому что они «мертвы». В «Отцах и детях» крепостным по-прежнему отведена небольшая роль, но действие романа Тургенева происходит непосредственно перед отменой крепостного права, и эта надвигающаяся перемена определяет картину приема провинциальными помещиками двух молодых людей из столицы[14].

Наряду с подобными изображениями помещичьего хлебосольства, в обычай все больше входили описания гостеприимства крестьян, поскольку дворяне-писатели начали обращаться к «народу» как к идеалу *русскости*. К примеру, в известном стихотворении М. Ю. Лермонтова «Родина» (1841) лирический герой — путешествующий дворянин, находящий временный кров в деревнях:

Проселочным путем люблю скакать в телеге
И, взором медленным пронзая ночи тень,
Встречать по сторонам, вздыхая о ночлеге,
Дрожащие огни печальных деревень.
<...>

---

[14] Например, Тургенев пишет: «Толпа дворовых не высыпала на крыльцо встречать господ; показалась всего одна девочка лет двенадцати, а вслед за ней вышел из дому молодой парень» [Тургенев 1964: 207].

С отрадой, многим незнакомой,
Я вижу полное гумно,
Избу, покрытую соломой,
С резными ставнями окно;
И в праздник, вечером росистым,
Смотреть до полночи готов
На пляску с топаньем и свистом
Под говор пьяных мужичков [Лермонтов 1979: 460].

Дворянин, гость крестьян, рассказывает о своей любви к отечеству. Примечательно, однако, что у Лермонтова в его идеализированном видении деревенской жизни крестьяне не персонализированы. Они фигурируют как кучка пьяных гуляк, а их гость-поэт не объединяется с ними, а наблюдает на расстоянии. Они свистят и пляшут, а он сочиняет стихотворение.

У Тургенева в рассказе «Хорь и Калиныч» (1847), напротив, рассказчик — дворянин-охотник, которого принимают у себя два четко прописанных персонажа, крестьяне, имена которых и дали название рассказу. Хотя формально хозяин, пригласивший рассказчика, является владельцем Хоря и Калиныча, а рассказчик охотится на его землях, но он предпочитает дары крепостных (огурцы, квас и «простую, умную речь русского мужика») приему на европейский манер в дворянской усадьбе [Тургенев 1963: 8–9, 18]. Таким образом, именно гостеприимство делает возможным близкое знакомство с крепостными, которое Тургенев описывает в цикле рассказов «Записки охотника» (1852), чья публикация началась с рассказа «Хорь и Калиныч».

Далее, у Л. Н. Толстого в «Войне и мире» (1865–1869) юная дворянка Наташа открывает в себе «все, что было <...> во всяком русском человеке», после угощения крестьянки Анисьи и танца в доме дядюшки, где Анисья живет неофициальной «женой» помещика [Толстой 1938: 268]. У Тургенева и Толстого гостеприимство крестьян, которые помогают почувствовать себя как дома, побуждает дворян подвергать сомнению или даже преодолевать разделяющую их и крепостных пропасть. Если лермонтовский герой — сторонний наблюдатель русскости, героиня Толстого сама становится частью этого спектакля.

В русской литературе XIX столетия гостеприимство выступает как одна из немногих культурных ценностей, общих для дворянства и для крестьянства, и формирует национальную идентичность путем взаимодействия *между* и *среди* представителей обеих групп. Даже подчеркивая «старинный» статус (наследие Екатерининской эпохи или простонародной жизни) гостеприимства, русские писатели того времени изображают его как примечательно стойкое явление. И если некоторые дворяне-писатели идеализируют экономические устои, делающие гостеприимство возможным, другие представляют эти устои секретом Полишинеля или подвергают их переосмыслению и критике.

Мифотворчество

Гоголь плодотворно использовал старинные формы гостеприимства и увлеченность ими в русском романтизме. В юности он с семьей часто навещал дальнего родственника, Д. П. Трощинского, бывшего министра юстиции и богатейшего помещика, в его имении на Полтавщине. Получив в дар от Екатерины II многочисленные имения и тысячи крепостных, Трощинский стал широко известен своим хлебосольством[15]. Как пишет В. И. Шенрок об имении Трощинского Кибинцы:

> Дом этот походил больше на обширный клуб или гостиницу, чем на обыкновенный домашний очаг. Все было поставлено в нем на широкую ногу, всего было в изобилии и везде блистали изящество и красота. Гостей в Кибинцах круглый год бывало так много, что исчезновение одних и появление других было почти незаметно в этом волнующемся море [Шенрок 1892: 48].

Одним из главных развлечений в имении Трощинского был крепостной театр, и именно там отец Гоголя ставил пьесы собственного сочинения. Трощинский помог будущему писателю поступить в пансион в Нежине, и когда юноша в 1828 году уехал

[15] У Трощинского было более 80 000 гектаров земли (более 74 000 десятин) и 6000 крепостных [Magarshack 1957: 42].

в Санкт-Петербург, мечтая отличиться, он вез с собой рекомендательные письма от Трощинского [Шенрок 1892: 48, 31, 45, 179]. С этими письмами Гоголь обходил дома высокопоставленных столичных чиновников, ища протекции. Письма Трощинского не оправдали всех надежд Гоголя: хотя племянник великого человека и дал ему немного денег и помог получить должность в Министерстве внутренних дел, в Департаменте государственного хозяйства, гражданская служба была ему не по душе, и он продолжал искать дружеские и выгодные связи [Magarshak 1957: 62].

В итоге именно гостеприимство и покровительство В. А. Жуковского привело молодого человека из провинциальной Украины в самый центр литературной элиты Санкт-Петербурга. Неизвестно, кто написал письмо, обеспечившее Гоголю прием в доме Жуковского, но с того дня, как поэт взял молодого чиновника под свое покровительство, перед ним раскрылись двери высшего света. В качестве постоянного гостя на субботних собраниях у Жуковского в 1831 году Гоголь имел возможность общаться с Пушкиным, князем Вяземским, графом М. Ю. Виельгорским, Н. И. Гнедичем и И. А. Крыловым. Жуковский также познакомил его с П. А. Плетневым, который помог Гоголю получить место учителя в Женском Патриотическом институте, а также частные уроки в великосветских семьях и оплачиваемую писательскую работу [Шенрок 1892: 297, 339]. В последующие годы Жуковский продолжит способствовать литературной карьере Гоголя, помогая ему получать денежную помощь или, выражаясь словами самого Гоголя, «дары» от царя[16]. Обеспечив Гоголя поддержкой в период работы над «Мертвыми душами»,

[16] См. письмо Н. В. Гоголя С. П. Шевыреву от 4 июля 1842 года [Гоголь 1952б: 68]. Согласно Д. Фангеру, Жуковский помог Гоголю получить 800 рублей от царя Николая I в 1836 году и 5000 рублей в 1837 году. С 1841 по 1845 годы Жуковский и другие друзья Гоголя (в том числе П. А. Плетнев и А. О. Смирнова-Россет) помогли получить ему и другую помощь от государя, его супруги и (в одном случае) от С. С. Уварова: 500 рублей в 1841 году, 1000 рублей в 1843 году, 4000 рублей в 1844 году и 3000 серебряных рублей в 1845 году. Поскольку неясно, производились ли эти выплаты в основном серебряными рублями или ассигнациями, точную стоимость подарков на тот момент определить нельзя [Fanger 1979: 148–149].

эти дары оказались в ряду последних проявлений царского покровительства, которое в те годы стало понемногу вытесняться по мере формирования литературного рынка как основного источника заработка для российских писателей. Опыт гоголевского лавирования в литературной экономике России 1830–40 годов, где смешались дар и коммерция, определит его подход к изображению гостеприимства в произведениях от «Вечеров на хуторе близ Диканьки» до «Мертвых душ».

В «Вечерах...» Гоголь предлагает русским читателям стилизованный вариант украинского села, обитатели которого проводят долгие зимние вечера, потчуя друг друга страшными историями и вкусной едой. Предисловие к первому тому написано от имени пасечника по имени Рудый Панько, который приглашает читателей к себе в гости отведать сказок и кулинарных деликатесов: «Приезжайте только, приезжайте поскорей; а накормим так, что будете рассказывать и встречному и поперечному» [Гоголь 1976а: 11–13]. Последующие рассказы — те самые угощения, что сулил Панько. Используя в качестве структурного элемента хлебосольство украинских селян, Гоголь сумел удовлетворить ожидания современных российских читателей, какими он их справедливо представлял: истории о необычном и сверхъестественном, о национальном и народном. Но даже при том, что Панько с уважением и почтением представляется русским читателям, в его приглашении чудится что-то тревожащее. Возьмем словарик, сопровождающий предисловие, где Панько дает перевод на русский язык встречающихся украинских слов. Многие из них обозначают пищу, включая пшенную кашу (*путря*), которую Панько предлагает своим гостям в предисловии. Таким способом Гоголь указывает на восприятие русскими читателями его украинских историй, которые хотя и годны в пищу, все же требуют некоторой помощи, дабы нормально усвоиться.

В «Вечерах...» Гоголь представляет гостеприимство как инструмент передачи жуткого[17]. В 1830-е годы Украина находилась на

[17] Об ощущении жуткого при соприкосновении Я и не-Я в ситуациях гостеприимства см. [Kearney, Semonovitch 2011: 4].

периферии империи, занимая особо значимое место в дискуссиях о русской идентичности. Поскольку русские, как правило, считали историю Киевской Руси своим национальным наследием, тем самым как бы заявляя, что современные украинцы-*малороссы* не совсем равны русским, Украина была территорией, которую русские могли рассматривать почти (но не совсем) как свою собственную [Bojanowska 2007: 27–34]. Эта игра неустойчивого русского Я и представления о Других, от них отличных, домашних и недомашних (*unheimlich*), создает тональность жуткого, которая пронизывает весь цикл повестей, от предисловия к первому тому до отдельных рассказов, большинство из которых являются вариациями на тему принятия Других (не-Я)[18]. Как показала В. Соболь, жуткое было популярным топосом в рассказах о Российской империи XIX века, и «Вечера» — хороший пример этой тенденции [Sobol 2001]. Используя тему гостеприимства, чтобы и заявить, и поставить под сомнение сходство между русскими и их неоднозначно «иными» украинскими соседями, Гоголь предвосхищает, к примеру, «Тамань» Лермонтова («Герой нашего времени», 1840). Русский офицер Печорин, ожидая транспорта на Кавказ, вынужден поселиться в «нечистой» хате в приморском городке. Странное чувство, пронизывающее повесть, возникает в немалой степени из-за неоднозначной этнической идентичности хозяев: мальчик говорит с Печориным по-украински, но переходит на русский, когда думает, что тот его не слышит [Лермонтов 1981: 226, 228].

Гоголь не просто приглашает русских читателей отведать украинского гостеприимства — гостеприимство само входит в соприкосновение с пугающе похожими «иными». Начиная с приема соседей и нечисти у себя в доме и заканчивая обменом услугами и чужеземными товарами, рассказы Гоголя показывают устойчивое слияние разнообразных форм экономики дарения и экономики рынка. Возьмем повесть «Ночь перед Рождеством», открывающую второй том «Вечеров...». Сюжет начинается с «ко-

---

[18] О тональности см. [Ngai 2005: 43] и анализ этого понятия в главе 1 этой книги.

ляды», языческого ритуала гостеприимства, когда сельская молодежь ходит от дома к дому, распевая особые песни *колядки*, а хозяева награждают их «колбасой, хлебом или медным грошем» [Гоголь 1976а: 97]. Далее возникают новые, все более фантастичные виды обмена. Мешки с углем, в которых сидят поклонники Солохи, ошибочно принимаются за мешки с наколядованным добром, а козак проезжает верхом на черте до самого Санкт-Петербурга, где получает от царицы богатый дар: пару ее собственных *черевичек*, расшитых золотом, которые и привозит своей любимой девушке [Гоголь 1976а: 130–133]. Подарок Екатерины II козаку наряду с приглашением Панька, обращенным к русским читателям в предисловии к «Вечерам», ставит Украину в положение периферии, связанной с центром постоянным, взаимным, хотя и неравномерным, обменом дарами. Переход от колядок к царицыным черевичкам также является таинственным отголоском трансформации съедобных даров в несъедобные в предисловии Рудого Панька. В конце предисловия Панько просит читателей представить себе медовые соты, которые он им подаст, «чистые, как слеза, или хрусталь дорогой, что бывает в серьгах» [Гоголь 1976а: 10]. Медовые соты, слеза и хрустальные серьги обладают определенными визуальными характеристиками (прозрачность, блеск) и могут быть преподнесены как знак проявления высоких чувств, хотя по сути и по назначению они отличаются. Замалчивая эти различия, Панько обещает русским читателям аппетитные дары, которые при ближайшем рассмотрении грозят застрять в горле.

Повествовательное хлебосольство Гоголя с течением его писательской карьеры становилось все более тревожным. Эта перемена связана с его постепенным принятием на себя роли «русского» писателя, который желал не только говорить *со* своими русскими читателями, но даже *для* них. Повесть «Старосветские помещики» демонстрирует движение Гоголя в этом направлении, являясь в этом смысле точкой поворота между «Вечерами» и «Мертвыми душами». «Старосветские помещики» открывают первый том сборника «Миргород» (1835). На титульном листе «Миргорода» автор указывает, что эти повести следует считать продолжением «Вечеров». И все же вместо приветствия Рудого Панька Гоголь предлагает читателям эпиграфы, приписываемые прежним посетителям Миргорода. Первый из них — измененная цитата из «Географии Российской империи» (1831) российского статистика Е. Ф. Зябловского (1764–1846), где мы видим следующее описание промышленного и аграрного развития городка Миргорода: «Миргород нарочито невеликий при реке Хороле город. Имеет 1 канатную фабрику, 1 кирпичный завод, 4 водяных и 45 ветряных мельниц»[19]. Второй эпиграф — положительная оценка кухни данной местности, предположительно извлеченная из «записок одного путешественника»: «Хотя в Миргороде пекутся бублики из черного теста, но довольно вкусны» [Гоголь 1976б: 5]. Аттестация путешественником местных бубликов вызывает в памяти перечисление Рудым Паньком угощений в «Вечерах», хотя и резко отличается отсутствием указаний на то, покупал ли сам путешественник эти угощения или их ему преподнесли. Пасечник описывает теплое украинское гостеприимство, ожидающее русских путников, эпиграфы же к «Миргороду» представляют этот регион Российской империи как уже включенный в ее состав (так сказать, «усвоенный»)[20].

«Старосветские помещики» превращают истории об этом «усвоении» в пригодный для продажи миф. Повествователь занимает позицию где-то между Рудым Паньком и путешественниками, высказывания которых взяты в качестве эпиграфов к «Миргороду». Во многом следуя Паньку, он ведет повествование

---

[19] О поправках, внесенных Гоголем в текст Зябловского, см. [Беспрозванный 2010: 326].

[20] Фангер убедительно показывает, что «Старосветские помещики» и другие повести «Миргорода» демонстрируют, как Гоголь «выводит на уровень осознанности и самовыражения то, о чем более прямо говорилось в ранних рассказах». То есть уже *«вместе со своими читателями»* [курсив оригинала. — *Дж. П.*] Гоголь «смотрит и на, и вовнутрь изображаемого им мира, самого его присутствия, окрашенного признанием отсутствия». Фангер дает блестящее прочтение «Старосветских помещиков», в частности, как «глубочайшего осмысления идиллического, его ценности и судьбы» [Fanger 1979: 95–97].

от первого лица, заявляя о своей любви к этим местам и к людям, которых он будет описывать: «Я очень люблю скромную жизнь тех уединенных владетелей отдельных деревень, которых в Малороссии обыкновенно называют старосветскими» [Гоголь 1976б: 7]. В отличие от Панька, однако, повествователь представляет себя не как хозяина, готового принять гостей в Украине, но как человека, который сам когда-то был там частым гостем, но в будущем вряд ли сможет наезжать туда снова. Он оплакивает уход из жизни семейной пары, помещиков Афанасия Ивановича и Пульхерии Ивановны Товстогубов, часто принимавших его у себя в имении:

> Я до сих пор не могу забыть двух старичков прошедшего века, которых, увы! теперь уже нет, но душа моя полна еще до сих пор жалости, и чувства мои странно сжимаются, когда воображу себе, что приеду со временем опять на их прежнее, ныне опустелое жилище, и увижу кучу развалившихся хат, заглохший пруд, заросший ров на том месте, где стоял низенький домик — и ничего более. Грустно! мне заранее грустно. Но обратимся к рассказу [Гоголь 1976б: 8].

Резкий поворот рассказчика от болезненных воспоминаний к делу изложения событий — вот абрис всей повести. Эмоциональный рассказ о гостеприимстве Товстогубов завершается описанием того, как после смерти супругов их наследник разорил имение, менее заботясь о его управлении, чем о покупках разного рода безделиц, не превышающих оптом цены «одного рубля» [Гоголь 1976б: 28]. Во многом подобно превращению привязанности в абстрактную денежную ценность, что достигается переходом от «Я люблю» в первой строке к «одному рублю» в концовке, ностальгия повествователя, вспоминающего гостеприимство пожилой четы, становится ходким товаром в форме повести.

В «Старосветских помещиках» Гоголь «торгует» мифом о гостеприимстве как исчезающем наследии «докоммерческих» времен. Повествователь буквально превращает гостеприимство Товстогубов в миф на продажу, заявляя: «Если бы я был живописец и хотел изобразить на полотне Филемона и Бавкиду, я бы никогда не избрал другого оригинала, кроме них» [Гоголь 1976б: 8]. Филемон и Бавкида — персонажи греческой мифологии, которых изображает Овидий в «Метаморфозах»; эта бедная пожилая чета принимает у себя в доме путешествующих Юпитера и Меркурия и предлагает гостям разделить с ними пищу и кров. В благодарность Юпитер исполняет их желание прожить остаток дней жрецами в его храме и умереть в один день. Конец их земной жизни становится началом бессмертия, поскольку они превращаются в пару деревьев, растущих у входа в храм [Овидий 2016: 630].

Будучи частой темой европейских литографий и картин, гостеприимство Филемона и Бавкиды стало также предметом раннего творчества русского художника О. А. Кипренского (см. рис. 6). Завершив в 1802 году свое произведение, Кипренский получил за него золотую медаль Петербургской Академии художеств. К тому времени, как Гоголь в 1829 году приехал в Петербург, картину приобрел П. П. Свиньин, открыв для свободного обозрения в составе своей коллекции антиквариата и произведений искусства, которую назвал «Русским музеем». Свиньин, будучи издателем журнала «Отечественные записки» (1818–1884), где в 1830 году был опубликован один из рассказов Гоголя, разумеется, был ему известен; вполне возможно, что Гоголь в какой-то момент видел и коллекцию, и картину. Как можно судить по многочисленным упоминаниям в произведениях писателя о продаже в 1834 году коллекции Свиньина, возможно, он даже присутствовал на аукционе, где были проданы картина Кипренского и другие предметы[21].

Повесть Гоголя одновременно и воспроизводит, и разоблачает миф о Филемоне и Бавкиде. Воскрешая дарованное богами изобилие, благодаря которому винные бочонки супружеской

---

[21] Картина Кипренского включена в каталог коллекции Свиньина «Краткая опись предметов, составляющих Русский музей Павла Свиньина», опубликованный в «Отечественных записках» в 1829 году [Русский Музей Павла Свиньина 1829]. Об отношениях Гоголя со Свиньиным и упоминания о продаже Русского музея в произведениях Гоголя см. [Виноградская 2013].

Рис. 6. Кипренский О. А. Юпитер с Меркурием посещают Филемона и Бавкиду (1802). Холст, масло. 124,7 × 101,8 см. Национальный художественный музей, Рига, Латвия

четы у Овидия не иссякают, гостеприимство Товстогубов становится возможным благодаря «благословенному» плодородию земли:

> Но сколько ни обкрадывали приказчик и войт, как ни ужасно жрали все во дворе, начиная от ключницы до свиней, которые истребляли страшное множество слив и яблок и часто собственною мордою толкали дерево, чтобы стряхнуть с него целый дождь фруктов, сколько ни клевали их воробьи и вороны, сколько вся дворня ни носила гостинцев своим кумовьям в другие деревни и даже таскала из амбаров старые полотна и пряжу, что все обращалось к всемирному источнику, т. е. к шинку, сколько ни крали гости, флегматичные кучера и лакеи, — но благословенная земля производила всего в таком множестве, Афанасию Ивановичу и Пульхерии Ивановне так мало было нужно, что все эти страшные хищения казались вовсе незаметными в их хозяйстве [Гоголь 1976б: 13–14].

Описание жизни в имении Афанасия Ивановича и Пульхерии Ивановны — это нечто среднее между идиллией и обличением. Идиллическое видение состоит в том, что труд крепостных остается за страницами, они изображены как бремя для имения, а не как основные производители материальных благ. Кажется, что только Бога и «благословенную» природу следует благодарить за щедроты, которыми пользуются помещики, их крестьяне и гости. Подобное описание хозяйства Товстогубов резко контрастирует с историей Филемона и Бавкиды. У Овидия пожилые супруги не имеют слуг, а пищу, похоже, готовят только при появлении гостей, причем предлагают очень скромное угощение. Товстогубы в повести Гоголя окружены множеством прислуги, едят постоянно и обильно, вне зависимости от наличия гостей. В частности, Афанасий Иванович ест так много, что страдает животом, а Пульхерия Ивановна, дабы утишить эти страдания, предлагает ему новое угощение [Гоголь 1976б: 14–16]. Несмотря на то что пища в повести является в виде множества тарелочек и кусочков, переедание приобретает столь гиперболичный вид, что просто обескураживает.

Внося в повествование дополнительную ноту тревожности, повествователь сам никогда явным образом не появляется на сцене, будь то в имении Товстогубов или в российском городе, на который он намекает. Несмотря на намеренно субъективное повествование, он ни разу напрямую не говорит, кто он сам, как и когда познакомился с пожилыми супругами, где он находится в то время, когда пишет свою повесть. Его знакомство с местностью и дружба со стариками позволяет предположить, что он украинец, а его рассуждения о городской жизни, которую он считает менее предпочтительной, говорят о том, что он проживает в Санкт-Петербурге. Биография Гоголя, украинского писателя, переехавшего в столицу, своим сходством с биографией повествователя заставляет предположить, что его следует рассматривать как фигуру автора. Однако писатель сам с иронией опровергает эту параллель, поскольку повествователь подшучивает над украинцами, которые перебираются в столицу и русифицируют свои имена, как это сделал и он сам[22]. Воздерживаясь от любой идентификации повествователя (или же — с ним), Гоголь оставляет у читателей также чувство неопределенности относительно своего отношения к ним.

Наряду с необычайным количеством пищи, которую поглощают персонажи, бесконечное движение повествователя сквозь время и пространство вызывает чувство тошноты, неотделимое от ностальгического тона повести. «Старосветские помещики» — единственное из произведений Гоголя, которое засвидетельствовало то, что комментаторы XXI века называли неизбывной ностальгической тональностью современных дискурсов о гостеприимстве. Однако, как показывает в своем исследовании патологической истории ностальгии К. Гудман, это чувство в XVIII — начале XIX веков означало совершенно иное, нежели сегодня. В то время оно обозначало соматическое расстройство, часто наблюдавшееся у моряков и солдат вдали от дома. Болезнь

---

[22] Полная фамилия писателя — Гоголь-Яновский, ее последнюю часть польского происхождения он убрал, предположительно, во время восстания в Польше в 1830–1831 годов [Bojanowska 2007: 38].

состояла не столько в тоске по старым временам, сколько в ощущении перемещения в пространстве. Ностальгия была формой «патологии путешествий» (или укачивания, морской болезни), возникающей в контексте колониальной экспансии и войн [Goodman 2008: 201, 208] (см. также [Goodman 2010]). В «Старосветских помещиках» это ощущение сопровождает перемещение в пространстве и времени между гостеприимным украинским прошлым и коммерциализированным и прагматичным русским настоящим, где Украина и ее прошлое должны поддерживать национальный / имперский миф о русском / славянском гостеприимстве[23]. Эти перемещения создают вызывающую дурноту неясность, где и когда существуют персонажи, повествователь и читатели.

Отсылая читателей к Филемону и Бавкиде, Гоголь тем самым дает им возможность остановиться и задуматься о том, стоит ли трактовать изображаемое в повести мифическое прошлое в универсальном или национальном ключе. Должны ли мы думать, что «Старосветские помещики» рисуют украинское и / или русское прошлое или «докоммерческое» прошлое в более общем смысле? Аллюзия на Филемону и Бавкида также поднимает вопрос о том, следует ли воспринимать фигуру повествователя как одного из их благочестивых гостей, и если да, то не следует ли читателю также считать себя одним из них. Как посланник богов и покровитель коммерции, Меркурий имеет много общего с повествователем, который одновременно рассказывает о мифических событиях и выставляет эту историю на продажу. Образ Меркурия на картине Кипренского особенно подходит Гоголю, поскольку он также скрывается на заднем плане, пребывая как бы на сцене и вне ее; Меркурий обращен к зрителю спиной, поэтому ни его личность, ни его отношение к происходящему определить нельзя. Но как же читатель может соотнести себя с Юпитером, если он скорее наблюдает за развитием событий, чем направляет их?

---

23 О хронотопе в «Старосветских помещиков» см. также [Graffy 1989: 40; Лотман 1968: 25].

Картина Кипренского предлагает одну интригующую черту сходства русского читателя с Юпитером, поскольку, в отличие от большинства предшествующих визуальных интерпретаций этого мифа, здесь упор делается на власть Юпитера над Филемоном, Бавкидой и Меркурием одновременно: отбросив роль гостя, он предстает повелителем богов и властителем мира. Трактовка Кипренским мифологического сюжета вызывает ассоциации с традицией щедрого гостеприимства подданных по отношению к своим правителям в эпоху Екатерины II, о которой говорилось выше. В контексте «Старосветских помещиков» можно также говорить о неравных властных взаимоотношениях между Россией и Украиной, которые повествовательное хлебосольство Гоголя одновременно маскирует и обнажает. Если помещики вроде Товстогубов обязаны российской власти былыми дарами в виде земель и крестьян, то любое ответное гостеприимство, которым наслаждаются русские читатели, предопределено условиями правления в Российской империи.

Дар как принуждение

Если в «Вечерах» гостеприимство вызывает ощущение жуткого, а в «Старосветских помещиках» — тошнотворной ностальгии, то в «Мертвых душах» оно провоцирует явное отвращение. В каждой сцене приема в «Мертвых душах» присутствует тот или иной элемент порчи, поскольку Гоголь вплетает неприглядные операции коммерческой, аграрной и телесной экономики в экономику дарения и гостеприимства. В некоторых эпизодах он подчеркивает экономические императивы, лежащие в основе обмена чувствами, в других — проводит аллюзии с физиологическими процессами, которые поочередно управляют или управляются на благо экономического и эмоционального обмена. Изображая работу желудка, эмоциональные усилия и физическую работу, от которой зависит гостеприимство и его культурная мифология, «Мертвые души» превозносят экономический характер обмена дарами.

Приезд Чичикова в гостиницу на первой странице «Мертвых душ» открывает тематику путешествия, еды и платных даров, характерную для «Вечеров» и «Старосветских помещиков». Гоголевское описание гостиницы трансформирует традиционные знаки гостеприимства. Если когда-то гостей традиционно встречали хлебом-солью на рушнике, половой приветствует Чичикова «салфеткой в руке», а более ничем. Вместо хозяина или хозяйки, предлагающих поставить самовар, человек, торгующий сбитнем в уго́льной лавочке гостиницы, сам напоминает свой самовар, знаменуя глубинное обезличивание того, что предлагает гостям. Гоголь живописует коммерческое гостеприимство особенно неаппетитным образом, представляя Чичикову и его слугам разные неприглядные вещи, прибегая к метафорам еды. К примеру, гостиницу он описывает как одно из тех заведений, где «за два рубля в сутки проезжающие получат покойную комнату с тараканами, выглядывающими как чернослив из всех углов». Подобное сравнение насекомых — разносчиков болезней с сытной едой вызывает упорную ассоциацию между предметами, пробуждающими аппетит, и омерзением на протяжении всей повести. Тот же эффект достигается, когда неприятно пахнущий чичиковский лакей Петрушка устраивается в конурке на тюфяке, «убитом и плоском как блин, который удалось ему вытребовать у хозяина гостиницы». Незатейливые блюда, которые подавали Чичикову, выглядят ненамного привлекательнее, — например, щи «с слоеным пирожком, нарочно сберегаемым для проезжающих в течение нескольких неделей». Хотя ничто не показывает, будто Чичиков недоволен едой, его привычка «высмаркиваться чрезвычайно громко» во время еды помещает слизь, от которой он освобождается, в довольно омерзительную близость с тем, что он ест [Гоголь 1978а: 8]. Читателя подташнивает, а Чичикова, по-видимому, нет.

Гостеприимство, которым Чичиков пользуется в «Мертвых душах», неаппетитно, даже если он за него не платит. Как и в эпизоде с гостиницей, образ протухшей еды упорно ассоциируется с экономическими мотивами обмена дарами. Гоголь выводит на свет экономический характер гостеприимства там, где Чичиков посвящает второй день пребывания в городе N визитам «всем городским сановникам», «очень искусно умея польстить каждому». Здесь амбициозный Чичиков извлекает выгоду из гостеприимства местных чиновников, чтобы пробраться в их общество и реализовать свой замысел скупить мертвые души. Отсылая к характеристике «амбиции» как одновременно иностранной и русской традиции посещения высокопоставленных лиц с намерением продвинуться, предложенной Радищевым, о чем я упоминала в главе 1, повествователь представляет визиты стандартной процедурой, в которой Чичиков прекрасно искушен: «...жаль, что несколько трудно упомнить всех сильных мира сего; но довольно сказать, что приезжий оказал необыкновенную деятельность насчет визитов» [Гоголь 1978а: 12–13]. Гоголь изображает эту традицию как одновременно приятную и тошнотворную[24]. Во время вечеринки, куда губернатор приглашает Чичикова, повествователь сравнивает одетых с иголочки гостей с «мухами», которые «носятся на белом сияющем рафинаде в пору жаркого июльского лета». Такое уподобление портит сладость гостеприимства образом паразитической амбиции.

Сходный образный ряд отравляет даже те дары в «Мертвых душах», что кажутся менее всего затронутыми экономическими расчетами. Например, первое из имений, куда приезжает Чичиков, изначально отмечено сентиментальной экономикой чувств, а его владелец Манилов — самый щедрый хозяин во всей поэме. Он посвящает большую часть времени обмену дарами и другими знаками привязанности со своей женой:

> Несмотря на то, что минуло более восьми лет их супружеству, из них все еще каждый приносил другому или кусочек яблочка, или конфетку, или орешек, и говорил трогательно-нежным голосом, выражавшим совершенную любовь: «разинь, душенька, свой ротик, я тебе положу этот кусочек». — Само собой разумеется, что ротик раскрывался при

---

[24] О несколько неаппетитной эстетике «до тошноты сладкого» (*douceâtre*) см. [Freed-Thall 2015: 133–142].

> этом случае очень грациозно. Ко дню рождения приготовляемы были сюрпризы: какой-нибудь бисерный чехольчик на зубочистку. И весьма часто, сидя на диване, вдруг совершенно неизвестно из каких причин один, оставивши свою трубку, а другая работу, если только она держалась на ту пору в руках, они напечатлевали друг другу такой томный и длинный поцелуй, что в продолжение его можно бы легко выкурить соломенную сигарку [Гоголь 1978а: 24–25].

Гоголь развенчивает сладость супружеских поцелуев аллюзией на больные зубы от постоянного употребления сладкого: «бисерный чехольчик на зубочистку», этот милый дар всего лишь декоративное прикрытие постоянной борьбы с гниением. Автор еще сильнее отравляет сладость поцелуев, измеряя их продолжительность дешевыми соломенными сигарками. Точно так же, когда Чичиков без предупреждения наведывается в их имение, Маниловы рады его принять, однако Гоголь постоянно подрывает обмен чувств моментами грубой материальности.

Манилов выделяется в повести как единственный помещик, который выполняет просьбу Чичикова о мертвых душах без видимой мысли о материальной выгоде. Он даже предлагает покрыть все расходы, связанные с передачей душ: «...с своей стороны я передаю их вам безынтересно и купчую беру на себя» [Гоголь 1978а: 35]. И все же Гоголь не одобряет щедрости Манилова; повествователь открыто говорит, что в «приятность» на лице Манилова «казалось, чересчур было передано сахару; в приемах и оборотах его было что-то заискивающее расположения и знакомства» [Гоголь 1978а: 23]. Выражение его лица «не только сладкое, но даже приторное, подобное той микстуре, которую ловкий светский доктор засластил немилосердно, воображая ею обрадовать пациента» [Гоголь 1978а: 28]. Подобное сравнение Манилова с «ловким» доктором, навязывающим свои лекарства, является предостережением для читателей относительно экономического расчета, кроющегося за его дарами. Хотя маниловская щедрость, возможно, и не нацелена на коммерческую прибыль, она укрепляет его престижное положение благородного господина. Именно владение землей и крепостными позволяет ему дарить, а культивируемая чувствительность побуждает его так поступать.

Со своей стороны, Чичиков извлекает материальную выгоду из экономических и эмоциональных норм, действующих в имении Манилова. По прибытии гость быстро перенимает сентиментальный тон хозяина, маскируя коммерческие намерения за языком дружбы. В одном месте он объявляет: «Не имей денег, имей хороших людей для обращения, сказал один мудрец» [Гоголь 1978а: 28]. Здесь Чичиков использует сентиментальную риторику как валюту, поскольку именно его слова вдохновляют Манилова подарить ему мертвые души. Гоголь намекает на деловой характер языка Чичикова словом *обращение*, которое в буквальном смысле может означать «коммуникацию» или «циркулирование». Используя вербальные признаки чувств как валюту общения, Чичиков побуждает Манилова «пустить в обращение» людей, пусть и мертвых.

Позднее Чичиков обращает в валюту физиологические признаки эмоций. Как бы в благодарность за обещание Манилова отдать ему мертвые души, Чичиков испускает «очень глубокий вздох» и делает вид, что плачет:

> Казалось, он был настроен к сердечным излияниям; не без чувства и выражения произнес он наконец следующие слова: — Если бы вы знали, какую услугу оказали сей, по-видимому, дрянью человеку без племени и роду! Да, и действительно чего не потерпел я? как барка какая-нибудь среди свирепых волн... Каких гонений, каких преследований не испытал, какого горя не вкусил, а за что? за то, что соблюдал правду, что был чист на своей совести, что подавал руку и вдовице беспомощной и сироте горемыке?.. — Тут даже он отер платком выкатившуюся слезу [Гоголь 1978а: 36–37].

Благодаря Манилова за подарок, Чичиков представляет себя человеком, много выстрадавшим из-за своего милосердия. Здесь Гоголь живописует выражения щедрости как спектакль корыстолюбия, подчеркивая также роль, которую в этом спектакле играют тела.

Гоголевское изображение физиологии и тела во время визита Чичикова к Манилову делает теплое гостеприимство тошнотворным. Временами источником этого омерзения кажется коммерческая афера Чичикова. Например, после того как Чичиков покидает имение, Манилов фантазирует, как будет всегда жить вместе с таким другом, когда «странная просьба Чичикова прервала вдруг все его мечтания. Мысль о ней как-то особенно не варилась в его голове: как ни переворачивал он ее, но никак не мог изъяснить себе» [Гоголь 1978а: 38]. Здесь идея торговли мертвыми душами увязана с пищеварением. Но в иные моменты отвращение вызывает само гостеприимство, а не коммерческая амбиция, направленная на извлечение выгоды. К примеру, Манилов и его супруга подают Чичикову, «по русскому обычаю, щи, но от чистого сердца» [Гоголь 1978а: 29]. И этот русский обычай оказывается особо неаппетитным. Когда хозяева с гостем садятся за стол, у сына Маниловых чуть не капает в суп капля из носа; хорошо, что лакей этому помешал [Гоголь 1978а: 30]. Подобная угроза злосчастного выделения, пусть и предотвращенная, подрывает дар гостеприимства напоминанием и о дворянском, и о крестьянском теле, которое требует заботы, чтобы дар был осуществим. Здесь именно физические и экономические условия благородного гостеприимства добавляют ему неприглядности. Более того, обмен знаками гостеприимства и в этой главе, и далее строится на некогда материальных «мертвых душах» крепостных: без явно загнивающего института крепостного права дар был бы невозможен.

По мере того как Чичиков разъезжает по имениям местных помещиков, Гоголь уводит дар гостеприимства все глубже в трясину материальной заинтересованности. И трясина эта приобретает все более осязаемый вид, когда по пути в следующее имение подвыпивший кучер Чичикова во время грозы опрокидывает бричку вместе с хозяином в размокшую грязь. Когда испачканный герой добирается до дома Коробочки, живущей по соседству с его следующей целью, прислуга вначале отказывается его впустить, заявляя: «Здесь тебе не постоялый двор» [Гоголь 1978а: 42]. Только когда он называет себя дворянином, хозяйка соглашается его принять, замечая при этом, что у него «как у борова вся спина и бок в грязи» [Гоголь 1978а: 42, 44]. И на последующих страницах Гоголь продолжает развивать тему свинства. Например, на следующее утро, осматривая владения Коробочки, Чичиков замечает среди прочих признаков процветающего хозяйства птичий двор, полный кур и индеек, петуха и целое семейство свиней. Однако живописную безмятежность этой сцены нарушает свинья, которая, «разгребая кучу сора, съела мимоходом цыпленка и, не замечая этого, продолжала уписывать арбузные корки своим порядком» [Гоголь 1978а: 46]. Как и упоминание борова, эта свинья — символ невнимания самого Чичикова к тому, что он потребляет. Оно проявляется за столом Коробочки, когда Чичиков поедает предлагаемые ему пироги и блины с безразличием ко вкусу этих блюд. Да и Коробочка угощает его только потому, что Чичиков назвался губернаторским подрядчиком, и она надеется, что ее гостеприимство побудит его закупить то, что производит ее хозяйство [Гоголь 1978а: 53]. Рачительная хозяйка имения даже умнее, чем думает Чичиков: хотя Коробочка продает ему мертвые души, позднее она рассказывает о сделке горожанам в N, куда едет, чтобы посоветоваться, не продешевила ли [Гоголь 1978а: 168–169]. Когда она въезжает в город в экипаже, похожем на «толстощекий выпуклый арбуз, поставленный на колеса» [Гоголь 1978а: 168–169], текст как будто извергает себя обратно эпизод ее гостеприимства, приправленный арбузными корками, разоблачая ее дары как гораздо менее аппетитные (но, что удивительно, до странности жизнеспособные), чем они казались сначала.

Говоря, что гоголевский текст извергает себя обратно, мы следуем замыслу автора, который применяет пищеварительные метафоры к написанию и чтению литературных произведений. В опубликованных работах Гоголь регулярно сравнивает литературу с пищей, а в частных заметках — и с пищей, и с экскрементами. Все эти метафоры изображают литературу как частью дар, частью товар. К примеру, в письме неизвестному адресату (возможная дата написания — 20 июля 1842 года, Гастейн) коммерциализированное гостеприимство наводит Гоголя на образ

«Мертвых душ» как съедобного дара, выставленного на продажу: сравнивая себя с «трактирщиком в каком-нибудь европейском отеле», он описывает свою работу как табльдот на «20 блюд, а может быть, и больше» и просит адресата сообщить, какие придутся более по вкусу. Делая подобный обмен коммерциализованного гостеприимства более личным, Гоголь пишет, что адресат обязан ему за некую услугу, и просит «в благодарность» прислать ему отзыв о «Мертвых душах» [Гоголь 1952б: 81]. В этом смысле читатель, должно быть, хорошо заплатил за угощение, но все-таки лично обязан автору, который его приготовил.

В письме к М. П. Погодину от 1 февраля 1833 года Гоголь сравнивает литературу с экскрементами, размывая нечеткие границы между торговлей и дарением:

> Вы спрашиваете об Вечерах Диканских. Чорт с ними! Я не издаю их. И хотя денежные приобретения были бы не лишние для меня, но писать для этого, прибавлять сказки не могу. Никак не имею таланта заняться спекуляционными оборотами. Я даже позабыл, что я творец этих Вечеров, и вы только напомнили мне об этом. Впрочем, Смирдин отпечатал полтораста экземпляров 1-й части, потому что второй у него не покупали без первой. Я и рад, что не больше. Да обрекутся они неизвестности! покамест что-нибудь увесистое, великое, художническое не изыдет из меня.
> Но я стою в бездействии, в неподвижности. Мелкого не хочется! великое не выдумывается! Одним словом, умственный запор. Пожалейте обо мне и пожелайте мне! Пусть ваше слово будет действительнее клистира [Гоголь 1940: 256–257].

Не скрывая, что ему известно, как хорошо продаются его работы, несмотря на то что сочиняет он якобы не для денег, Гоголь представляет литературу одновременно как товар и как дар — предмет на продажу и благородное предприятие, служащее цели более великой, чем прибыль. Замечательно здесь то, что эти противоположные представления о литературе объединены в образе кала, который не выходит.

В письме Жуковскому (12 ноября 1836 года, Париж) Гоголь использует все соответствующие метафоры о литературе как пище, экскрементах, товаре и даре. Описывая недавнюю поездку в Швейцарию, он пишет: «Каждое утро, в прибавление к завтраку, вписывал я по три страницы в мою поэму, и смеху от этих страниц было для меня достаточно, чтобы усладить мой одинокий день» [Гоголь 1952а: 74]. Здесь «Мертвые души» являются угощением, которым автор потчует сам себя, оказывая благотворное эмоциональное и физическое воздействие на свой желудок. Этот «услаждающий» образ становится менее приятным, когда Гоголь приписывает позднейшую неспособность сочинять геморрою и «ипохондрии» [Гоголь 1952а: 75]. Как мы видели в главе 1, в конце XVIII — начале XIX веков «гипохондрия» обозначала проблему одновременно физиологическую и эмоциональную: желудочное недомогание, ассоциирующееся с меланхолией и чрезмерной амбицией. В своих письмах Гоголь часто упоминает это недомогание в связи с геморроем и запором, которые он уподобляет авторскому застою.

Обращаясь к Жуковскому, Гоголь относит свои проблемы с сочинительством и пищеварением на счет отсутствия теплого жилья и теплых чувств. Он поясняет, что холодная квартира, где он живет, напоминает ему, как Жуковский принимал его в Санкт-Петербурге зимой 1830–1831 годов («встречали меня приходившего к вам и брали меня за руку, и были рады моему приходу»); резкий контраст между этим прошлым гостеприимством и нынешним положением ввергает его в меланхолию. Надеясь, возможно, что Жуковский и далее будет ему покровительствовать, Гоголь представляет это покровительство как род духовной и материальной пищи, в которой он нуждается, чтобы творить. Сообщая, что он переехал в Париже в удобную квартиру, которую он получил не иначе как с Божьей помощью, он говорит, что способен сочинять снова: «Бог простер здесь надо мной свое покровительство <...> Мертвые текут живо, свежее и бодрее, чем в Вевё» [Гоголь 1952а: 74].

Согласно Гоголю, связь между сочинительством и испражнением была не просто метафорой. Как показывает письмо к Н. Я. Прокоповичу (19 сентября 1837 года, Женева), он винит свои проблемы с пищеварением в медленной работе над «Мертвыми душами»:

> Желудок мой гадок до невозможной степени и отказывается решительно варить, хотя я ем теперь очень умеренно. Гемороидальные мои запоры по выезде из Рима начались опять, и, поверишь ли, если не схожу на двор, то в продолжение всего дня чувствую, что на мозг мой как будто бы надвинулся какой-то колпак, который препятствует мне думать и туманит мои мысли. Воды мне ничего не помогли, и я теперь вижу, что они ужасная дрянь; только чувствую себя хуже: легкость в карманах и тяжесть в желудке [Гоголь 1952а: 110].

Этот риторический перенос (затуманенные мозги и закупоренные кишки) придает новый смысл и его жалобам на неспособность «выкопать» что-нибудь из своей грязной головы для альбома М. А. Власовой, и юмористическому изображению его с огромной головой на карикатуре Бруни (см. о том и о другом в начале этой главы). В этих документальных свидетельствах, как и в гоголевских письмах, неспособность *отдавать* представлена как физиологическое состояние.

Хотя в только что процитированных письмах Гоголь подчеркнуто не использует поэтическое сравнение литературы с «даром», в других документах эта метафора возникает. К примеру, в обращении к графу С. С. Уварову (между 24 февраля и 4 марта 1842 года, Москва) за «покровительством» он выражает надежду, что «соотечественники преклонятся ко мне участием, оценят посильный дар, который стремится всякий русский принести своей отчизне». И все-таки, как и в процитированном выше письме к Погодину, Гоголь признает, что его дары — на продажу: прося Уварова ускорить цензурирование «Мертвых душ», он жалуется на то, что «проходит время, в которое книга имеет сбыт и продается» [Гоголь 1952б: 40].

Утверждения З. Фрейда, что фекалии не только есть первый «дар» от ребенка родителям, но в психической сфере они также ассоциируются с деньгами, могут быть полезны, если сравнить их со склонностью Гоголя представлять свое творчество одновременно как пищу и испражнения, товар и дар[25]. Для Гоголя, как

---

25 Полезный обзор трудов Фрейда об испражнениях, дарах и деньгах см. в работе У. Меннингаус [Menninghaus 2003: 213–220].

и для Фрейда, тело играет активную роль в экономической жизни. Если размышления Фрейда об экскрементах поддерживают его теорию о том, как подавление анальной эротики и других «влечений» формирует экономически ориентированные черты характера, такие как «бережливость», труды Гоголя демонстрируют меньше интереса к подавлению или сублимированию аберрантных импульсов, чем к взаимодействию как будто противоположных импульсов[26]. В отличие от Фрейда, Гоголь ассоциирует фекалии и другие малоаппетитные субстанции с едой, а также с дарами и деньгами. Фрейд ближе всего подходит к Гоголю там, где поражается, насколько фекалии способны генерировать символические системы. Прослеживая широкий спектр ценностей и поведенческих паттернов вплоть до врожденного интереса к фекалиям, Фрейд восклицает: «Я едва ли смогу перечислить тебе все то, что для меня (нового Мидаса!) превращается в нечистоты»[27]. Как субстанция, возникающая в результате соединения и преобразования различных материй в однородную массу, которая, в свою очередь, помогает создавать заново сформированные формы живого, экскременты в самом деле являются хорошим примером гоголевского слияния противоположных категорий в новую форму ценности.

В «Мертвых душах», как и в частной переписке Гоголя, пища незаметно приобретает форму нечистот, а щедрость и благодарность увязываются с экономическими интересами. После того как Чичиков покидает имение Коробочки, повесть продолжает преображать (или переваривать) предыдущие эпизоды: герой перемещается между все новыми коммерческими предприятиями, домами помещиков и чиновников, беспрестанно ест, снова и снова озвучивает предложение о покупке мертвых душ и получает самые разные отклики, соответствующие различным формам и уровням предлагаемого ему гостеприимства. А тем временем повествователь занимает промежуточную позицию между хозяином и гостем: он руководит читателями в путешествии по

---

[26] См. подробнее [Фрейд 1923].

[27] Цит. по: [Дадун 1994: 98].

российской провинции и потчует их «продовольственной» прозой, но ассоциирует себя и с Чичиковым — путешественником и едоком. Например, когда Чичиков заедает завтрак у Коробочки поросенком в первом попавшемся трактире, рассказчик с восхищением говорит о ненасытном аппетите своего героя:

> Автор должен признаться, что весьма завидует аппетиту и желудку такого рода людей <...> Но господа средней руки, что на одной станции потребуют ветчины, на другой поросенка, на третьей ломоть осетра или какую-нибудь запеканную колбасу с луком и потом как ни в чем не бывало садятся за стол в какое хочешь время, и стерляжья уха с налимами и молоками шипит и ворчит у них меж зубами, заедаемая расстегаем или кулебякой с сомовьим плесом, так что вчуже пронимает аппетит, — вот эти господа, точно, пользуются завидным даянием неба! [Гоголь 1978a: 59].

Читатели, знакомые с проблемами с пищеварением у самого Гоголя, могут услышать их отзвуки в зависти рассказчика к аппетиту Чичикова. Как человек с «червячком» приобретательства, который постоянно поглощает еду и забывает о потребности испражняться, Чичиков действительно может быть предметом зависти Гоголя, который считал запоры помехой своим творческим амбициям. Если для Чичикова аппетит есть «дар», позволяющий извлекать максимальную выгоду из гостеприимства прочих персонажей, то для Гоголя это проклятие, постоянно мешающее его усилиям попотчевать своих читателей. Но даже не зная о таких интимных деталях, как запоры, читатели гоголевской прозы способны испытать нечто подобное. Как бы то ни было, воздействие чичиковского аппетита на рассуждения повествователя говорит о том, что, по определенным стандартам, герой ест слишком много. А в результате этого спектакля нескончаемого потребления аппетит скорее «вчуже» утрачивается, чем «пронимает».

На протяжении всего повествования гостеприимство приобретает все более неаппетитный оттенок, когда щедрые хозяева и их гость-приобретатель начинают все сильнее напоминать друг друга. В доме Ноздрева сам хозяин проявляет себя большим пройдохой, чем его гость. Пищу у него готовит повар, который кладет в нее туда «первое, что попадалось под руку <...> словом, катай-валяй, было бы горячо, а вкус какой-нибудь, верно, выйдет». Вина, предмет особенной гордости Ноздрева, еще вернее демонстрируют его характер — они разбавлены, трудно определить их качество, их наливают гостям усердно, в то время как сам хозяин воздерживается, намеренно напаивая гостей, чтоб, вероятно, обвести их вокруг пальца [Гоголь 1978а: 73]. В делах, как и в застолье, единственная цель Ноздрева — обман. Он единственный из помещиков, кто отказывается продать Чичикову мертвые души. Встреча с Ноздревым заканчивается тем, что помещик грозит Чичикову физической расправой, и героя спасает только то, что этого мошенника из мошенников приходит арестовать местный исправник [Гоголь 1978а: 84].

Подобная неприятность ничуть не сдерживает Чичикова, который продолжает поглощать все, что ему предлагают в доме Собакевича. Здесь ничто не позволяет предположить, что пища дурна, однако Собакевич ведет застольную беседу в решительно «гадком» духе, описывая, какими мерзкими вещами другие люди — в том числе и просвещенные европейцы — угощают гостей (кошки, лягушки, тухлая баранина и т. д.). Более того, Собакевич и прочие за столом едят столько, что с трудом способны это переварить:

> За бараньим боком последовали ватрушки, из которых каждая была гораздо больше тарелки, потом индюк, ростом в теленка, набитый всяким добром: яйцами, рисом, печенками и невесть чем, что все ложилось комом в желудке. Этим обед и кончился; но когда встали из-за стола, Чичиков почувствовал в себе тяжести на целый пуд больше [Гоголь 1978а: 94–95].

За предложением Собакевичем такого впечатляющего количества еды не стоит никакого истинного дружелюбия, и это становится ясно, когда Чичиков излагает свою просьбу о мертвых душах. Чувствуя, что мертвые души явно имеют ценность для

Чичикова, Собакевич назначает за них непомерную цену. Хотя Собакевич восхваляет свое русское хлебосольство, противопоставляя себя скопидому Плюшкину, он оказывается тем, кого Чичиков именует «кулак» [Гоголь 1978а: 94, 101].

Чрезмерное потребление в предыдущих главах выливается в метафорическое «облегчение» в доме Плюшкина. Именно скупость Плюшкина в результате позволяет ему дать Чичикову больше, чем тот просит, и больше, чем прочие помещики: скупец морил своих людей голодом, и многие ударились в бега. Уничтожая любые различия между понятиями «брать» и «отдавать», рассказчик так комментирует факт передачи Чичикову более 200 мертвых или сбежавших крестьян: «Такое неожиданное приобретение был сущий подарок» [Гоголь 1978а: 124]. Во многом подобно дарам гоголевских писем, живописующих автора, мечтающего избавиться от запоров, плюшкинский дар Чичикову примечательно фекальный. Как указывал В. Голштейн, прореха «назади» плюшкинского халата, «навоз», в который превращаются продукты его имения, и разлагающаяся куча мусора у него в доме вызывают ассоциации между Плюшкиным и анусом [Golstein 1997: 248]. Создав образ Плюшкина, Гоголь выполняет слово, данное Жуковскому в упомянутом письме 1836 года: «Какая разнообразная куча! Вся Русь явится в нем!» [Гоголь 1952а: 74].

Подобно плюшкинской куче, Русь в «Мертвых душах» одновременно и гниет, и плодоносит. Действительно, визитом Чичикова к Плюшкину повесть не заканчивается, но переходит на новые циклы потребления и испражнения. Когда кажется, что Чичиков уже достиг своей цели, собрал значительное количество мертвых душ и завоевал положение, к которому так стремился, его аферу разоблачают — и он остается ни с чем, за исключением чувства человека, который «прекрасно вычищенным сапогом вступил вдруг в грязную, вонючую лужу» [Гоголь 1978а: 165]. Поддерживая пищеварительную структуру повествования, отъезд Чичикова из города побуждает повествователя обратиться к прошлому героя, и это прошлое само по себе отмечено циклами приобретений и потерь. Эта цикличность одновременно и препятствует амбициозному продвижению Чичикова, и подвергает сомнению новизну этого типа людей. Манипуляции героя с ценными бумагами являются признаком вторжения коммерции в аграрную Россию, однако расчет на гостеприимство для продвижения — вполне обычная практика. Помещики, приглашавшие Чичикова в гости, преследуют собственные интересы, так же, как и он: они действительно нуждаются в этой сделке, поскольку она дает им возможность что-то отдать. Точно так же распространение коммерции и повышенное внимание к социальным амбициям в николаевской России дали Гоголю возможность потчевать читателей ироничным рассказом об отрицании этих ценностей как отвратительных и чужеродных[28]. Гоголь обращается к противопоставленным друг другу в те времена понятиям, с тем чтобы ослабить это противопоставление: в его воображаемой вселенной литература — и дар, и товар, гостеприимство одновременно теплое и загнивающее, а эмоциональные и физические ощущения и стимулируют, и подрывают экономический обмен.

Как показала эта глава, теоретический дискурс гостеприимства и его практики были очень важны для художественного творчества Гоголя. Начиная с вступления на литературную сцену Санкт-Петербурга на вечерах Жуковского, до лет, проведенных в Риме, когда он создавал свои главные произведения, и заканчивая последними месяцами в Москве, где он сжег черновики второго тома «Мертвых душ» и уморил себя голодом в доме своего друга А. П. Толстого, всю свою жизнь, в том числе в литературе, Гоголь был вечным гостем. Он жил в городах, далеко отстоящих от родового имения в Украине, и получал кров, денежную поддержку и покровительство разного рода влиятельных друзей. Так гостеприимство стало доминирующей темой, на основе которой он выстраивал взаимоотношения с читателями[29]. Он представал здесь как хозяин, там как гость, а где-то как ту-

---

28 Об отвращении см. в эссе Ю. Кристевой [Кристева 1982].

29 Об увлечении Гоголя вопросами писательской деятельности см. также [Lounsbery 2007: 19–31].

манная фигура — и гость, и хозяин. Если в украинских повестях гостеприимство должно наладить отношения между неизвестным украинским писателем и искушенным русским читателем, то в «Мертвых душах» оно свидетельствует об уязвимой, в конечном счете, позиции, в которую он себя поставил не просто как русский писатель, но как пророк, чьи литературные и духовные дары должны были спасти нацию от морального запустения.

Разочарованный в своем стремлении преподнести более насыщенный в духовном смысле образ России, чем это получилось у него в первом томе «Мертвых душ», последние годы жизни Гоголь был озабочен своим наследием. В отрывке, вычеркнутом им из «Завещания», включенного в последнее опубликованное произведение — «Выбранные места из переписки с друзьями» (1847), — он делает последнюю попытку представить себя любезным хозяином — не для своих обычных читателей, но для незнакомцев, которые явятся в грядущем. В этом отрывке, который он отсылает матери в письме 1846 года, Гоголь наказывает ей, сестрам и слугам превратить после его смерти фамильный дом в пристанище для путников:

> По кончине моей никто из них уже не имеет права принадлежать себе, но всем тоскующим, страждущим и претерпевающим какое-нибудь жизненное горе. Чтобы дом и деревня их походили скорей на гостиницу и страннопримный дом, чем на обиталище помещика; чтобы всякий, кто ни приезжал, был ими принят как родной и сердцу близкий человек, чтобы радушно и родственно расспросили они его обо всех обстоятельствах его жизни, дабы узнать, не понадобится ли в чем ему помочь или же, по крайней мере, дабы уметь ободрить и освежить его, чтобы никто из их деревни не уезжал сколько-нибудь не утешенным. Если же путник простого звания привыкнул к нищенской жизни и ему неловко почему-либо поместиться в помещичьем доме, то чтобы он отведен был к зажиточному и лучшему крестьянину на деревне, который был бы притом жизни примерной и умел бы помогать собрату умным советом, чтобы и он расспросил своего гостя так же радушно обо всех его обстоятельствах, ободрил, освежил и снабдил разумным

> напутствием, донося потом обо всем владельцам, дабы и они могли, с своей стороны, прибавить к тому свой совет или вспомоществование, как и что найдут приличным, чтобы таким образом никто из их деревни не уезжал и не уходил сколько-нибудь не утешенным [Гоголь 1952в: 477–478].

Нелегко постичь, как тот же автор, который изображал гостеприимство агрессивным, чрезмерным и отталкивающим проявлением сути дворян в «Мертвых душах», может приказывать женщинам и слугам своего хозяйства посвятить себя оказанию гостеприимства другим людям от его имени. Здесь уже не слышно иронии, с которой Гоголь прежде говорил о приеме гостей как о традиции, неразрывно связанной с проявлениями власти и престижа. И даже если Гоголь стремится здесь предложить нечто вроде «абсолютного гостеприимства», о котором Деррида рассуждает как о недостижимом этическом идеале, все же он держится за свою идентичность хозяина дома. Этот отрывок раскрывает один из великих парадоксов гоголевского дара: чем неистовее Гоголь желал, чтобы его дар спас Россию, тем более этот дар превращался в один из объектов созданной им самим пародии.

Как и обещанные второй и третий тома «Мертвых душ», прибежище для странников в гоголевском имении так никогда и не явилось на свет. Но даже если Гоголю в итоге не удалось отдать столько, сколько он желал, его наследие все же определило очертания русской литературы в будущем. Обращаясь к теме денег в «Двойнике» Ф. М. Достоевского, следующая глава исследует один из образчиков этого наследия в виде амбициозного героя, которому недостает светского лоска Чичикова, но который в итоге превосходит его в искусстве фальсификации.

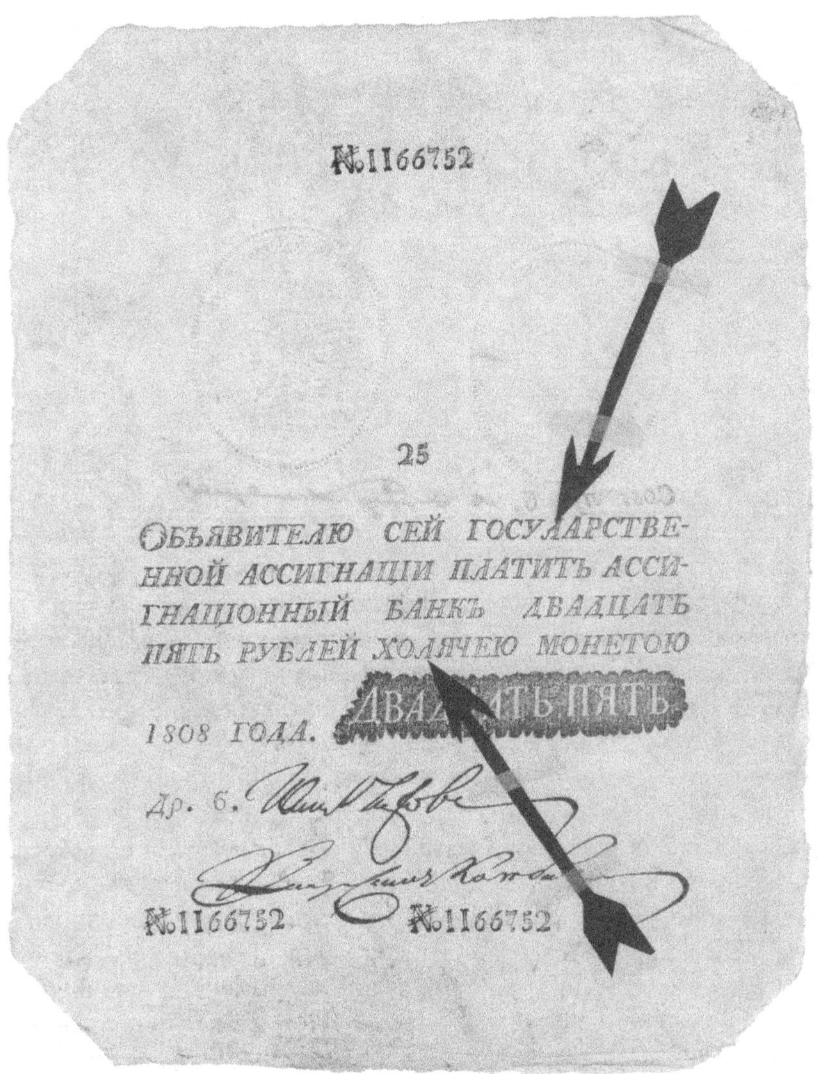

Рис. 7. Фальшивая ассигнация. 25 рублей. Отпечатана во Франции, распространялась армией Наполеона на территории России. Оборотная сторона. Надпись гласит: «Объявителю сей госуларственной (sic!) ассигнации платить ассигнационный банк двадцать пять рублей холячею (sic!) монетою». Два слова написаны неверно, в словах «государственной» и «ходячею» вместо буквы «д» стоит «л». Отпечатанная дата выпуска не подтверждена. Начало 1800-х годов. Черные стрелки, указывающие на ошибки, предположительно добавлены коллекционером М. Быковым, в альбоме которого хранилась ассигнация. Воспроизводится с любезного согласия Гуверовского института. Архив Гуверовского института, коллекция Михаила Быкова, коробка 10

Глава 3
Деньги Достоевского

Деньги растекаются по страницам произведений Достоевского как соединительная материя. От «Бедных людей» и до «Братьев Карамазовых» (1879–1880) они неразрывно связывают персонажей друг с другом и — в более широком масштабе — с общественными и государственными институтами. Переходя в форме жалованья от государства к бесчисленным чиновникам, распределяясь в виде подарков, займов или добычи между родственниками и соседями, деньги оказываются объектом, выпущенным государством в обращение и надежно укрытым в домах или поближе к телу. Деньги — посредник между общественным и личным, материальным и абстрактным, фантазией и повседневностью. Сложная трактовка сущности и роли денег у Достоевского предваряет ключевые тенденции социологии повседневности XX века. Возьмем, к примеру, работу основателя микросоциологии Г. Зиммеля «Философия денег» (1900): деньги представляют «в практическом мире наиболее определенный образ и наиболее ясное воплощение формулы всего сущего, согласно с которой вещи получают значение друг в друге и порождены связью друг с другом» [Simmel 2004: 127]. Достоевский постоянно использует деньги как именно такой символ взаимосвязанности смыслов. Но если для Зиммеля деньги ценны в основном как эмблема «чистого количества», Достоевский чувствителен к многообразию физических форм, которые принимают деньги, и к эмоциональному значению, которое имеют эти формы для личности в определенное время и место.

Достоевский занялся писательством как раз в исторический момент, отмеченный распространением различных средств денежного обмена. Высокая инфляция и безудержное фальшивомонетничество, которые привели к обесцениванию в первые десятилетия XIX века бумажных ассигнаций, вылились в радикальное изменение денежной системы в процессе финансовых реформ 1839–1843 годов — замену ассигнаций серебряным рублем в качестве основной денежной единицы в государстве и выпуск кредитных билетов как нового платежного средства. Эта сложившаяся историческая ситуация, возможно, побудила Достоевского к исследованию того, что В. Зелизер называет «социальным значением денег» (В. Зелизер, 1994). Рассматривая такие разноплановые платежные средства в Америке XX века, как продуктовые карточки, подарочные карты и женские «деньги на булавки», Зелизер заключает:

> Деньги не являются ни культурно нейтральными, ни социально анонимными. Деньги могут без труда «превращать» ценности и социальные связи в числа, однако ценности и социальные отношения в ответ трансформируют сами деньги, наполняя их смыслом [Зелизер 2002: 60].

Мы видим, что Достоевский приходит к этой мысли в своих первых трех опубликованных произведениях «Бедные люди», «Двойник» и «Господин Прохарчин». В каждом из них деньги образуют часть особой, отражающей жанровую специфику эмоциональной экономики. В «Бедных людях» добросердечные герои с трудом скапливают мелкие суммы, которыми делятся друг с другом, тем самым выстраивая структуру сентименталистской экономики обмена дарами. В «Двойнике» плата обесцененными купюрами формирует часть фантастически неопределенной экономики фальшивомонетничества. А в «Господине Прохарчине» тайные накопления чиновника-скупца моделируют авторский эксперимент с системой персонажей раннего реализма. Скрестив историю о бедном чиновнике, столь популярную у писателей «натуральной школы», с сентименталистской эпистолярной прозой, фантастическим рассказом и басней о скупце, Достоевский показывает, насколько по-разному могут выглядеть и ощущаться «маленький человек», его деньги и социальные связи, воплощенные в деньгах, если оценивать их в терминах различных семиотических систем. Таким образом, наряду с социальными значениями, в ранних работах Достоевского деньги обладают металитературной значимостью: они служат средством осмысления процессов чтения и письма на социальные темы.

Исследователи рассматривали трактовку темы денег у Достоевского в свете личных финансовых затруднений писателя, его социальных и религиозных взглядов, а также процесса профессионализации литературы, эстетики реализма и темпоральной динамики сюжета[1]. Следующим шагом следует признать историческую обусловленность специфики денежных средств, оживляющих прозу Достоевского. Выбрав в качестве материала исследования «Двойника», я высказываю предположение, что материальная история денег в России питала эстетику фантастического реализма писателя. В частности, деньги дают возможность проявить характерную, по мнению М. Джонса, тенденцию «бросать вызов склонности читателя (и персонажей) слишком легко отождествлять означающее с означающим, знак со значением, правдоподобие с реальностью» [Jones 1990: 15].

Исследование денег в «Двойнике» дополняет анализ амбиции, предпринятый в главе 1: деньги — главный инструмент достижения героем своей амбиции. Более того, трактовка амбиции у Достоевского выявляет его интерес к чувствам, порожденным несоответствием между содержанием русского и иностранного понятия, его подход к обращению с деньгами показывает несоответствие между словами и объектами, которые эти слова обозначают. Подобно французской культурной модели безумной амбиции начала XIX века, история денег в России того же перио-

---

[1] См. об этом подробнее исследования Ж. Катто [Catteau 1989: 135–172], С. Оливера [Ollivier 1984: 101–115], С. МакРейнольдса [McReynolds 2008], У. М. Тодда III [Todd 2002: 66–92], Б. Криста[Christa 2002: 93–110], Дж. Вернона [Vernon 1984: 108–141].

да будет определять творчество Достоевского в последующие годы. Действительно, редактируя оригинальный текст «Двойника» для переиздания в 1866 году, автор не только оставил трактовку роли денег практически неизменной, но и перенес ключевые элементы поэтической экономики ранней повести в новые произведения: «Преступление и наказание», «Идиот» (1868–1869) и «Бесы» (1872–1873)[2]. Таким образом, я рассматриваю историю денежного обращения в России 1830–40-х годов, чтобы получить более полное представление о «Двойнике» и поздних романах Достоевского. Рассматривая «Двойника» как неоднозначную реакцию писателя на финансовый кризис в империи и реформы 1839–1843 годов, я доказываю, что волатильность денежных знаков позволила Достоевскому поставить реалистическую референциальность под вопрос.

Неопределенная ценность

С первых страниц деньги помогают создать «фантастический колорит», в котором, как известно, винил «Двойника» Белинский [Белинский 1956: 41]. Когда Голядкин просыпается в своей скромной квартирке в Санкт-Петербурге и вынимает из стола сбережения в «семьсот пятьдесят рублей ассигнациями», рассказчик сообщает, что деньги как бы тоже одобрительно смотрят на него в ответ: «Вероятно, пачка зелененьких, серепьких, синеньких, красненьких и разных пестреньких бумажек тоже весьма приветливо и одобрительно глянула на господина Голядкина» [Достоевский 1972б: 110]. Одушевление купюр, которое для повествователя не вполне очевидно, а, скорее, «вероятно», с самого начала указывает на роль денег в создании ощущения фантастической неопределенности: подобно двойнику, далее возникаю-

---

[2] Главное отличие между трактовкой денег у Достоевского в разных редакциях «Двойника» заключается в том, что из текста 1866 года убраны некоторые из эпизодов, в которых герой платит деньги или обещает заплатить. См. подробнее о творческой истории текста повести [Достоевский 1972в: 334–436].

щему в повести, деньги противятся повествовательной объективации.

Описание Голядкина и его жилья в начале повести помещает «Двойника» в рамки традиции историй о «бедном чиновнике», уже знакомой читателям натуральной школы, деньги же помогают Голядкину покинуть пределы квартиры (в наемной карете) и жанра, типичным героем которого он является[3]. Для титулярного советника вроде Голядкина 750 рублей ассигнациями в 1840-е годы должны быть немалой суммой. Согласно Б. Н. Миронову, в первой половине XIX века средняя семья могла вести в столице достойный образ жизни на ежегодный доход в 450–800 серебряных рублей [Миронов 1999: 87]. А с учетом обычного курса обмена серебряных рублей на ассигнации 450 рублей серебром в начале 1840-х годов в среднем равнялись 1600 рублям ассигнациями. Итак, выходит, что сбережения Голядкина могли обеспечить жизнь одинокого холостяка вроде него по крайней мере в течение полугода. Владение подобной суммой, конечно же, выделяет его среди равных с ним по рангу, но обедневших героев гоголевской повести «Шинель» (1842) и первой повести Достоевского «Бедные люди». В отличие от «Шинели» и «Бедных людей», «Двойник» является скорее историей о тратах, чем о накоплении или поиске денег. Ассигнации Голядкина становятся источником развития сюжета, а с приближением конца истории исчезают — одновременно с распадом личности героя и крахом нарративной убедительности, на которой основывается реализм. Классические интерпретации «Двойника» зачастую трактуют его как реалистическую «натурализацию», «реализацию» или «рационализацию» характерной для романтизма темы двойничества и объясняют фантастические элементы безумием главного героя, но перемещение денег по страницам повести разрушает претензии на реализм [Виноградов 1976: 104; Terras 1969: 13; Terras 1974; Fanger 1965: 160].

---

[3] Подробные оценки типичных элементов историй о «маленьком человеке» у Достоевского в духе натуральной школы см. [Виноградов 1976; Цейтлин 1923].

Голядкин использует деньги как средство самопрезентации, и эта практика тесно связана с главным феноменом повести — явлением двойника. Сначала деньги превращают героя в другой вариант самого себя, давая возможность облачиться в модную одежду и новые сапоги, одеть лакея во взятую напрокат ливрею и нанять карету [Достоевский 1972б: 111]. Поездка по Невскому проспекту в нехарактерном для него «высоком стиле» приводит к раздвоению личности Голядкина, что позднее ознаменуется появлением двойника. Именно фактическое употребление денег ради того, чтобы показать себя в новом виде, позволяет Голядкину представить себя кем-то другим, когда он говорит: «Это вовсе не я, не я, да и только» [Достоевский 1972б: 113]. Используя деньги, чтобы вообразить нового себя, Голядкин выводит сюжет «Двойника» на фантастический путь.

К. Маркс, написавший «Экономико-философские рукописи» всего за год до того, как Достоевский сочинил «Двойника», также трактовал покупательную способность денег в терминах самоумножения: «То, что существует для меня благодаря *деньгам*, то, что я могу оплатить, т. е. то, что могут купить деньги, это — я *сам*, владелец денег» [Маркс 1974: 148]. В этом тезисе деньги создают двойников в виде множества потенциальных *Я*, которые можно материализовать в процессе обмена. Для Маркса эта трансформационная мощь фантастична:

> *Деньги* превращают *действительные человеческие и природные сущностные силы* в <...> мучительные химеры, в какой мере они, с другой стороны, превращают *действительные несовершенства и химеры* <...> лишь в воображении индивида существующие сущностные силы индивида *в действительные сущностные силы и способности* [Маркс 1974: 148–150] (курсив оригинала).

Достоевский, конечно, не был знаком с «Рукописями» Маркса, которые не публиковались вплоть до XX века. Однако рассуждения Маркса — полезное напоминание о таинственной, затемненной роли денег в фантастической литературе.

Деньги давно ассоциировались со сверхъестественным и демоническим, будем ли мы говорить о Мефистофеле, который печатает бумажные деньги во второй части «Фауста» (на это произведение сам Маркс ссылается в «Рукописях), или об известном сюжете договора с дьяволом в европейском и русском романтизме. Среди заметных российских примеров подобной фантастической трактовки денег назовем «Двенадцать спящих дев» Жуковского (1817), «Пиковую даму» Пушкина и «Портрет» Гоголя (1835, ред. 1842). Во всех этих произведениях персонажи заключают опасные сделки с потусторонними силами в поисках богатства. Словно вооружившись идеей помещиков, объясняющих фальшивые сделки по покупке крепостных работой самого черта в гоголевских «Мертвых душах», многие критики усматривали демонический элемент и в самом романе, где говорится о кажущейся фантастической монетизации аграрных ценностей в России начала XIX века[4]. Для Д. С. Мережковского торговля человеческими душами делает Чичикова настоящим антихристом [Мережковский 2009: 374], а, по словам В. В. Набокова, мошенник средней руки становится просто «низко оплачиваемым агентом дьявола, адским коммивояжером» [Набоков 1999: 72]. Как показывает проблематика «Мертвых душ», в России демонизация денег распространялась и на тех, кто предпринимал попытку расплачиваться фальшивыми денежными знаками. Действительно, и «Мертвые души», и «Двойник» вызывают к жизни существующую в русской культуре связь между подозрительными деньгами и узурпацией божественной власти царя самозванцами, которых традиционно демонизировали[5]. Гоголь показывает, что Чичиков манипулирует фальшивыми документами как подобием денег, и сравнивает это с демонической подделкой Наполеоном российских ассигнаций (см. рис. 7). Достоевский, в свою очередь,

---

[4] О монетизации аграрных ценностей в «Мертвых душах» см. работы Г. С. Морсона и Р. С. Валентино, упоминавшиеся в главе 2.

[5] Дж. Эмери определяет культурную ассоциацию между царями-самозванцами и фальшивыми деньгами [Emery 2016: 9–10, 15–21]. О демонических коннотациях самозванства см. [Успенский 1994: 118].

утверждает, что даже самые законные платежные средства суть дьявольское наваждение, а те, кто тратит деньги, напоминают Лжедмитрия.

Таким образом, в своих ранних произведениях и Маркс, и Достоевский опирались на литературную и культурную традицию, связывающую деньги со сверхъестественными силами. В то время как упоминание о химерической власти денег у Маркса составляет часть его теории присущего капитализму отчуждения, ощущение фантастического у Достоевского коренится в жизни российской имперской столицы.

В существующих исследованиях «Двойника» Санкт-Петербург справедливо называется городом, социальные и исторические контрасты которого дали богатую пищу для фантастической литературы, что оставляет возможность для более пристального изучения истории денег в России[6]. Идея Р. С. Валентино о том, что государственные ассигнации Голядкина выступают как инструмент личной и коллективной фантазии, открывает замечательную возможность для исследований. Особенно убедительно сравнение бумажных денег с государственными документами: они исходят из столицы и циркулируют по всей империи; подобно бумагам, которые Голядкин копирует на службе, ассигнации, которые он тратит, и подтверждают авторитет и безопасность государства, и зависят от общественной веры в них [Valentino 2003: 206–208]. Валентино делает упор на восприятие Достоевским распространения современной коммерческой культуры в России XIX века, меня же особенно интересуют эстетические аспекты материальной истории российских денег. Эта история проливает свет на ассоциативные связи денег с феноменом двойников в прозе Достоев-

---

[6] Социально-исторические условия, упоминавшиеся до сих пор в связи с фантастическим изображением Петербурга в «Двойнике» Достоевского, включают расхождения между жизнью в европеизированной столице и жизнью в остальной части империи, контраст между петровским наследием «модернизации сверху» и очевидной стагнацией России Николая I, а также настоятельную потребность отображать социальную сторону личности в зависимости от ранга и статуса собеседников [Берман 2020: 228, 230, 238; Ветловская 1983: 91].

ского и создание им повествования, в котором показная трата денег героем подрывает доверие к условным знакам ценности — денежным, языковым и художественным.

В первой половине XIX века российская денежная система была наводнена нежеланными «двойниками». Начиная с введения Екатериной II в 1769 году бумажных ассигнаций и на протяжении первых десятилетий XIX века правительство финансировало войны и оплачивало долги, регулярно печатая больше бумажных денег, чем было обеспечено ценными металлами в казне. Эта практика вызвала высокую инфляцию и привела к установлению двух денежных стандартов — серебряного рубля и ассигнации. Согласно этому двойному стандарту, номинальная стоимость бумажного рубля была намного выше, чем он стоил в серебре. Фальшивомонетчики, словно бы вдохновившись утверждением правительства, что его бумага ценнее, чем она есть, печатали огромное количество ассигнаций[7]. Фальшивые деньги, распространявшиеся наполеоновской армией во время вторжения в Россию, являются наиболее ярким примером этого широко известного явления[8]. Непрекращающийся выпуск государством бумажных денег и фальшивки мошенников радикальным образом подорвали ценность ассигнаций, которая с 1833 по 1843 год упала до 27 с половиной копеек серебром [Кашкаров 1898: 26]. Несмотря на это, ассигнация официально считалась основной денежной единицей, а власти использовали ее для выплаты жалованья и других внутренних расходов, оставляя серебро в основном для зарубежных платежей. Поэтому основное платежное средство того периода — ассигнация — превратилось в примечательный художественный объект, падающая ценность которого вызывала все большие подозрения из-за хождения его более и менее ценных двойников: серебряного рубля и подделок.

---

[7] См. об этом [Брокгауз и Эфрон 1890: 321–322].

[8] Л. Н. Толстой ссылается на этот факт в «Войне и мире» [Толстой 1940: 3]. Достоевский также намекает на эти события в «Бесах» (1871–1872): Лебядкин признается, что у него нашли французские поддельные пятидесятирублевые билеты [Достоевский 1974: 213], см. также [Марней 2012: 78].

Финансовые реформы в империи 1839–1843 годов, осуществленные в первое десятилетие жизни Достоевского в Петербурге, имели целью уничтожить этих двойников [Кашкаров 1898: 29–71][9]. Установив серебряный рубль в качестве единственного денежного стандарта, правительство объявило ассигнации утратившими ценность, и сотни тысяч ассигнаций были изъяты из обращения и уничтожены. Печатая в годы реформ новые виды бумажных денег, государство в итоге утвердило в качестве основной замены ассигнации кредитный билет. Хотя кредитные билеты должны были обмениваться на серебряные рубли по номиналу (пока Крымская война вновь не побудила правительство напечатать больше бумажных денег, чем было обеспечено серебром), а петербургское ведомство, ответственное за выпуск кредитных билетов, внедрило новые техники печати, направленные против подделок (не давшие, однако, ожидаемого результата в полной мере), реформы привлекли внимание к нестабильной и неопределенной ценности российских денег [Михаэлис, Харламов 1993: 13]. Согласно У. М. Пинтнеру, финансовый кризис и реформы были широко обсуждаемыми в период правления Николая I экономическими проблемами [Pintner 1967: 185–186]. Властям удавалось скрывать другие проблемы, например огромный государственный долг, но переход на новое платежное средство стал для российских подданых осязаемой реалией (см. рис. 8 и 9).

Экономическая неопределенность, проистекающая из финансовых реформ империи, добавила эпистемологической неопределенности «Двойнику». В своем классическом труде Ц. Тодоров указывает, что читатель фантастической повести сталкивается с очевидно сверхъестественными событиями, не имея возможности понять, подтверждает их текст или отвергает: «Фантасти-

---

9 Подробный анализ финансовых реформ 1839–1843 года представлен также в работе У. М. Пинтнера [Pintner 1967: 83–91, 127–131, 184–220]. Обсуждение государственных мер против фальшивомонетчиков см. в исследовании А. Е. Михаэлиса и Л. А. Харламова «Бумажные деньги России» [Михаэлис, Харламов 1993: 13].

Рис. 8. Ассигнация. 25 рублей, 1818 год. Лицевая сторона. Текст: «Объявителю сей Государственной Ассигнации платит Ассигнационный Банк двадцать пять рублей ходячею монетою». Фотография любезно предоставлена Гуверовским институтом. Архив Гуверовского института, коллекция Михаила Быкова, коробка 10

Рис. 9. Кредитный билет. 25 рублей, 1843 год. Лицевая сторона. Текст: «По предъявлении сего билета, немедленно выдается из разменных Касс Экспедиции Кредитных билетов ДВАДЦАТЬ ПЯТЬ рублей серебряною или золотою монетою». 170 × 108 мм. Государственный Эрмитаж. Санкт-Петербург. Инв. № ОН-Р-Б-Ант.-46. Фото О. А. Васильева, Государственный Эрмитаж

ческое существует, пока сохраняется эта неуверенность» [Тодоров 1999: 25]. В 1845 году, когда был написан «Двойник», жители Петербурга начали обменивать старые ассигнации на новые кредитные билеты [Кашкаров 1898: 71]. Таким способом население в буквальном смысле участвовало в реформах — путем обмена старых билетов на новые. Это вывело денежный кризис на передний план общественного воображения, поставив вопросы о ценности выпущенных государством денег.

Траты и слова

Денежные реформы находят яркое отражение в повести Достоевского о человеке, который пытается использовать деньги для подтверждения собственной значимости — и в конечном счете терпит крах. В качестве средства продвижения и формирования своего Я, деньги, как кажется, дают Голядкину возможность социальной мобильности. Сам герой восхваляет способность своих 750 бумажных рублей «далеко повести человека» [Достоевский 1972б: 110][10]. Действительно, первое, за что платит Голядкин в повести, это карета, которая за 25 рублей развозит его по разным местам, где он пытается предстать человеком из хорошего общества со значительным состоянием. Но, как мы видели в главе 1, план Голядкина попасть туда проваливается, и он каждым новым шагом все больше себя дискредитирует.

Это происходит даже в его собственном доме, куда Голядкин приводит двойника вскоре после его появления. Здесь Голядкин принимает роль щедрого хозяина, предлагающего покровительство своему, по-видимому, неудачливому гостю [Достоевский 1972б: 153–157]. Однако, как показывают попытки Чичикова вовлечь его гостеприимных хозяев в незаконные сделки, несча-

---

[10] В издании 1846 года Достоевский продолжает заявление Голядкина о власти денег «далеко повести человека» дальнейшими размышлениями героя о том, как деньги могут помочь ему стать «героем самого затейливого романа» [Достоевский 1972в: 335].

стные гости могут скрывать весьма опасные амбиции. Действительно, угостив двойника обедом и, признаться, слишком большим количеством ромового пунша, Голядкин просыпается на следующий день и осознает, что дал больше, чем намеревался: в частности, раскрыл двойнику секреты, которые тот потом использует, чтобы испортить репутацию главного героя. Жалоба униженного хозяина «он ел мой хлеб, Антон Антонович; он пользовался гостеприимством моим» не возвращает ему уважения, которое он утратил и на службе, и среди друзей [Достоевский 1972б: 198]. Однако эти слова помогают читателям истолковать бесконечные траты героя как провалившийся спектакль благородной щедрости.

По мере того как поиск Голядкиным самооправданий становится все более насущным, он тратит все больше денег в своих скитаниях по городу. Беря экипажи, «чтоб времени не терять», Голядкин платит за быстрое развитие многопланового сюжета [Достоевский 1972б: 170]. Его расточительство становятся все более неразумным. Он платит извозчикам, чтобы те его ждали, только затем, чтобы потом отпустить, а одному извозчику дает деньги за ожидание «даже с большою охотою» [Достоевский 1972б: 171]. В одном месте повествователь комментирует необычно расточительное поведение Голядкина: «Господин Голядкин стал как-то необыкновенно щедр» [Достоевский 1972б: 177]. Даже после бешеной езды в нанятой двойником карете, из которой тот пытается его выкинуть, Голядкин покорно платит кучеру, прежде чем преследовать своего антагониста пешком: «Не забыв расплатиться с извозчиком, бросился господин Голядкин на улицу» [Достоевский 1972б: 206].

Несмотря на непрерывные передвижения и безудержные траты, Голядкин не достигает конечной цели и до самого конца повести не покупает ничего по-настоящему ценного. В этом плане и его перемещения, и его траты аналогичны его речи. Характеризуясь запинками и неэффективным многословием, как во впечатляюще бессодержательной цепочке фраз «Так и так, дескать... вот как...», речь Голядкина постоянно уходит в сторону, только чтобы снова вернуться к началу [Достоевский 1972б: 196].

Если говорить с позиций экономики, Голядкин растрачивает свои слова, тратит их неразумно, получая взамен мало или ничего (с точки зрения связности и понимания собеседником)[11]. Это особенно справедливо в отношении его словесных попыток заявить о собственном статусе, например, в первом разговоре с доктором:

> Я говорю, чтоб вы меня извинили, Крестьян Иванович, в том, что я, сколько мне кажется, не мастер красно говорить <...> много говорить не умею; придавать слогу красоту не учился. Зато я, Крестьян Иванович, действую; зато я действую, Крестьян Иванович! [Достоевский 1972б: 116].

Голядкину, перебивающему самого себя оговорками и повторами, не удается выразить почти ничего, кроме неумения выражаться.

Глагол *действовать*, который повторяет Голядкин, чтобы представить себя человеком действия, человеком не пустым, ослабляет его претензии на личное достоинство. У этого слова есть и дополнительные значения: «работать», «функционировать» или «обладать законной силой», и это может относиться к билетам, ассигнациям, купонам. Притязания Голядкина на *действие* или *работу* перекликаются с водяным знаком на российской ассигнации, выпускавшейся с 1769 по 1817 год: «Любовь к отечеству / Действует к пользе оного»[12]. Распространение бумажных денег с аналогичными заявлениями о действенности в 1840-е годы может помочь разъяснить, почему Крестьян Иванович «странно и недоверчиво» глядит на Голядкина, подвергая сомне-

---

[11] Показательно, что первые критики «Двойника» винили Достоевского за его склонность к многословию. Например, Белинский критиковал молодого писателя за «страшное неумение владеть и распоряжаться экономическим избытком собственных сил» [Белинский 1956: 40].

[12] На ассигнациях, печатавшихся между 1786 и 1818 годами, слово *действует* указано в сокращенной форме «действ.». Изображения на российских бумажных деньгах до, во время и после реформ, в том числе с видимыми водяными знаками, см. фотографии на ненумерованных страницах в [Михаэлис, Харламов 1993].

нию употребление героем этого глагола: «Гм… Как же это… вы действуете?» [Достоевский 1972б: 116]. Другой перекличкой с заявленным на водяном знаке утверждением о «пользе отечеству» оказывается мечтание Голядкина о том, как он своими речами разоблачит двойника, покушающегося на его личную легитимность:

> …я бы тут и того — дескать, так и так, а мне, сударь мой, с позволения сказать, ни туда ни сюда; дескать, дела так не делаются; дескать, сударь вы мой, милостивый мой государь, дела так не делаются и самозванством у нас не возьмешь; самозванец, сударь вы мой, человек, того — бесполезный и пользы отечеству не приносящий [Достоевский 1972б: 212].

Но эти слова, изобилующие повторами, Голядкин не произносит вслух, а сам же открещивается от них, говоря: «Я-то что вру, дурак дураком!» [Достоевский 1972б: 212]. Это один из нескольких примеров, где Голядкин, описывая двойника, сам бесконечно повторяется, как бы множа словесных двойников; ранее в повести он напрямую сравнивает двойника с Гришкой Отрепьевым — Лжедмитрием I, который объявил себя законным наследником российского престола (1605–1606 годы):

> А самозванством и бесстыдством, милостивый государь, в наш век не берут. Самозванство и бесстыдство, милостивый мой государь, не к добру приводит, а до петли доводит. Гришка Отрепьев только один, сударь вы мой, взял самозванством, обманув слепой народ, да и то ненадолго [Достоевский 1972б: 167–168].

Повторяющееся сравнение Голядкиным двойника с царем-самозванцем демонстрирует ту самую бесполезность, которую он хотел бы разоблачить в другом человеке. Как и бумажные деньги, девальвированные избыточным их выпуском, многословие Голядкина имеет малую ценность.

Общие функции безудержных денежных и словесных трат Голядкина, которые одновременно и формируют, и подрывают заявления о ценности, составляют основу той аналогии, которую «Двойник» проводит между деньгами и словами. Проясняясь в ходе развития сюжета, эта аналогия становится явной уже в открывающем повесть описании голядкинских ассигнаций.

Само слово *ассигнация*, восходящее к латинскому *signum* ('знак'), выявляет семиотический характер денег. Если иностранное происхождение русских терминов «ассигнация» и «кредитный билет» делает взаимосвязь между денежными знаками и ценностью проблематичной, то переходное состояние 1840-х годов, когда замененные кредитными билетами ассигнации были изъяты из обращения, делает последние особенно характерным примером знаков, связь которых с референтом ненадежна.

Этот переходный характер очевиден в красочном описании денег: «зелененькие, серенькие, синенькие, красненькие и пестренькие». Ассигнации красного и синего цвета (а также белого и бежевого) существовали, но серых, зеленых или «пестреньких» никогда не было. Рассказчик на самом деле дает описание заменивших ассигнации кредитных билетов, которые и выпускались каждого из названных цветов. Деньги Голядкина появляются в гибридном виде: название старое, вид новый. Старое название *ассигнация* относится к недавно изъятому из обращения денежному знаку, а новое название *кредитный билет* еще не вошло в повсеместное употребление. Это цветовое несоответствие между устоявшимся названием и названным объектом, появляясь в самом начале «Двойника», оказывается первым из множества примеров, где постоянная неопределенность относительно типа и ценности денег ставит вопросы референциальной ценности языка.

Сравнение денег и языка имеет долгую историю в западной науке[13]. Особенно хорошо известно сравнение Ф. да Соссюра денежной и лингвистической «ценности» («значимости» — в пределах языка):

---

[13] Краткую историю подобных сравнений денег с языком в западной философской традиции см. [Goux 1990: 96–111]. Обзор экономико-критических трактовок данного предмета см. [Osteen, Woodmansee 1999: 13–21].

> Так, не металл монеты определяет ее ценность: монета номинально стоящая пять франков содержит лишь половину этой суммы в серебре; она будет стоить несколько больше или меньше не в зависимости от содержащегося в ней серебра, но в зависимости от вычеканенного на ней изображения, в зависимости от тех политических границ, внутри которых она имеет хождение. В еще большей степени это можно сказать о лингвистическом «означающем», которое по своей сущности отнюдь не есть нечто звучащее, но нечто бестелесное, образуемое не своей материальной субстанцией, а исключительно теми различиями, которые отделяют его акустический образ от прочих [Соссюр 2019: 123].

Соссюр проводит эту аналогию между деньгами и языком, чтобы пояснить, что значимости языковых знаков дифференциальны, т. е. приобретают значение только в отношениях с другими знаками. Это сравнение языкового знака с монетой также подкрепляет утверждение о произвольности знака в языке. Как и монета, лингвистический знак репрезентирует нечто (понятие), не присущее ему изначально, но приписываемое в соответствии с социальными конвенциями.

Для Соссюра, как и для Достоевского, аналогия между денежными и языковыми знаками ставит под сомнение идею о том, что слова напрямую отсылают к уже существующим объектам. Предполагая, что язык есть «система чистых значимостей», Соссюр не включает референт в свою модель лингвистического знака, состоящую только из «акустического образа» (означающего) и «понятия» (означаемого) [Соссюр 2019: 117]. Опередив пересмотр Соссюром лингвистической системы референциальности более чем на полвека, Достоевский создавал «Двойника» как будто вопреки зарождавшейся эстетике реализма, определение которого в критике того времени предполагало прямое соответствие между знаком и референтом. В то время как Соссюр сравнивает языковой знак с монетой, Достоевский уподобляет язык бумажным деньгам. Бумажные деньги, в частности, являют собой пример произвольности и условности знака. Если монеты имеют ценность как товары, сделанные (по крайней мере, частично) из ценных металлов, бумажные деньги не обладают собственно ценностью. Более того, возрастающая уязвимость бумажных денег для подделки делала их подозрительным текстом, хрупкой ценностью, которая воплощает общий страх удвоения в «Двойнике». Достоевский ассоциирует бумажные деньги с фальшивыми обещаниями и фантомами, которые порождает речь, тем самым подчеркивая способность создавать иллюзии, которую делят между собой деньги и язык.

Во время посещения Гостиного двора Голядкин использует бумажные деньги и ложь, дабы представить себя состоятельным человеком. Например, он обменивает крупные купюры на мелкие, чтобы бумажник казался толще:

> Мимоходом забежал он в меняльную лавочку и разменял всю свою крупную бумагу на мелкую, и хотя потерял на промене, но зато все-таки разменял, и бумажник его значительно потолстел, что, по-видимому, доставило ему крайнее удовольствие [Достоевский 1972б: 122].

Употребление Голядкиным денег в этом эпизоде очень странное: он платит как бы ни за что, только за видимость богатства — подобно тому, как распространение кредитных билетов ведет к убытку, а не приобретению ценностей. Как и в начале повести, когда Голядкин разглядывает свои сбережения, здесь он испытывает «крайнее удовольствие», глядя на свои деньги: он больше ценит их за потенциальную возможность представить его в благоприятном свете, чем за реальную покупательную способность. С одной стороны, этот пример денежной инфляции подкрепляет ложный образ Голядкина: подобно постоянному выпуску государством новых денег, который привела к обесцениванию ассигнаций в начале XIX века, искусное манипулирование Голядкина денежными знаками подрывает истинную ценность его самопрезентации. С другой стороны, действия Голядкина демонстрируют как способность любых знаков ценности создавать иллюзии, так и «крайнее удовольствие» от таких иллюзий.

Фальшивые обещания

В Гостином дворе Голядкин обманывает окружающих и своей внешностью, и словами. В первую очередь, он появляется в лавке серебряных и золотых изделий и изображает, что может потратить много, на самом деле не покупая ничего. Это тщательно продуманный спектакль: герой интересуется ценами на товары, торгуется с купцом и обещает вернуться позже в тот же день или назавтра и заплатить 1500 рублей «с лишком» ассигнациями за «обеденный и чайный сервиз» и столько же за «затейливой формы сигарочницу и полный серебряный прибор для бритья бороды». Когда купец просит задаток, Голядкин обещал «в свое время и задаточек» [Достоевский 1972б: 122]. Ясно, что Голядкин на самом деле не вернется, несмотря на бесконечные уверения в обратном: ведь читатели знают, что у него теперь нет и 750 рублей. В этом эпизоде Голядкин дает фальшивые обещания «конвертируемости», подобные тем, что печатались на ассигнациях: и он сам, и ассигнации заявляют, что стоят больше драгоценного металла, чем они стоят на самом деле.

Переход на новые бумажные деньги в 1840-е годы выявил специфический их характер — заявления, сделанные на бумаге, не имели под собой достаточных оснований. Текст на российской ассигнации, отпечатанной между 1818 и 1843 годами (рис. 8), гласит: «Объявителю сей Государственной Ассигнации платит Ассигнационный Банк двадцать пять рублей ходячею монетою». Хотя предположительно ассигнации можно было обменять на находящиеся в обращении (конкретно — медные) монеты», с годами они теряли конвертируемость [Брокгауз и Ефрон 1890: 321–322]. Как следствие, обещание обмена ассигнаций на монеты не внушило подданным доверия к денежным знакам. Новый текст на кредитном билете 1843 года дает более специфичное и, кажется, более ценное обещание конвертируемости (рис. 9): «По предъявлении сего билета, немедленно выдается из разменных Касс Экспедиции Кредитных билетов ДВАДЦАТЬ ПЯТЬ рублей серебряною или золотою монетою». Если название старой денежной единицы *ассигнация* отражает семиотический характер денег, то название новой *кредитный билет* указывает на попытки властей вернуть доверие: слово «кредит» восходит к латинскому глаголу *credere*, 'доверять'.

Голядкин в «Двойнике» точно так же озабочен тем, чтобы показать, что его слова можно конвертировать в материальную ценность. В одном из магазинов, куда он заходит в Гостином дворе, он обещает оплатить заказанные «разные дамские материи», которые могут понадобиться холостяку, собирающемуся жениться [Достоевский 1972б: 122]. В этой сцене содержится намек на неудавшийся любовный роман Голядкина. Хотя герой пытается казаться поклонником богатой дамы или верит, что он таков и есть, никакой невесты у него не появляется. Имитация покупок в Гостином дворе служит длинным предисловием к его катастрофическому явлению на празднике Клары Олсуфьевны, и история Голядкина заканчивается его провальной попыткой вступить в брак. Брак — это обмен, который герою так и не удается осуществить; обещание, которое повесть отказывается выполнить. В Гостином дворе и в других эпизодах уже ясно, что слова Голядкина не соответствуют претензиям на «материальность».

Хотя он тратится на поездки, еду и мелкие предметы одежды, фальшивые обещания повторяются настолько часто, что составляют постоянную черту его личности. Зайдя к доктору по пути в Гостиный двор, он намекает на слухи среди его сослуживцев о том, что он не выполнил обещание жениться на своей бывшей домохозяйке Каролине Ивановне в обмен на списание его долга перед ней. И здесь опять фальшивые обещания Голядкина привязаны к вопросу о ценности бумажной валюты: по слухам, он «дал подписку жениться» [Достоевский 1972б: 121]. Хотя Голядкин отрицает даже факт подписания такого обещания, слухи об этом циркулируют на протяжении всей повести, подрывая веру в его правдивость: фальшивые обещания заставляют других называть его мошенником. Упоминая об обещании Голядкина жениться на Каролине Ивановне, Вахрамеев говорит, что Голядкин — один из тех людей, «чьи слова — фальшь и благонамеренный вид подозрителен» [Достоевский 1972б: 181][14]. Поскольку Вахрамеев утратил веру в обещания Голядкина, он требует немедленно заплатить ему долг в «два целковых». Письмо Вахрамеева бросает Голядкину вызов: он должен доказать, что слова, сказанные им при обещании заплатить товарищу долг, можно конвертировать в реальную стоимость серебром. Однако в ответ Голядкин попросту «перевыпускает» свое обещание оплатить долг когда-нибудь в будущем: «В заключение скажу, что вами означенный долг мой, два рубля серебром, почту святою обязанностию возвратить вам во всей его целости» [Достоевский 1972б: 183]. Подобно российской ассигнации, письмо Голядкина ничего более, кроме как бумажное воплощение ценности и отсрочки долга.

Фантастическое фальшивомонетничество

Конечно, самая большая угроза репутации Голядкина как честного, здравомыслящего и кредитоспособного лица — это его двойник. Подобно кредитному билету, обесцененному из-за хождения подделок, Голядкина обесценивает двойник. Двойник — это «бесполезный и фальшивый», «безобразный и поддельный» господин Голядкин [Достоевский 1972б: 186]. «Фальшивый» и «поддельный» — это прилагательные, чаще всего использующиеся в отношении фальшивых денежных знаков (ср. «фальшивая монета» или «поддельные ассигнации»). В одном месте повествователь говорит о том, как трудно отличить настоящего Голядкина от фальшивого:

> Так что если б взять да поставить их рядом, то никто, решительно никто не взял бы на себя определить, который именно настоящий Голядкин, а который поддельный, кто старенький и кто новенький, кто оригинал и кто копия» [Достоевский 1972б: 147].

---

[14] В журнальном издании «Двойника» 1846 года Вахрамеев пишет второе письмо Голядкину, в котором по-прежнему прибегает к денежной метафоре, чтобы оклеветать героя. Например, он заявляет, что отказ Голядкина заплатить Каролине Ивановне стал известен всем и что из-за этого Голядкин лишился «всякого кредита и доверенности» [Достоевский 1972в: 414].

Как, должно быть, было сложно отличить разные виды настоящих и поддельных, старых и новых денег в ходе денежных реформ 1839–1843 годов, так и в «Двойнике» невозможно сказать, какой Голядкин «настоящий», «поддельный», «новый», «старый», «оригинал» или «копия». Отчаянно пытаясь доказать, что он настоящий Голядкин, а двойник — подделка, герой постоянно использует деньги и слова, чтобы исказить свой финансовый и личный статус. Он тоже виновен в фальсификациях. Этот момент очень важен: вместо того, чтобы закрепить за двойником постоянный аллегорический статус подделки, а за Голядкиным — оригинала, Достоевский придает этим категориям постоянную подвижность.

«Двойник» предполагает, что любые траты связаны с появлением двойников и с фальшивомонетничеством. Несколько эпизодов потенциальных или реальных платежей включают в себя обыгрывание темы двойников. В сцене в лавке золотых и серебряных изделий предложение Голядкиным всего 1500 рублей с лишком за целый набор предметов, в общем, дублирует (удваивает) сумму его изначальных сбережений (750 рублей); далее он дублирует это удвоенное предложение другим — заплатить столько же за сигарочницу и прибор для бритья. Он также обещает отдать Вахрамееву *два* рубля. Но если все это представляет собой примеры употребления Голядкиным слов и бумаг как пустых, фальшивых обещаний (заплатить бумажными деньгами за предметы из металла в лавке или бумажное письмо, в котором он обещает вернуть Вахрамееву долг серебром), то самый яркий пример ассоциативной связи между двойничеством и тратами — это ситуация, когда герой действительно расплачивается серебром.

Голядкин съедает в кафе всего один пирожок, а ему выставляют счет за одиннадцать. Хотя количество, которое Голядкин должен оплатить, обозначено словом *одиннадцать*, графическое удвоение (1–11) нависает над сценой обмена. Не понимая, почему ему выставили счет за 11 пирожков, Голядкин думает: «Что ж это, колдовство, что ль, какое надо мной совершается?» Затем, увидев жующего двойника в дверях, которые он принимал за зеркало, Голядкин понимает, что действительно был обманут неким сортом «колдовства», и заключает: «Подменил, подлец!» Здесь герой называет двойника фальшивомонетчиком, поскольку глагол *подменить* используется для описания незаконной подмены настоящих денег фальшивыми. Когда Голядкин пытается утвердить свою целостность, заплатив за лишних десять пирожков серебряным рублем — новым единым денежным стандартом империи, — монета излучает как будто инфернальный жар: «Голядкин бросил рубль серебром так, как будто бы об него все пальцы обжег» [Достоевский 1972б: 173–174]. Хотя ценность серебра как сырьевого товара могла придать этому жесту признак «реальной» стоимости, монеты — это тоже условные знаки. Они содержат различное (чаще всего неизвестное) количество ценных металлов, которые определяют названия монет, а ценность этих металлов обеспечена политическими указами и общественными традициями. Далеко не утверждая естественное, «настоящее» превосходство металлических денег над бумажными, Достоевский изображает ценность серебряного рубля (ср. рис. 10а и 10б) самой дьявольской магией из всех.

Заменяя то, чем они не являются, монеты, кредитные билеты и слова становятся двойниками абстрактных или концептуальных ценностей. Как универсальный эквивалент, деньги — это эрзац и двойник обменной стоимости; они дублируют предметы, назначая им цены, дублируют людей, материализуя их потенциальные Я. Язык тоже дублирует вещи, людей и понятия, называя их. Хотя тенденция дублирования у денег и языка не присущи какому-то одному времени или месту, я считаю, что изменчивая история российских денег в 1830–40-е годы вдохновила Достоевского на написание фантастической истории о тратах и двойниках.

Тема долговых обязательств и фальшивых денег, впервые раскрытая Достоевским в «Двойнике», вновь возникает в его поздних произведениях, давая возможность утверждать, что знакомство молодого писателя с колебаниями курса национальной валюты в России оказало серьезное воздействие на все его творчество. Валентино указывал, что Достоевский использует долговые расписки как «катализатор» повествования в «Преступлении и наказании» и «Братьях Карамазовых», а также в «Двойнике» [Valentino 2003: 206–207]. Свидетельствуя об увлечении Достоевского недостоверностью языка и денег, настоящие и поддельные долговые обязательства, а также скандальные обвинения в неуплате постоянно всплывают в «Идиоте» и «Подростке» (1875), а связь между фальшивомонетничеством и «самозванством», которую Достоевский изначально усматривает в «Двойнике», вновь возникает в «Бесах»[15].

Несомненно, финансовые реформы 1839–1843 годов и их последствия составляют всего лишь один этап обширной истории российских денег, которая требует дальнейшего изучения в свете творчества Достоевского. Как отмечал Л. Гроссман в очерке о «Преступлении и наказании», 1860-е годы стали свидетелями еще одного острого финансового кризиса, в течение которого цены взлетели, рынок заполонили «бумажные талоны», а казна стонала под бременем дефицита [Гроссман 1935: 10]. Как бы ни был интересен вопрос о том, в какой степени финансовый кризис 1860-х годов повлиял на зрелое творчество Достоевского, он выходит за рамки данного исследования[16]. На основе анализа «Двойника», однако, можно с уверенностью сказать, что материальная история российских денег способна предоставить дополнительные, хотя и недостаточно изученные ключи к фантастическому реализму Достоевского и «искаженной и искривлённой модернистки» Петербурга, выражением которого этот реализм является [Берман 2020: 230]. Крах и модернизация денежной системы на заре реализма в России способствовали исследованию Достоевским границ и возможностей лингвистической репрезентации. В «Двойнике» хождение денег и их двойников подчеркивает произвольность и близость к искусству всех знаков ценности, подрывая доверие к любым претензиям на объективную картину мира с помощью языка. Миметический идеал реализма теряет свой авторитет из-за призраков подозрительных денежных знаков, и «Двойник» бросает фантастический вызов новому эстетическому стандарту.

---

15 Я благодарна анонимному читателю Slavic and East European Journal (SEEJ), который поделился этим наблюдением после прочтения первого варианта данной главы.

16 О деньгах в последнем романе Достоевского «Братья Карамазовы» см. [Портер 2020].

Рис. 10а. Серебряный рубль 1846 года. Аверс: двуглавый орел (символ российской государственности). Текст: «4 золотника 21 доля чистого серебра». Фотография любезно предоставлена Национальной коллекцией нумизматики Национального музея американской истории, Смитсоновский институт. Воспроизведено с разрешения Смитсоновского института

Рис. 10б. Серебряный рубль 1846 года. Реверс: «Монета Рубль 1846». Фотография любезно предоставлена Национальной коллекцией нумизматики Национального музея американской истории, Смитсоновский институт. Воспроизведено с разрешения Смитсоновского института

Рис. 11. Ж.-Ж. Гранвиль. Скупой, потерявший свое сокровище (L'Avare qui a perdu son trésor). Иллюстрация. Воспроизводится по изданию: Лафонтен Ж. Басни Лафонтена (Paris: H. Fournier Aine, 1838). Typ 815.38.5091. Библиотека Хоутон, Гарвардский университет

Глава 4
Бессмертный скупец

Такой рассказ ко всем скупцам относится
И к тем, кто из черни стать хотят богатыми.
Могилу роя, пес нашел сокровище,
Усопших души оскорбив блаженные,
И вот наказан был корыстолюбием
За то, что место осквернил священное.
Не ев, не пив, над кладом стоя сторожем,
Собака сдохла. И, на тело сев ее,
Промолвил коршун: «Поделом и смерть тебе
За то, что на богатства льстилась царские
Ты, площадей отродье, калом вскормленное».

Федр. Собака, сокровище и коршун

Я, дескать, умер <...> а ну как этак, того, то есть оно, пожалуй, и не может так быть, а ну как этак, того, и не умер — слышь ты, встану, так что-то будет, а?

Ф. М. Достоевский. Господин Прохарчин

Утвердившись в качестве нового эстетического стандарта, реализм избрал тип в качестве основной единицы обмена. Подобно ассигнациям и монетам, материально воплощающим в себе обменную стоимость, типы воплощают в себе абстрактные значения[1]. Более того, и деньги, и типы подвержены изменениям и преобразованиям; и тем, и другим приходится иметь дело с историей своего происхождения и использования. Как мы ви-

---

1 Критические оценки типов в реализме см. [Lukács 1950: 6–8; Wellek 1963: 222–255; Williams 1977: 101–107; Wolloch 2003: 250–260; Frow 2014: 115–116]. О типах у Достоевского см. [Jackson 1978: 92–123].

дели в предыдущей главе, высокая инфляция и безудержное фальшивомонетничество, вызвавшие необходимость замены ассигнаций кредитными билетами в 1840-х годах, превратили российские деньги в эмблему внушающей сомнение абстракции — знак ценности, ничем на деле не обеспеченный. Точно так же представления о национальном и социальном типе в романтизме и раннем реализме, привнесенные в Россию из Германии и Франции в 1830–40-х годах, не просто заменили собой неоклассицистскую модель универсальных человеческих типов, но приняли наследие старой модели. А тем временем российский контекст одновременных реформ в финансовой сфере и литературе оказывал особое давление на это иностранное понятие в николаевской России, поскольку примечательно нестабильная российская денежная единица бросала тень на блестящий пример новой абстракции, которым был объявлен литературный тип.

В этом русском контексте античный тип скупца приобрел повышенное значение для авторов, экспериментировавших с современной литературной типологией. Скупец, с его якобы вневременной страстью к деньгам, воплощал собой ощутимо устаревшее понимание эмоций. Несмотря на это, сравнение типов скупцов, созданных в разные времена и в разных местах, раскрывало меняющееся культурное значение денег и людей, которые ими дорожат. Так, скупой обрел способность подорвать саму теорию страсти, которую должен был бы олицетворять. В этом смысле скупой мог бы поддерживать усилия честолюбца (‘*ambitieux*’), главного типа литературы раннего реализма, чья очевидная актуальность в посленаполеоновскую эпоху утверждала социальную и историческую обусловленность эмоций. Но, как покажет данная глава, скупец мог также таить в себе угрозу для честолюбца как неудобное напоминание об автореферентной литературности любого типа. Точно так же, как недавно обесцененная ассигнация поставила под сомнение заменивший ее кредитный билет, подкрепленный серебром, в пьесе А. С. Пушкина «Скупой рыцарь» (1830), в гоголевских «Мертвых душах» и в «Господине Прохарчине» (1846) Достоевского старый скупец, подобно призраку, преследует нового амбициозного человека.

Скупой как метатип

Скупой представляет собой тип *par excellence*. Со времен Античности и до наших дней ни один другой тип не может состязаться со скупцом по количеству порожденных им примеров — нет типа более типичного. Образ скупого повторялся бесчисленное множество раз, возникая из греческих и римских басен, изучения характеров и комедий[2]. Он обитает под землей или в других пространствах, напоминающих склеп, охраняя мешки и сундуки с золотом, гремит ключами, а в конце истории часто появляется его мертвое тело. Когда этот персонаж предстает в человеческом виде (а не в виде животного, как его часто изображают басни), это обычно старик, у которого много денег, но который не желает их тратить на еду, питье, одежду или другие повседневные нужды. Он плохой хозяин, муж и отец, потому что пагубная страсть влечет его от семьи и социума к деньгам, которые высасывают его жизненную энергию, приближая к гибели и распаду и в конечном итоге утверждая тщетность его усилий по сохранению сокровищ — или даже его собственной персоны — в неприкосновенности.

Скупой стремится лично обладать общественным добром — и терпит поражение. Поскольку он воспринимает деньги как самоценное явление, а не как средство приобретения, он выводит их из обращения и хранит в укромном месте. По мере роста ценности его накоплений растет и его потребность в уединении: он изолирует себя от других, скрываясь, отказываясь участвовать в эмоциональном, духовном и экономическом обмене, который считается нормальным в его социуме, и старается всем показать,

---

2 Среди ранних текстов о скупцах можно назвать басни Эзопа и Федра; описание «крохоборов» присутствует в «Характерах» Феофраста (319 г. до н. э.), комедиях Менандра «Третейский суд» (IV в. до н. э.) и Плавта «Клад» («Горшок», ок. 195 г. до н. э.). Согласно С. М. Голдбергу, скупой уже был шаблонным персонажем, когда Менандр писал «Третейский суд», поскольку сатирическая трактовка Смикрина зависит от ее воздействия на узнавание зрителями персонажа как типичного «скупого старика в комедии» [Goldberg 1980: 33].

что у него вообще нет средств[3]. Почти всегда тайны скупого бывают раскрыты; деньги, украденные или перешедшие к его наследнику, возвращаются в систему экономического обмена. Заканчиваясь обычно торжеством коллективного над индивидуальным, история о скупце строится на поэтике разоблаченных секретов и распыленных накоплений. Иллюстрация Ж.-Ж. Гранвиля к басне Ж. Лафонтена «Скупой, потерявший свое богатство» (1668) изображает тот момент в конце басни, когда прохожий наблюдает за скупцом, обнаружившим пропажу своего закопанного клада, и раскрывает как сам тип, так и его вечно повторяющуюся историю (см. рис. 11).

Скупец сохранил прочную типологическую основу даже тогда, когда социальные и экономические подвижки радикально трансформировали ту роль, которую он играл в европейских культурных представлениях. В постклассицистской Европе литературные изображения скупцов строились на христианской аллегории, так как католическая церковь осуждала алчность (по-латыни *avaritia*) как один из семи смертных грехов. Эта трактовка алчности как греха (уже заметная в ранних трудах отцов церкви) основывалась на императиве, отвергающем земные богатства ради духовных [Newhauser 2000]. Как и в четвертом круге дантовского «Ада» (1308–1321), алчность постоянно изображается в искусстве как порок, ведущий к духовной гибели и адским мучениям. Такая участь угрожает скупцу на картине И. Босха «Смерть скупца» (1490–1500): мужчина прячет деньги в сундук, кишащий демонами; тот же персонаж на заднем плане лежит на смертном одре, но все еще тянется к деньгам, их протягивает ему другой демон, хотя ангел и пытается удержать скупца (см. рис. 12). Согласно католицизму, богатство само по себе не есть зло, поскольку его можно пожертвовать бедным или самой церкви [Newhauser 2000: 11]. На алчность и ростовщичество было возложено бремя вины за злоупотребление богатством, причем и то и другое резко порицалось как греховное и неестественное. Запрет на ростовщи-

---

[3] Л. Д. Браунинг исследует манипуляции скупца со знаками в творчестве Ч. Диккенса в своей диссертации «Reading Dickens' Misers» [Browning 1999: 8].

Рис. 12. И. Босх. Смерть скупца. 1490–1500 годы. Масло, дерево. 91 × 31 см. Воспроизводится с любезного разрешения Национальной галереи искусств, Вашингтон, округ Колумбия

чество в особенности клеймил евреев, хотя неофициально и в различных скрытых формах оно существовало и среди христиан[4].

С подъемом капитализма в Европе XVIII века желание иметь деньги в политическом дискурсе постепенно стало нормализоваться, приняв менее эмоциональную и более рациональную и якобы безобидную форму «интереса» [Hirshmann 1977: 41].

Скупец тем не менее продолжает появляться в литературе как вызов этой кажущейся нормализации. Хотя Маркс с осторожностью замечает, что иррациональное накапливание денег скупцом («собирателем сокровищ») делает его не настоящим капиталистом, а «помешанным капиталистом» [Маркс 1960: 164], писатели зачастую прибегали к этому образу в изображениях капиталистов, преобразуя этот докапиталистический типаж в представителя новой эпохи. Концептуальное различие между христианской алчностью и еврейским ростовщичеством ушло в прошлое, и от мольеровского Гарпагона до героев Бальзака и Диккенса (папаша Гранде, Гобсек, Скрудж) некогда не расположенный к риску скупой принял вид стремящегося к прибыли предприимчивого инвестора, процентщика или банкира, который либо водит компанию с евреями, либо сам является евреем или, по меньшей мере, носит ветхозаветное имя и питает примечательную нелюбовь к Рождеству (ср. имя и историю Эбенизера Скруджа)[5]. Эта история смещения морального и религиозного порицания (и нетерпимости)

---

[4] Мольер исследует это лицемерие в «Скупом», разоблачая ростовщичество богатого буржуа Гарпагона и ассоциируя его с «маклером» очевидно еврейского происхождения Симоном [Gaines 2002: 201–211].

[5] К концу XIX века капиталистическое предпринимательство играло меньшую роль в литературных изображениях скупости, поскольку упор в таких произведениях, как «Сайлес Марнер» (1861) Дж. Элиота и «Мактиг» (1899) Ф. Норриса, был смещен к отказу скупца расставаться с деньгами. Точно так же изображение экстремальной скупости в «Характере и анальной эротике» (1908) З. Фрейда связано только с патологическим нежеланием тратить деньги, а не со стремлением к богатству [Фрейд 1923], что позволяет предположить, что к началу XX века накопление (путем сбережений или инвестиций) считалось нормальным, если служило цели потребления.

превращает скупца, который изначально воспринимался как универсальный (пусть даже и мужской) тип, в живое напоминание о том, как страсти и отношения к ним меняются с течением времени. Таким образом, скупец обретает особую убедительность для любого писателя, который хочет подвергнуть сомнению предвзятые представления о деньгах, одержимых ими типах людей или значение типа как такового.

Метатипический потенциал образа скупца усугубляется его собственным страстным аккумулированием типов[6]. Происходя от греческого *τύπος* ('удар', 'давление', 'образец'), слово *тип* изначально обозначало действие при чеканке монет или оттиск, полученный в результате этого действия. Точно так же и термин «характер» произошел от греческого *χαρακτήρ*, обозначающего либо штамп для оттисков, либо сам такой оттиск. Будучи одновременно и средством производства, и его результатом, тип и характер превращают металл в деньги и узаконивают это превращение. Подчеркивая аналогичное действие при создании литературных персонажей, которые одновременно получают и передают свое значение посредством типографской печати, Феофраст (371–287 годы до н. э.) навсегда объединил чеканный язык легенды монеты и психологического письма в своих знаменитых «Характерах»[7]. Каждый из изображенных персонажей предлагает унифицированный вид порока, и эти очеловеченные абстракции веками имели хождение в семиотической экономике европейской литературы. Но после энергичного возрождения классических типов в неоклассицизме XVII–XVIII столетий модель личностных особенностей человека, которую они воплощали, начала терять свою «стоимость».

Мы видим эту переоценку классических типов в эссе Ш. Нодье «Типы в литературе» («Des types en littérature», 1830), которое

---

6 См. также рассуждения М. Шелла о поэтике надписей на монетах Древней Греции и мнение Д. Линч о взаимосвязанной концептуальной истории монет и литературных характеров в Англии XVII века [Shell 1978: 63–88; Lynch 1998: 23–79].

7 Об использовании концепции характеров Феофраста в европейской литературе см. [Rusten 2002: 33–39; Smeed 1985].

принесло немецкое романтическое понимание типа и во Францию, и в Россию. Нодье начинает с различения классицизма и романтизма, исходя из их подхода к типам: классицисты постоянно воспроизводят типы Античности, в то время как романтики открывают современные. Согласно Нодье, Гамлет воплощает в себе страсти и проблемы Средневековья, Вертер представляет собой памятник европейской истории конца XVIII века, а многие персонажи Рабле — это «по существу, реальные персонажи, социальные валюты ума [*monnaies sociales au titre et au coin de notre esprit*], которые каждый день проходят через наши руки, но первым их отштамповал Рабле» [Nodier 1830: 188–190][8]. Развивая далее аналогию между типами и денежными единицами в связи с Рабле, Нодье отмечает, что, поскольку персонажи Руссо требуют напрячь воображение, они не типы, а подделки:

> *Типы*, которые трудно себе представить, не только дефектны и неправильны, но еще и фальшивы. Это не типы, а обладающие подобием болванки, чья фиктивная стоимость развеивается в прах при первом же прикосновении пробирщика» [Nodier 1830: 193].

Однако, признавая существование фальшивок, Нодье не принимает их всерьез как легко узнаваемые. Важно, что в этом смысле денежная стоимость прочно удерживает позиции образа опознаваемой истины. Страсти и воплощающие их типы исторически обусловлены, как и монеты, которые чеканят в том или ином владении; однако для Нодье эта обусловленность и поддерживаемая ею аналогия с деньгами подтверждают их ценность.

Принимая многие формулировки ранних критических работ Нодье, создатель теории типического в русской литературе Белинский оставляет деньги за пределами дискуссии. Подобно Нодье, Белинский призывает писателей изображать типы, пока-

---

8 Нодье опирается на рассуждения Ф. Шеллинга о Фальстафе, Дон Кихоте и Фаусте как о «мифах», которые порождены особенностями текущих реалий государства [Шеллинг 1966: 148].

зывающие, как формируется характер в тех или иных национальных или социальных условиях[9]. Как показано в его основополагающей статье «Литературные мечтания» (1834), Белинский считал эту задачу особенно значимой в России: «Что такое народность в литературе? Отпечаток народной физиономии, тип народного духа и народной жизни; но имеем ли мы свою народную физиономию? Вот вопрос трудный для решения». Согласно Белинскому, обрисовать «народную физиономию» в русской литературе сложно, поскольку европеизация обезличила элиту, истинную «голову» на «теле» нации [Белинский 1953: 92]. Тем не менее Белинский верил в существование русской народности и вскоре обрел в произведениях Н. В. Гоголя подтверждение того, что ее можно выразить словами. В своей статье о Гоголе 1835 года Белинский провозглашает Пирогова из «Невского проспекта» (1835) «типом из типов, первообразом из первообразов» и считает его представителем «целой касты, целого народа, целой нации» [Белинский 1953: 296]. Если учесть обесценивание российских денег во второй четверти века и тесные ассоциации между типом и народностью у Белинского, неудивительно, что он не последовал примеру Нодье и не уравнял тип и деньги. Это подорвало бы ценность как понятия типа, так и народности — двух наиболее лелеемых, хотя и ускользающих от понимания культурных ценностей эпохи. Действительно, Пушкин, Гоголь и Достоевский используют деньги именно как средство исследования типа и его значимости в русской литературе.

---

[9] Эссе Нодье было не единственным источником для рассуждений Белинского о типах. Как отмечал Браун, и слова его прекрасно вписываются в нашу дискуссию о типах и деньгах, натурфилософия Шеллинга была «расхожей монетой» в интеллектуальных кругах, в которых вращался Белинский в начале своей карьеры. Впоследствии зоологическая трактовка социальных типов у Бальзака оказала всевозрастающее воздействие на Белинского, как становится очевидным из определения, данного им в «Статьях о народной поэзии» (1841): «*Тип* (первообраз) в искусстве — то же, что *род* и *вид* в природе, что *герой* в истории. В типе заключается торжество органического слияния двух крайностей — *общего* и *особного*. Типическое лицо есть представитель целого рода лиц, нарицательное имя многих предметов, выражаемое, однако же, собственным именем» [Белинский 1954: 318–319] (курсив оригинала).

Тип накопителя и накопление типов

Подобно французским медицинским и нарративным моделям амбиции, которые мы анализировали ранее, тип скупца был иностранным заимствованием, которое в России обрело новое значение. Хотя стремление к деньгам противоречит таким ортодоксальным ценностям, как аскетизм и «вручение себя» [Лотман 1993: 345–355], тем не менее в силу того, что Русская православная церковь не развивала эквивалента семи смертных грехов католицизма, она не уделяла особого внимания алчности как греху более тяжкому, чем прочие. В качестве литературного типа скупец приобрел значимость в России только по мере того, как (нео) классические басни и комедии начали переводить (или адаптировать) с греческого, латинского, французского и немецкого языков в XVII–XVIII столетиях[10]. Вслед за многочисленными русскими переводами Эзопа, Федра и Лафонтена русская басня начала процветать как поэтический жанр в XVIII — начале XIX веков [Степанов 1977: 5–62]. Разнообразные басни о скупцах присутствуют в творчестве большинства крупных русских баснописцев, в том числе и у И. А. Крылова. Скупцы не сходят со сцены в XVIII–XIX веках в постановках «Скупого» Мольера (1668, первый перевод и постановка на русском языке — 1757 год) и одноименной русской комической оперы на музыку В. А. Пашкевича по либретто Я. Б. Княжнина (первая постановка — 1782 год, опубликована в 1787 году)[11]. Хотя перевод и адаптация западноевропейских басен и комедий о скупцах представляют

---

[10] Первый рукописный перевод басен Эзопа на русском языке появился в XVI–XVII веках, а первые печатные переводы — только в XVIII веке [O'Bell 1998: 92].

[11] Первый русский перевод мольеровской пьесы принадлежал И. И. Кропотову, первая постановка состоялась в 1757 году, опубликована комедия в 1760 году. Новые переводы С. Т. Аксакова и В. И. Орлова появились соответственно в 1830 и 1843 годах. По количеству лет, в течение которых спектакль ставился в Москве и Санкт-Петербурге с 1757 по 1845 год, «Скупой» уступает только «Мещанину во дворянстве». Опера Пашкевича и Княжнина регулярно ставилась в Москве и Петербурге в период 1782–1812 годов [Зограф, 1977; Пашкевич, Княжнин 1973].

собой примеры более широких практик «культурного импорта» [Клейн 2005] в русском неоклассицизме, скупца здесь отличает привлекательность этого персонажа для авторов, экспериментировавших с типологией романтизма и реализма в XIX столетии. Эта привлекательность порождена статусом скупца как образцового типа.

В качестве тем басен о скупцах обычно воплощены античные принципы. В «Скупом, потерявшем свое сокровище» Лафонтен приводит в пример соответствующую басню Эзопа:

> L'homme au trésor caché qu'Esope nous propose,
> Servira d'exemple à la chose.
> Человек со скрытым сокровищем, которого изображает нам Эзоп,
> Послужит этому примером[12].

Здесь Лафонтен указывает читателям на значение *примера* для басенного жанра. Будучи порождены риторической фигурой *exemplum*[13], басни пускают в обращение обновленные примеры общих идей[14]. Эти примеры, по сути, метафоричны: предполагается, что читатели понимают, что люди или животные в басне похожи на людей за пределами художественного пространства и что принцип, изображенный в басне, также применим к людям за пределами ее текста. В своем исследовании о традиции русской басни Н. Л. Степанов указывает, что способность басни устанавливать аналогии между абстрактными идеями и конкретными

---

[12] Следует отметить, что в самом известном русском переводе этой басни В. Жукова упоминание об Эзопе отсутствует (ср. перевод: «Какая польза в жизни этой? / Да никакой!.. Я знал Скупого...» [Эзоп, Лафонтен, Крылов 2011: 366]). — *Примеч. пер.*

[13] Exemplum — краткий рассказ, принимаемый за истинный и предназначенный для включения в речь, как правило, в проповедь с целью преподнести слушателю спасительный урок (Гуревич А. Я. Культура и общество средневековой Европы глазами современников. М., 1989. С. 19). — *Примеч. ред.*

[14] В своем очерке «О басне и баснях Крылова» Жуковский отмечает, что басня ведет свое происхождение из риторического приема: «Она была не иное что, как простой риторический способ, пример, сравнение» [Жуковский 1960: 404]. О басне и *exemplum* см. также [Suleiman 1983: 27, 45–54].

элементами реалий современного социума является причиной ее распространения в мировой литературе: писатели в любом историческом контексте способны реагировать на существующие басни новыми примерами представленных ими принципов [Степанов 1977: 9]. Я бы добавила, что функция обновления примера может объяснить, почему скупец так процветает в сборниках басен: межкультурная повсеместность денег генерирует все больше образцов этого типа.

Русские баснописцы выводят авторефлексивную экземплификацию Лафонтена на новый уровень. В «Стороже богатства своего» (1762) основатель басенного жанра в России А. П. Сумароков сравнивает своего скупого не с одним, а с тремя предыдущими примеров этого типа:

Сказал певец Анакреон,
Что тщетно тот богатство собирает,
Который так равно, как бедный умирает <...>
У Федра Притча есть: лисица роя нору,
Прорылась глубоко,
И в землю забрела, гораздо далеко:
Нашла сокровище, под стражей у дракона,
По Молиерову у Гарпагона,
По моему у дурака,
Который отлежал, на золоте, бока [Сумароков 1762: 60–61][15].

Опираясь на стихотворение «К скупцу» из греческого сборника, известного как «Анакреонтика»[16], басню Федра «Лиса и дракон» и мольеровского «Скупого», Сумароков является продолжателем западной типологической традиции. Он также подчеркивает широкий спектр предыдущих образов скупца. Следуя за своим земляком, В. И. Майков в своей басне «Скупой» (1767) добавляет Сумарокова к списку авторов, описывающих этот тип:

---

[15] Сумароков включил в это издание еще две басни о скупости: «Скупой» и «Скупая собака» [Сумароков 1762: 15–16; 27–28].

[16] Стихотворения из «Анакреонтики» (I в. до н. э. — VI в. н. э.) столетиями ошибочно приписывались Анакреону (570–488 гг. до н. э.).

Он —
Как Молиеров Гарпагон
Или каков у Федра есть дракон,
Который на своем богатстве почивает,
А Сумароков называет
Такого дураком
И стражем своего именья,
Которому в нем нет увеселенья [Майков 1966: 148].

Скупец, будучи долговечным типом, побуждающим к подражанию и сравнению, оказывается узнаваемой формой литературной валюты, которую можно переводить из одной культуры в другую или заново чеканить в любом месте и в любое время. Русские баснописцы, признавая, что запасают эту валюту, изображают развитие литературы как процесс накопления. Скупец становится метафорой автора, а его клад — сокровищем текста.

В только что процитированных русских баснях текстуальное сокровище насыщено иностранными ценностями: это и сам тип скупца, и исторические воплощения его. В то время как Сумароков и Майков с легкостью сравнивают русские и иностранные ценности, в XIX веке русские авторы используют образ скупца для того, чтобы поставить это очевидное сопоставление под вопрос. Как видно из басни Крылова «Скупой» (1825), явный отклик на аккумулирование чужеземных ценностей в России порождает новую форму писательского интереса, поскольку русская литература начинает принимать свои очертания, критически воспринимая зарубежные жанровые, стилевые формы, а не заимствуя их напрямую[17]. В басне Крылова рассказывается о состоятельном домовом, который обманом заставляет своего скупого хозяина хранить сокровище много лет. Вернувшись домой, домовой обнаруживает, что его хозяин и вправду повел себя в соответствии с европейской традицией:

---

[17] Крылов также писал о скупцах в басне «Скупой и курица» (1819) и в своем сатирическом журнале «Почта духов» (1789) [Крылов 1956: 158; Крылов 1969: 300–309].

Скупой с ключом в руке
От голода издох на сундуке —
И все червонцы целы [Крылов 1956: 204].

Образ мертвого скупца, уморившего себя голодом, но не выпустившего из рук ключи, чтобы сберечь червонцы в сундуке, содержит некоторые базовые образные элементы этого типа: извечные ключи, труп, иссохший от голода, и явленный на обозрение клад, который перейдет к другому персонажу после смерти скупца.

Как будто смерть сама по себе не является достаточным предостережением для читателей, басни о скупости, как правило, содержат прямую критику страсти к деньгам в *promythium* или *epimythium* (первых или последних строках, поясняющих мораль басни). Эта критика может исходить от рассказчика или персонажа, чей голос созвучен с рассказчиком. Например, в басне Федра «Собака, сокровище и коршун» [Федр 1962: 17], переведенной на русский язык И. С. Барковым в 1764 году («Собака, нашедшая сокровище, и Сип»), рассказывается о собаке, которая умирает с голоду, охраняя сокровище. Заканчивается басня словами коршуна (приведем перевод XVIII века):

Достойно, говорил, ты алчной пес, погиб,
Кой на распутии в навозе зародился,
Скитался там и здесь, навозом и кормился;
Да в голову того ты выросши не взял,
И царских вдруг себе сокровищ пожелал [Барков 1872: 212].

Басня Крылова отходит от этой структурной традиции помещать отличный от скупца персонаж в басню, чтобы совместно с рассказчиком критиковать скупость. Другой персонаж в басне Крылова — домовой — сам является скупцом, который использует героя-скупца как средство достижения собственных корыстолюбивых целей. Если домовой сотрудничает с рассказчиком или автором этой басни, то тогда их сотрудничество является нарративным обманом, «веселым лукавством ума», которое ценил

Пушкин в Крылове [Пушкин 1949а: 34], а не назидательностью или социальной сатирой[18].

Крылов известен мудрым юмором своих басен, а юмор такого рода отчасти проистекает из свободного обращения с европейскими культурными ценностями. Последние строки гласят:

> Когда у золота скупой не ест, не пьет —
> Не домовому ль он червонцы бережет? [Крылов 1956: 204].

Червонец как денежная единица, впервые отчеканенная Петром I наподобие голландского дуката, удачно воплощает собой образ типов европейской культуры, накопленных русскими авторами на протяжении XVIII века. Однако воплощение европейского типа скупца в образе домового, способствующее аккумулированию культурной «валюты», в значительной мере меняет смысл басни о скупце. Помимо постановки традиционного вопроса о цели накопления денег, финальные строки лукаво вопрошают: не стоит ли понимать европейский образ скупца с учетом русской народной мудрости? А может, она уже оставила того в дураках?

Страсть к эквивалентности. А. С. Пушкин «Скупой рыцарь»

Если «Скупой» Крылова весело зубоскалит, сравнивая русские и европейские культурные формы, Пушкин превращает скупца в фигуру сравнения как такового. Полное название пушкинской пьесы — «Скупой рыцарь. Сцены из ченстоновой трагикомедии *The Covetous Knight*» — выводит на первый план идею заимствования европейских типов [Пушкин 1948а: 99]. Но поскольку английский писатель У. Шенстон (1714–1763) не создал ничего похожего на «Скупого рыцаря», пушкинский подзаголовок

---

18 Пушкин считал эту характерную черту произведений Крылова выражением русского национального духа.

в целом считается мистификацией [Томашевский 1978: 510–511]. В действительности же повествование, структура и персонажи пьесы имеют европейские источники: это в том числе «Скупой» Мольера, «Венецианский купец» Шекспира (ок. 1598) и басни о скупцах. Скрывая под масками истинные источники и изобретая новые, Пушкин превращает накопление иностранных типов в содержание произведения.

В самом деле, передача русского слова *скупой* английским *covetous*, то есть 'жаждущий, алчный' и даже 'любостяжательный', проблематизирует предложенный перевод. Более точным на английский будет прилагательное *miserly*. Это четче отражало бы традицию типа скупца, на которой основывает свое произведение Пушкин. *Miserly*, кроме того, точнее передает мотив денег, чем *covetous*, и отражает двойной смысл слова *скупой*: не только склонный к приобретательству ('жадный'), но также и склонный удерживать приобретенное ('скаредный', 'прижимистый'). Указанные смысловые оттенки русского слова *скупость* чрезвычайно важны для интерпретации пьесы. Например, издание 1822 года «Словаря Академии Российской» определяет *скупость* как «излишнюю бережливость», а ныне устаревшую грамматическую форму «скупый» как «имеющий предосудительную привязанность к скопленному богатству; противупоставляется чивому, тороватому» [Словарь Академии Российской 1822: 201]. Тот же словарь определяет *скупца* как «того, кто из любостяжания необходимо нужных издержек сделать не хочет» [Словарь Академии Российской 1822: 200][19]. Стремление сохранять деньги существенно для пушкинского портрета скупого барона, который ценит деньги только в форме накопления их. Центральную повествовательную коллизию между ним и его амбициозным сыном Альбером создает не желание барона иметь больше денег, но скорее его отказ отдать деньги сыну, чтобы тот их тратил. Утверждение Пушкина, что его пьеса основана на «The Covetous Knight»,

---

[19] Даль предлагает сходное определение слова *скупой*: «скряжливый, неуместно и неумеренно бережливый; противопол. тороватый, чивый, щедрый» [Даль 1882: 219].

одновременно и утверждает, и подрывает претензию на эквивалентность[20].

В какой-то момент Пушкин подумывал о том, чтобы взять для пьесы эпиграф, устанавливающий еще одну усложненную смысловую связь. Это был отрывок из стихотворения Г. Р. Державина «К Скопихину» (1805)[21]. Стихотворение Державина является адаптацией гражданской оды Горация «К Криспу Саллюстию» («Nullus argento color est avaris abdito terris», 23 год до н. э.), а также оно включает в себя оригинальные тематические характеристики басен о скупцах [Гораций 1970: 95]. Стихотворение восхваляет Н. П. Шереметева и некоторых других богатых россиян за то, что они отдали свои деньги на нужды благотворительности, и порицает некое лицо, названное Скопихиным, за то, что тот свои деньги копил. Сама фамилия Скопихин, производная от «скопить», сближает этого персонажа с типом скупца. Державин еще прочнее помещает Скопихина в типическую традицию, убеждая не походить на скупых зверей — персонажей басен:

Престань и ты жить в погребах,
Как крот в ущельях подземельных,
И на чугунных там цепях
Стеречь, при блеске искр елейных,
Висящи бочки серебра
Иль лаять псом вокруг двора [Державин 1957: 291].

После опубликования «К Скопихину» Державин объяснял, что, создавая этот персонаж, имел в виду своего современника по

---

[20] Согласно А. А. Долинину, использование Пушкиным слова *covetous* является отсылкой к «Генриху V» Шекспира, где глагол *covet* (вожделеть, сильно желать чего-то, домогаться) появляется дважды: сначала как желание денег, а затем — как желание почестей. Пушкин, должно быть, знал, что стандартным переводом слова *скупой* будет 'miserly', однако выбрал 'covetous', чтобы подчеркнуть центральные для пьесы противоречия между деньгами и честью. Хотя аргумент Долинина представляется убедительным, мне особенно интересен риторический эффект намеренно некорректного перевода Пушкина [Долинин 2007: 98].

[21] О литературных связях Пушкина и Державина см. [Bethea 1998: 137–234].

фамилии Собакин [Державин 1957: 436]. Достаточно любопытно, что фамилия возможного прототипа также имеет привязку к скупости: оно напоминает о жадном псе из «Собаки, сокровища и коршуна» Федра, на которую намекает Державин в последней строке. Это не единственная аллюзия на античные образы скупости, Державин следует примерам Сумарокова и Майкова и акцентирует внимание на других олицетворениях скупца: собака упоминается после описания крота, который напоминает о различных подземных созданиях, населяющих пространство басен о скупцах.

Этот крот едва не пробрался в эпиграф к «Скупому рыцарю». Рукопись пьесы начинается со строк державинского стихотворения — именно тех, которые наиболее явно указывают на связь Державина с традицией басен о скупцах: «Престань и ты жить в погребах, / Как крот в ущельях подземельных» [Томашевский 1978: 510]. Если бы Пушкин начал этими строками последний вариант «Скупого рыцаря», могло бы показаться, что он намеревался вновь напомнить об осуждении Державиным скупости. Однако, как убедительно доказывали исследователи, пушкинские эпиграфы часто указывают на иные выводы, чем те, что по видимости вытекают из текстов, которым они предшествуют[22]. Действительно, первоначальное намерение использовать державинские строки намекает на то, что Пушкин отступает и от державинских строк, и от жанровых условностей басни. В то время как Державин сравнивает реальное лицо с басенными скупцами, делая это с явной назидательной целью осудить нежелание делиться своим богатством с обществом, Пушкин отходит от дидактизма и обращается к акту сравнения как таковому.

«Скупой рыцарь», созданный в Болдино в 1830 году, представляет собой пушкинскую «пробу пера» в цикле пьес[23], названных «Маленькие трагедии». Исследователи указывали, что Пушкин

---

22 Об эпиграфах у Пушкина см. [Виноградов 1934: 171–191; Bethea, Davydov 1981: 14].

23 В своих рукописях сам Пушкин называл этот сборник «Опытом драматических изучений» [Пушкин 1948а: 377].

посвящает каждую из «Маленьких трагедий» психологическому изображению персонажа, охваченного определенной страстью [Markovich 2003: 74–75]. Предполагалось также, что, предлагая читателям сложные изображения узнаваемых литературных типов и исторических персонажей, Пушкин уходит от неоклассических к романтическим методам характеризации [Фридман 1980: 141–154; Томашевский 1960: 263]. В «Table Talk» Пушкин проясняет свое понимание этих двух модальностей, сравнивая изображения скупости в «Венецианском купце» Шекспира и в «Скупом» Мольера: «Лица, созданные Шекспиром, не суть, как у Мольера, типы такой-то страсти, такого-то порока; но существа живые, исполненные многих страстей, многих пороков; обстоятельства развивают перед зрителем их разнообразные и многосторонние характеры. У Мольера скупой скуп — и только; у Шекспира Шайлок скуп, сметлив, мстителен, чадолюбив, остроумен» [Пушкин 1949б: 156–157][24]. Пушкин не воспринял романтическое понимание типа, предложенное Шеллингом и Нодье. Для него тип остается фундаментально (нео)классицистской — и безжизненной — формой создания характеров, а новаторство Шекспира заключалось не столько в создании новых типов своего века, сколько в замене типов персонажами, жизнь

---

[24] Когда Шекспир и Мольер писали свои пьесы, существовало концептуальное разделение между понятиями христианской алчности — или скупости — и еврейским ростовщичеством. Как показывает слияние у Пушкина скупости Гарпагона и ростовщичества Шейлока, это различие к XIX веку практически исчезло. Замысел «Скупого рыцаря» оформился не позднее 1826 года, когда Пушкин озаглавил рукопись «Жид и сын. Граф». Это дает основания предполагать, что изначально он планировал писать о еврее-скупце или ростовщике в духе шекспировской комедии. В конечном итоге он сделал скупого барона христианином, однако ввел еврейского ростовщика Соломона в первую сцену, где становится ясно, что жадность барона вынудила его сына Альбера занимать деньги у ростовщика, чтобы поддерживать достойный образ жизни при дворе. За счет этого Пушкин приблизил свое произведение к идеям мольеровского «Скупого». Вверху списка драматических произведений, запланированных им в 1827 году, стоит заголовок «Скупой», что, вероятно, указывает на переориентацию Пушкина на мольеровскую модель [Томашевский 1978: 510]. О заимствовании Пушкиным стереотипа ростовщика-еврея см. [Проскурин 1999: 349–375].

которых неотъемлемо связана с их сложной психологией. Хотя Пушкин писал «Table Talk» несколькими годами позже «Скупого рыцаря», его интерпретация шекспировского Шейлока как «живой» личности с многообразными противоречивыми эмоциональными побуждениями часто считается программным утверждением о том, какую цель он преследовал, изображая своего барона [Томашевский 1960: 276; Долинин 2007: 95]. Сосредотачиваясь на противоречивом характере барона как скупого рыцаря (для которого, согласно феодальным социальным нормам, честь и долг перед своим сюзереном и семьей превыше денег), а также на установленном им для себя моральном кодексе, исследователи часто отмечали, что это психологически более сложный герой, чем его предшественники-скупцы [Долинин 2007: 99; Evdokimova 2003: 114].

Я подчеркну, что, хотя Пушкин обращается к описанию и других страстей в этом отрывке, важно, что скупой — это первый из изображенных поэтом типов, так же, как «Скупой рыцарь» написан раньше остальных «Маленьких трагедий». Первичность скупости в пушкинских изображениях типологии характеров говорит о том, что он воспринимал ее как квинтэссенцию типа. Основываясь на пушкинском понимании типа как безжизненной формы создания характера, я считаю скупого, таким образом, самым безжизненным типом из всех. Столетиями скупца изображали не столько живым человеком, сколько воплощением абстрактной идеи, и он возникал в таком огромном количестве произведений, что превратился в клише. Далее, как фигура, которая обычно связана с идеей духовной смерти и которая в конце погибает физически только для того, чтобы воскреснуть в следующих произведениях, скупец как тип находится на грани жизни и смерти, оригинальности и шаблона. Такой герой дал Пушкину повествовательную возможность оживить особенно — пусть и не окончательно — мертвый тип.

Чтобы вдохнуть жизнь в своего скупого, Пушкин прибегает к поразительному способу — наделяет его поэтическим воображением. Хотя Пушкин в собственной поэзии умеренно использует образный язык, монолог барона нехарактерно богат метафорами. Доминирующим тропом является сравнение, на что очевидно указывает первое слово:

> Как молодой повеса ждет свиданья
> С какой-нибудь развратницей лукавой
> Иль дурой, им обманутой, так я
> Весь день минуты ждал, когда сойду
> В подвал мой тайный, к верным сундукам.
> Счастливый день! Могу сегодня я
> В шестой сундук (в сундук еще неполный)
> Горсть золота накопленного всыпать [Пушкин 1948а: 110].

В этом расширенном сравнении деньги превращают старика в юношу, уединенную сцену — в любовное свидание, а наполнение сундука — в сексуальный акт. Метафорическая власть денег делает эти сравнения возможными. Хотя не все золото обретает форму отчеканенных монет, и в этом отрывке барон измеряет золото неопределенными «горстями», позднее он называет одну из монет «дублоном старинным». Далее, одна из пушкинских авторских ремарок гласит: «всыпает деньги» [Пушкин 1948а: 111–112]. В виде денег золото исполняет функцию всеобщего эквивалента и, следовательно, инструмента для сравнения.

Как поясняет Маркс, всеобщий эквивалент — это товар, отличный от всех прочих, потому что через него они могут «выражать свою стоимость». За счет подобного посредника «все товары оказываются теперь не только качественно равными, т. е. стоимостями вообще, но в то же время количественно сравнимыми величинами стоимости» [Маркс 1960: 73]. Дублон в особой степени воплощает международную сравнительную функцию денег. Изначально дублоны чеканили в Испании в XVI веке из золота, добытого в Новом Свете, в дальнейшем они стали законным средством платежа в нескольких европейских странах, пользуясь популярностью среди тех, кто желал копить деньги. Подобно типу скупца, дублоны сравнивались, продавались и покупались, и накапливались на мировой бирже.

Примечательно, что барон сам раскрывает, как басни научили его использовать сравнительную функцию денег. Добавляя монеты в свой сундук, он объясняет свои действия, вспоминая о царе, который точно так же расширял свои владения «горстями»:

Не много, кажется, но понемногу
Сокровища растут. Читал я где-то,
Что царь однажды воинам своим
Велел снести земли по горсти в кучу,
И гордый холм возвысился — и царь
Мог с вышины с весельем озирать
И дол, покрытый белыми шатрами,
И море, где бежали корабли.
Так я, по горсти бедной принося
Привычну дань мою сюда в подвал,
Вознес мой холм — и с высоты его
Могу взирать на все, что мне подвластно.
Что не подвластно мне? как некий демон,
Отселе править миром я могу [Пушкин 1948а: 110].

Эта история представляет собой полноценную вставную басню. Поясняя центральный принцип басни, первые полторы строки данного отрывка выполняют функцию *promythium*. Но они не осуждают скупость, а воспевают терпеливое накопление. Барон видит в этой басне аллегорию своей собственной жизни. Он пытается следовать представленному в ней примеру, воображая с помощью денег уподобиться легендарному царю (в словах «Так я» барон сопоставляет себя с другим, отличным от него человеком). Хотя интерпретация сюжета о царе может указать на стратегию прочтения подобных произведений, прочтение бароном его собственной истории явно ошибочно. Он воображает, что мешки с золотом возвышают его и дают власть, хотя в действительности они принижают его положение в феодальной иерархии ценностей. Его страсть к золоту вступает в противоречие с такими ценностями, как честь, долг и верность герцогу, его сюзерену, и приводит к смерти в разгар ужасной ссоры с сыном во дворце. Кажется, барон мог бы извлечь больше пользы из чтения басен о скупцах, подобных державинскому Скопихину.

В то время как Державин призывает Скопихина услышать предостережение в баснях о скупцах, Пушкин изображает скупца, который ошибочно узнает себя в басне с другим сюжетом.

Толкование бароном этой истории как аллегории собственной жизни указывает на склонность Пушкина устанавливать частичную эквивалентность между собственными текстами и текстами предшествующей литературной традиции. Мы уже отмечали эту тенденцию в заглавии пушкинской пьесы и в эпиграфе, который он собирался ей предпослать. Теперь мы усматриваем ее же в сцене чтения, где персонаж ошибочно считает, что литературный текст применим к его собственным обстоятельствам[25]. Но если в этом смысле барон для читателей Пушкина кажется фигурой, не способной уразуметь смысл прочитанного, то как обладатель поэтического воображения он стоит ближе к самому Пушкину. То, как скупец ценит деньги за их власть превращать одно в другое, напоминает об интересе Пушкина к типу скупца как эталону, по которому он может соизмерять свой текст с другими. Подобно тому, как барон любит воображать, будто его золото можно обменивать на вещи, услуги или власть, но в конечном итоге отказывается их тратить, Пушкину нравится представлять, что его тексты можно было бы сравнивать или обменивать на другие, но в итоге он отказывается от подобной сделки. Как и барону, Пушкину свойственна страсть к потенциально достижимой эквивалентности.

Взвешенная архитектоника пьесы демонстрирует эту страсть и на уровне формы. Первая сцена происходит в высокой башне, где сын барона Альбер жалуется на унизительное воздействие безденежья на его возвышенные идеалы доблести и чести: амбиция толкает его возвыситься при дворе, а безденежье тянет вниз.

---

[25] Неудачный читательский опыт барона напоминает о Татьяне из «Евгения Онегина», Самсоне Вырине из «Станционного смотрителя» (1830) и Лизавете Ивановне из «Пиковой дамы». Среди этих трех персонажей Вырин особенно сближается с бароном, потому что ошибочно трактует прочитанное как иносказание (образ блудного сына), которое, подобно басне, должно нести мораль.

Направление второй сцены стремится к нижнему вертикальному пределу: барон спускается в подвал, где хранится презренный металл, который он принимает за величие и власть. Третья сцена, которую автор помещает на уровень земли во дворце герцога, изображает, как сын и отец унижают друг друга в глазах герцога — высочайшего властителя в их местности. Этим Пушкин снимает вертикальные пределы двух первых сцен, как бы уравнивая их за счет срединного положения третьей на этой вертикальной линии. В пределах каждого пространства деньги рушат феодальную иерархию ценностей. Но цель Пушкина, однако, состоит не том, чтобы научить барона или его сына различать низкое и высокое, но совершить акт творческой гармонизации — постоянно соизмерять конфликтующие ценности друг с другом. Подобно весам, никогда не приходящим в равновесие, «Скупой рыцарь» поддерживает стилистическое колебание между тонким и непостижимым.

Страсть Пушкина к потенциально достижимой эквивалентности проявляется также в том, что он рисует своего скупого человеком, не принадлежащим к конкретной исторической эпохе. Как отмечает Г. А. Гуковский, Пушкин не привязывает действие «Скупого рыцаря» к точному времени или месту, но вместо этого изображает, как деньги подрывают устойчивость феодальных ценностей во «всей Европе» [Гуковский 1957: 323]. Хотя в качестве источника пьесы назван Шенстон, и это может намекать, что действие происходит в Англии, имя сына рыцаря франкоязычное — Альбер; имя самого барона — Филипп — обычно для многих европейских языков. Его дукаты почти так же иконичны, как и декорации трех сцен (башня, подвал и дворец). Пушкин использует эти символы, чтобы воссоздать абстрактный образ европейского феодализма. Отсутствие географической специфики оставляет допустимым предположение, что пьеса показывает исторические процессы в пушкинской России, когда, по словам С. М. Бонди, подъем монетарной экономики начал разъедать систему ценностей полуфеодальной общественной системы [Бонди 1960: 574–575]. По словам С. Евдокимовой, акцент на индивидуализме в постнаполеоновскую эпоху представил эгоистические мечтания скупца к самовозвышению как стремления современников автора [Evdokimova 2003: 106–143]. Со своей стороны, я предполагаю, что неопределенность исторического фона пьесы (феодальная Европа? Россия начала XIX века?) симптоматична для пушкинской трактовки образа скупого рыцаря и денег как символов нерастраченного метафорического потенциала.

Включение Пушкиным басенных элементов и делает возможным, и разрушает основания для сравнения «Скупого рыцаря» с историей России начала XIX века. Помимо строк из «К Скопихину», которые Пушкин предполагал использовать в качестве эпиграфа, и истории о царе из монолога скупца, явными указаниями на ключевое значение басни в понимании «Скупого рыцаря» является смерть барона и реакция на нее герцога в заключительных строках. Комедии о скупцах не заканчиваются смертью скупца, а басни — очень часто. Когда барон умирает в третьей сцене, читатели, привычные к басням о скупцах, ожидают увидеть в «Скупом рыцаре» аллегорию собственной эпохи и понять изображенную в ней идею. И все же мысль ускользает от них. На последнем издыхании требуя ключи от своих погребов («Где ключи? / Ключи, ключи мои!» [Пушкин 1948а: 113]), барон ставит читателей-интерпретаторов в сложное положение: мы оставлены без «ключа» к тексту. Слова барона заставляют предположить, что пропал не один, а множество ключей. Пушкин не просто предлагает читателям текст, допускающий различные интерпретации; он использует ключи — самый узнаваемый признак скупца — чтобы подчеркнуть отсутствие единственного ключа к интерпретации «Скупого рыцаря».

Точно так же последние строки произведения и поддерживают, и разрушают типичную структуру басен о скупцах. Наблюдая за позорной для барона и его сына ссорой, которая приводит к смерти героя, герцог произносит заключительные слова пьесы, и они извращают традиционный финал басен о скупцах:

> Он умер. Боже!
> Ужасный век, ужасные сердца! [Пушкин 1948а: 113].

Обычно в конце басен о скупцах присутствует посторонний, персонаж-наблюдатель, чей голос сливается с голосом рассказчика в осуждении скупости. А в произведении Пушкина заключительные слова герцога фактически утверждают открытый финал пьесы. Скупец мертв, и это очевидно, но что за «век», и чьи «сердца» так «ужасны»? Относятся ли слова герцога только к «веку» европейского феодализма, или же читатели должны считать их аллегорией современной России? Относятся ли они только к «сердцам» скупцов, подобных барону, к амбициозным сыновьям вроде Альбера или к обоим типам? Множественная форма *сердца* (как и историческая неконкретность *века*) усиливает возможность аллегорического, расширительного прочтения «Скупого рыцаря» как басни. Однако, подобно золоту, ценность которого возрастает с каждой новой «горстью», но в итоге никогда не станет средством обмена, пушкинский текст накапливает метафорический потенциал по мере того, как читатель изучает различные варианты прочтения, но не может остановиться ни на одном конкретном. Более того, перефразируя известную фразу Цицерона «O tempora, o mores!» («О времена, о нравы!»), Пушкин завершает пьесу еще одним примером эквивалента своему произведению о скупце. Он заменяет цицероновские «нравы» синекдохой «сердца», декларируя одновременно и свой интерес к тому, как историческая эпоха формирует страсти, и стремление представлять свои тексты частичными (но не полными) эквивалентами предшественников.

Пушкин отвечает на неоклассицистскую традицию дидактической литературы о скупости амбивалентным текстом, который оставляет у читателей чувство неуверенности в том, аналогичен ли исторически обусловленный конфликт между ценностью денег и честью на излете феодализма в Европе проблемам в русской культуре начала девятнадцатого века и можно ли извлечь из него урок. Пушкин воспринимает скупца как безжизненный тип с заранее определенным значением, но дает ему новую жизнь, которая может означать очень многое. Словами герцога «Он умер» автор убивает не барона, а скупца как типично воспринимаемый тип. Он предоставляет читателю не извлечь урок из рассказа о скупости, но задачу постоянного сравнения.

Скупой из скупцов. Плюшкин в «Мертвых душах» Н. В. Гоголя

В то время как Пушкин и скупой рыцарь заворожены символическим статусом золота как всеобщего эквивалента, Гоголь и его скряга Плюшкин энергично разрушают различия, на которых базируются суждения об оценке.

В первой половине XIX века главной единицей благосостояния в России были крепостные, и стоимость владений помещиков рассчитывалась исходя из числа крепостных в их собственности. При подобной системе стоимость была материальным, жизненным и относительно стабильным явлением, неотделимым от человеческих тел и земли, к которой люди были прикреплены. Экспансия монетарной экономики и растущая практика передачи поместий в залог казне, разорвавшие связь между материальным богатством и представлением о нем, сформировали нарративные возможности, которые Гоголь использует в «Мертвых душах»[26]. Прося помещиков воспринимать стоимость крепостных абстрактно, в отрыве от тел и земель, Чичиков пытается использовать язык — слова, именующие мертвых крестьян, — как похожую на деньги форму валюты, которую он может обменивать, накапливать и переводить из одного места в другое[27]. Визит

---

[26] Как убедительно утверждал Г. С. Морсон, Чичиков приглашает помещиков и читателей «Мертвых душ» поучаствовать в «мыслительном эксперименте», в котором им придется переосмыслить природу экономической стоимости и ее взаимосвязь с лингвистическими, моральными и духовными ценностями [Morson 1992: 210].

[27] О «Мертвых душах» и подъеме «символической, изменчивой и условно определяемой ценности со всей присущей ей мобильностью и отсутствием корней» см. [Valentino 1998: 546; Valentino 2014: 64–65].

Чичикова в имение Плюшкина — это кульминационное столкновение коммерческих и аграрных ценностей, и нетипичная гоголевская трактовка скупца подчеркивает чужеродность монетарной логики — логики всеобщего эквивалента — сельскохозяйственной экономике крепостнической России. В конечном итоге Гоголь отказывается признавать значимость всеобщему эквиваленту, и не существует никакого стандарта, с помощью которого можно было бы оценить его многообразные нарративные транзакции.

Плюшкин — это грубая карикатура на тип скупца (ср. [Гиппиус 1994: 122]). В разговоре с Чичиковым помещик Собакевич приводит Плюшкина в пример как типичного скупца:

> — У меня не так, — говорил Собакевич, вытирая салфеткою руки, — у меня не так, как у какого-нибудь Плюшкина: восемьсот душ имеет, а живет и обедает хуже моего пастуха!
> — Кто такой этот Плюшкин? — спросил Чичиков.
> — Мошенник, — отвечал Собакевич. — Такой скряга, какого вообразить трудно [Гоголь 1978а: 94–95].

Используя выражение «какого-нибудь Плюшкина», Собакевич обозначает последующую традицию называть *плюшкиными* людей, особенно склонных к скупости и накопительству. Больше, чем какой-либо иной персонаж «Мертвых душ», Плюшкин обретает обобщенное значение в русском языке: *плюшкиным* называют «чрезмерно скупого, жадного человека» [БТС 1998: 846]. Достоевский использует в этом смысле имя Плюшкина в «Петербургских сновидениях в стихах и прозе», назвав «новым Плюшкиным» полунищего титулярного советника, после смерти которого нашли «груды золота», накопленные им за всю жизнь (случай был описан в газете) [Достоевский 1979: 72–73][28]. Как редкий пример русской культурной парадигмы, перешедшей на

---

[28] Достоевский использует выражения «новый Плюшкин» и «новый Гарпагон» как взаимозаменяемые для описания одного и того же человека, показывая, что он считает скупцов Гоголя и Мольера воплощениями одного и того же типа.

Запад, фраза «синдром Плюшкина» появляется на английском языке[29].

Способность имени Плюшкина входить в повседневную лексику, по крайней мере, отчасти обусловлена тем фактом, что, в отличие от других персонажей «Мертвых душ», Плюшкин принадлежит к античной характерологической традиции — типу скупца[30]. Но крайняя степень склонности к накопительству отличает его от предыдущих примеров данного типа. Собакевич подчеркивает эту крайность, именуя Плюшкина *скрягой*: это близкий синоним более употребительных слов *скупец* и *скупой*, и разница только в степени, так как скрягой называют «чрезвычайно скупого» человека (ср. [Словарь Академии Российской 1822: 197]). Несмотря на это, Собакевич находит выразительные коннотации слова *скряга* недостаточными, чтобы описать Плюшкина; он называет его скрягой, «какого вообразить трудно». Данное утверждение представляет собой парадокс типичности Плюшкина: эта типичность настолько значительна, что становится сложно кому бы ты ни было — другим персонажам, рассказчику, читателям гоголевского произведения — представить его или понять. Он определен так избыточно, что приобретает неопределенность.

Другое указание этой неопределенности мы находим там, где Чичиков спрашивает одного из крестьян Собакевича, как добраться до усадьбы Плюшкина. Крестьянин в ответ дает такое грубое описание Плюшкина, что повествователь сокращает его слова до прилагательного «заплатанной», опустив «очень удачное»

---

29 См., например, [Cybulska 1998: 319–320; Clockwork 2007; Kasuya 2009].

30 В статье «О русских повестях и повестях Гоголя» Белинский рассуждает о способности имени персонажа переходить в язык повседневности в качестве отличительной особенности истинного типа. Критик перечисляет в ряду других персонажей и гоголевских, которые, по его мнению, обладают этой способностью [Белинский 1953: 296], но Плюшкин к настоящему времени превзошел всех прочих героев Гоголя по длительности включения его имени в состав существительных. В более поздней статье Белинский отмечает другой персонаж, склонный к скупости, — Коробочку — как показательный тип «Мертвых душ» [Белинский 1955: 359].

существительное. Это приводит нас к знаменитому восхвалению повествователем «метко сказанного русского слова» [Гоголь 1978а: 103–104]. Хотя пространное рассуждение о выпущенном «словце» из этого отрывка представляет собой лишь один пример гоголевского «накопительства» знаков за счет объектов в «Мертвых душах», примечательно, что отсутствующий объект здесь — скупец Плюшкин, чье накопительство подрывает сам смысл всех знаков ценности[31]. Как становится очевидным в отрывке, где Чичиков впервые видит Плюшкина, чрезвычайная скупость последнего затемняет сами знаки, идентифицирующие его как скупца:

> У одного из строений Чичиков скоро заметил какую-то фигуру, которая начала вздорить с мужиком, приехавшим на телеге. Долго он не мог распознать, какого пола была фигура: баба или мужик. Платье на ней было совершенно неопределенное, похожее очень на женский капот, на голове колпак, какой носят деревенские дворовые бабы, только один голос показался ему несколько сиплым для женщины <...> По висевшим у ней за поясом ключам и по тому, что она бранила мужика довольно поносными словами, Чичиков заключил, что это, верно, ключница [Гоголь 1978а: 108].

Явившись в виде «какой-то фигуры», одетой в нечто «совершенно неопределенное», Плюшкин предстает персонажем не ясно какого пола и социального положения; его в самом деле трудно «распознать». Более того, он «заплатанной»: составлен из обрывков черт мужчины, женщины, крестьянина, помещика, ключницы и типичного скупца.

Как пожилой человек со значительными средствами, который держит у себя ключи, Плюшкин подходит под определение типичного скупца, однако нежелание расходовать или расставаться с чем-либо подготовило героя к тому, чтобы носить отрепья и потерять должный вид, что размывает его облик в глазах Чичикова. Чичиков неверно истолковывает увиденные им ключи,

---

31 О парадоксально накопительской, при этом безреферентной логике гоголевской прозы и о данном типе накопительства как ключевой «генеративной модели» его произведений см. также [Popkin 1993: 143, 174, 186–189].

которые прочно утверждают Плюшкина в ипостаси скупца, думая, что они указывают на женщину-ключницу. Точно так же происходит, когда Чичиков, входя в дом Плюшкина, сравнивает это место с подземельем: «Он вступил в темные широкие сени, от которых подуло холодом, как из погреба» [Гоголь 1978а: 109]. Это обиталище, похожее на склеп, вполне подходит скупцу. И все же Плюшкин оказывается совершенно нетипичным примером данного типа, потому что он копит не деньги, а «множество всякой всячины» [Гоголь 1978а: 109]:

> куча исписанных мелко бумажек, накрытых мраморным позеленевшим прессом с яичком наверху, какая-то старинная книга в кожаном переплете с красным обрезом, лимон, весь высохший, ростом не более лесного ореха, отломленная ручка кресел, рюмка с какою-то жидкостью и тремя мухами, накрытая письмом, кусочек сургучика, кусочек где-то поднятой тряпки, два пера, запачканные чернилами, высохшие, как в чахотке, зубочистка, совершенно пожелтевшая, которою хозяин, может быть, ковырял в зубах своих еще до нашествия на Москву французов [Гоголь 1978а: 109].

Помимо намека на завоевательные войны европейских империй (зубочистка донаполеоновских времен), плюшкинская «куча» принципиально отличается от скрытого от глаз сундука барона, полного дукатами из Нового Света в «Скупом рыцаре». В то время как барон наполняет сундуки золотом, всеобщим эквивалентом символической и денежной стоимости, Плюшкин копит хлам.

Как скупой, интересы которого нетипично сосредоточены не на деньгах, Плюшкин — это живое воплощение гоголевского отхода от принципа всеобщей эквивалентности[32]. Сама тяга

[32] Валентино утверждает, что последовательность помещиков в «Мертвых душах» конкретизирует исторический переход к монетарной экономике в России, где Плюшкин появляется в виде кульминации всего процесса [Valentino 2014: 42]. Это убедительный довод; однако, по моему мнению, наиболее поразительным в Плюшкине является отход от коммерческой логики: он не отдает деньгам предпочтения перед другими формами ценностей и даже пренебрегает возможностью получить денежную выгоду от своей собственности.

к накопительству, а не какой-либо отдельный предмет из накоплений делает вещи эквивалентными. Одна из куч такая пыльная, что Чичиков даже не может определить, что в ней лежит: «Что именно находилось в куче, решить было трудно, ибо пыли на ней было в таком изобилии, что руки всякого касавшегося становились похожими на перчатки» [Гоголь 1978а: 110]. Куча стирает все отличия: одушевленное становится неодушевленным, извлечение становится слиянием.

Истории о скупцах всегда исследуют последствия того, что средство становится целью. Но уникальность гоголевскому скупцу придает то, что для него накопительство — а не деньги — является средством, которое становится такой целью. Как неразборчивый скопидом, Плюшкин — это скупец из скупцов: его скупость становится воспроизводящей и оправдывающей себя самое причиной[33].

Накопление Плюшкиным вещей приводит к потере их ценности: все они поломанные, сгнившие. Обладатель примерно 800 крепостных, он является самым состоятельных из всех помещиков, которых посещает Чичиков, его склады и строения полны продуктов и орудий труда. Но вместо того, чтобы заняться управлением своими владениями, Плюшкин каждый день расхаживает по двору, собирая все, что находит, даже то, что принадлежит его крестьянам, и прячет в своей «куче» [Гоголь 1978а: 112]. Не желая выпускать из своего владения даже мельчайшего предмета, он отказывается продавать произведенное в его имении: лучше пусть пропадает [Гоголь 1978а: 113–114]. Идиосинкратическое накапливание вещей, ценность которых со временем утрачивается, приводит в «Мертвых душах» к путанице между логикой сельскохозяйственной экономики, основанной на крепостном труде, и экономики денежной, коммерческой. Функцию всеобщего эквивалента придает деньгам прежде всего их относительная долговечность. Монеты и в меньшей степени купюры (но срок и их хождения достаточно долог) созданы для того,

---

33 По словам Морсона, «скряжничество вознаграждает само себя» [Morson 1992: 215].

чтобы их ценность сохранялась с течением времени. Ценность денег может падать, но это, как правило, зависит больше от функционирования финансовых институтов, а не от материала денег как таковых. Если не принимать в расчет ценовых колебаний и денежной массы, находящейся в обращении, ценность денег возрастает прямо пропорционально их количеству. Напротив, стоимость сельскохозяйственной продукции неизбежно сводится к нулю, когда от долгого хранения продукты начинают разлагаться. В то время как повествование о скупцах, как правило, представляет накопление денег как деятельность бесполезную, приводящую скупца к нищете как духовной, так и материальной, Плюшкин в «Мертвых душах» накапливает вещи так, как копят деньги, но это приводит к потере ценности всего и вся, что только есть в его имении.

Может возникнуть искушение считать Плюшкина вовсе не скупцом, а просто воплощением иного типа (например, барахольщиком), но при этом Гоголь наградил его слишком многими узнаваемыми чертами, свойственными типу скупца. Как будто желая разъяснить, что Плюшкин и в самом деле порожден данной типической традицией, Гоголь дает его краткую биографию (другим помещикам из «Мертвых душ» такого авторского внимания не досталось). Хотя многие критики полагают, что история жизни Плюшкина очеловечивает и оживляет персонаж, оставшийся бы в противном случае неодушевленным и опустошенным (ср. [Шевырев 1842а, 1842б; Манн 1978: 322]), я обращаю внимание читателя на то, что эта биография рисует его странно человечным и нечеловечным, мертвым и живым одновременно. Прочно утверждая Плюшкина как тип скупца, биография наделяет его полнотой литературной жизни, которую он разделяет с прежними человеческими и зооморфными воплощениями этого типа.

Из биографии Плюшкина видно, что он был когда-то «бережливым хозяином», чья «мудрая скупость» в итоге превратилась в крайнее нежелание тратить деньги или отдавать их своим детям. Повествователь не дает четкого объяснения, как именно у Плюшкина развилась абсолютная скупость, а просто говорит, что это произошло после смерти его жены, которая передала ему ключи от всего имения. И здесь, и в другом месте традиционный символ скупости представлен как ее причина. Далее повествователь сообщает, что скупость Плюшкина обострилась, когда он постарел и был покинут своими детьми: «Одинокая жизнь дала сытную пищу скупости, которая, как известно, имеет волчий голод и чем более пожирает, тем становится ненасытнее» [Гоголь 1978а: 112–113]. Сравнение Плюшкина с волком напоминает анималистические метафоры в баснях, вызывая в уме ассоциации его истории с этой античной традицией повествований о скупцах. В другом примере сравнения с животными рассказчик уподобляет глаза Плюшкина мышиным:

> маленькие глазки еще не потухнули и бегали из-под высоко выросших бровей, как мыши, когда, высунувши из темных нор остренькие морды, насторожа уши и моргая усом, они высматривают, не затаился ли где кот или шалун мальчишка, и нюхают подозрительно самый воздух [Гоголь 1978а: 111].

Хотя скупцов в баснях часто изображают в виде животных, которые живут в пещерах или роют норы, глаза Плюшкина сами по себе животные в норах. Это примечательное сравнение изображает Плюшкина как монструозное воплощение классического типа скупца. Если в «Скупом рыцаре» Пушкину интересны метафорические взаимообмены, которые так никогда и не происходят, Гоголя интересуют метафоры, которые множатся и мутируют.

Столь отличные друг от друга персонажи, как Плюшкин и барон, тем не менее едины в той нечеткости, которая делает каждого из них нетипичным воплощением типа скупца. Подобно барону, Плюшкин бросает вызов читателям, ищущим в тексте морального назидания. В самом деле, будучи далек от того, чтобы заканчивать главу о Плюшкине каким-нибудь уроком, повествователь живописует, как Чичиков (извлекший выгоду из разрушительного накопительства помещика) уехал от него «в самом веселом расположении духа» и, вернувшись в город и пообедав, «заснул сильно, крепко, заснул чудным образом, как спят одни только те счастливцы, которые не ведают ни геморроя, ни блох, ни слишком сильных умственных способностей» [Гоголь 1978а: 124–126]. Если в баснях персонажи, понаблюдав за скупцами, предлагают читателям суждения о них, Чичиков не дает читателям никаких намеков о том, что им следует думать о Плюшкине; вместо этого его поведение предполагает, что самый приятный образ действий — не задумываться о смысле скупости.

Любопытно, что заметки и письма Гоголя о «Мертвых душах» дают основания считать, что он смотрел на свою поэму как на произведение, способное изменить в лучшую сторону читательские представления о морали; и Плюшкин мыслится писателю главным помощником в достижении этой цели. Обращаясь к Н. М. Языкову в «Выбранных местах из переписки с друзьями» (1847), Гоголь пишет, что лирический поэт должен воззвать к «дремлющему человеку», то есть человеку, не осознающему принципов морали и духовности, чтобы он «спас свою бедную душу». Он упоминает о заключительном послании, которое должен передать Плюшкин в третьем томе «Мертвых душ», как о примере того, что должен лирический поэт сказать «дремлющему», который напоминает Чичикова, спящего после визита в имение Плюшкина: «О, если б ты мог сказать ему то, что должен сказать мой Плюшкин, если доберусь до третьего тома “Мертвых душ”!» [Гоголь 1978б: 245–246]. Гоголь явно считал Плюшкина поэтической фигурой, способной выразить определенные моральные ценности. И все же, как и исключенное существительное, которое крестьянин Собакевича связывает со словом «заплатанной», слова, которые Гоголь хотел вложить в уста Плюшкина, так и не появляются в печати. Поскольку поэма так и не была окончена, и образ Плюшкина навеки остался таким, как был изображен в первом томе, этот скупец из скупцов в меньшей степени способен искупить грехи читателей, чем оттолкнуть — или удивить — их гротескным смещением границ между всеми четко определенными формами ценностей.

Еще сильнее с пушкинским бароном сближает Плюшкина то, как его сокровище формирует очертания текста, в котором появляется. В персонаже Гоголя типичная одержимость скупца деталями — та самая *микрология*, о которой писал Феофраст, — служит не цели накопления денег, а цели накопления этих самых деталей. В этом смысле его скопленное добро становится метафорой безудержной детализации в реализме гоголевского периода. Однако, как показывает образ Плюшкина, реализм писателя — это гротеск и фантастичность. Очевидно бессмысленные детали накапливаются ради самих себя, истощая одну ценность за счет другой. Действительно, как мы говорили в главе 2, плюшкинское скопидомство чеканит словесную монету, имеющую хождение в тексте: от скупости Плюшкин морит голодом своих крестьян, но в результате имеет возможность продать Чичикову больше мертвых душ, чем любой из помещиков. Его страстное накопительство обеспечивает призрачный излишек товара; его материализм питает нематериальные взаимообмены в «Мертвых душах».

Воскрешение мертвых. Ф. М. Достоевский «Господин Прохарчин»

В «Господине Прохарчине» Достоевский, следуя за Пушкиным и Гоголем, живописует образ скупца как парадоксально поэтичный и с трудом считываемый, странно мертвый и полный жизни[34]. Подобно Пушкину и Гоголю, Достоевский представляет своего скупого как новое воплощение старого типа и как воскрешение его призрака, несущее угрозу самому понятию типа. При этом он опирается не только на Гоголя и Пушкина, но и на литературную критику своего времени. Если принять во внимание нумизматические корни самого слова *тип*, «тяга к типам», которую В. В. Виноградов называл отличительной особенностью

[34] Достоевский был очарован «Скупым рыцарем», и отголоски этой заинтересованности можно видеть во многих его произведениях. См. [Бем 1929: 82–123; Fusso 2003: 229–242]. Я не нашла развернутых исследований «Господина Прохарчина» в связи с образом Плюшкина в «Мертвых душах». О «Господине Прохарчине» в связи с критикой натуральной школы см. также [Meyer 1981: 163–190].

натуральной школы, устанавливает сродство между скупцом и ее последователями [Виноградов 1976: 147]. И действительно, мы замечаем следы характерного для скупости накопительства в критических дебатах, связанных с этим литературным движением.

В программном манифесте натуральной школы — обзоре сборника «Физиология Петербурга» (1845) — Н. А. Некрасов накапливает тропы типичного:

> перед нами вдруг падает и раскрывается книга <...> называемая «Физиология Петербурга», которой цель — раскрыть все тайны нашей общественной жизни, все пружины радостных и печальных сцен нашего домашнего быта, все источники наших уличных явлений; ход и направление нашего гражданского и нравственного образования; характер и методу наших наслаждений; типические свойства всех разрядов нашего народонаселения [Некрасов 1985: 186][35].

Здесь Некрасов провозглашает, что литература должна разоблачать скрытые «тайны», «источники», «ход» и «характер» современной жизни. Во многом аналогично тому, как припрятанное скупцом выходит на свет, подобное открытие обретает свой общий смысл (количество денег, типичное качество), будучи собранным из множества частностей.

В своем вступлении к тому же сборнику Белинский отстаивает кумулятивный подход к русской литературе в целом: он поясняет, что бедность русской литературы, на которую он жаловал-

---

[35] Эти слова заставляют вспомнить описание Бальзаком его планов в предисловии к «Человеческой комедии»: «Придерживаясь такого тщательного воспроизведения, писатель мог бы стать более или менее точным, более или менее удачливым, терпеливым или смелым изобретателем человеческих типов, повествователем интимных житейских драм, археологом общественного быта, счетчиком профессий, летописцем добра и зла, но, чтобы заслужить похвалы, которых должен добиваться всякий художник, мне нужно было изучить основы или одну общую основу этих социальных явлений, уловить скрытый смысл огромного скопища типов, страстей и событий» [Бальзак 1960: 27].

ся в предыдущих статьях, заключается не в отсутствии великих писателей, но в недостаточном количестве средних, которые могли бы удовлетворить потребность читающей публики в материале [Белинский 1991: 8–9]. Для Белинского труды Гоголя представляют собой замечательный пример того, что и другие литераторы должны прилагать усилия и раскрывать типичные характеристики современного российского общества. И все же он признает, что мало кто может сравниться с Гоголем, поэтому и называет «Физиологию Петербурга» скромной моделью, которой можно подражать. При этом он советует русским писателям следовать примеру их французских современников, которые снабжают французскую читающую публику огромным количеством материала в виде физиологических очерков [Белинский 1991: 6]. Таким образом, «бедность» русской литературы есть проблема количественная, которую следует решать за счет накопления произведений, созданных по модели Гоголя или, в крайнем случае, французских физиологических очерков[36].

В то же время ценность типизации в натуральной школе выглядела как скупость в глазах ее оппонентов, таких как Булгарин: в «Журнальной всякой всячине» (1846) он высмеивает «сокровища», которые, как им представляется, копят литераторы натуральной школы в «углах» Петербурга [Булгарин 1846]. Одобряют ли они или осуждают накопление типов, современные критики упоминают как стремление скупца накапливать вещи сомнительного достоинства, так и стремление авторов выносить частные сокровища на публичное обозрение.

В «Господине Прохарчине» Достоевский направляет поэтику накопления и разоблачения, свойственную литературной критике 1840-х годов, в русло в высокой степени металитературного нарратива о скупцах, противоположного эстетике типизации натуральной школы. Разоблачая своего маленького чиновника как скупца, хранящего тайное сокровище, Достоевский усложняет процесс абстрагирования, посредством которого писатели

---

[36] О важности французского психологического очерка для раннего русского реализма см. [Цейтлин 1965].

выводят на свет типическую ценность малых персонажей и деталей. Первые строки рассказа представляют главного героя Прохарчина как мелкого чиновника, в традиции Акакия Акакиевича из гоголевской «Шинели»:

> В квартире Устиньи Федоровны, в уголке самом темном и скромном, помещался Семен Иванович Прохарчин, человек уже пожилой, благомыслящий и непьющий. Так как господин Прохарчин, при мелком чине своем, получал жалованья в совершенную меру своих служебных способностей, то Устинья Федоровна никаким образом не могла иметь с него более пяти рублей за квартиру помесячно [Достоевский 1972а: 240].

«Скромная» квартира в петербургском «углу», его квартирная хозяйка, его «мелкий» чин, очевидная бедность и хорошее поведение напоминают нам не только об Акакии Акакиевиче, но и обо всех бесчисленных мелких чиновниках, порожденных подражателями Гоголя — последователями натуральной школы[37].

К тому времени, когда Достоевский писал свой рассказ, русская литература накопила так много примеров данного типа, что последний уже воспринимался как клише [Цейтлин 1923: 24]. В «Господине Прохарчине» Достоевский обращается к шаблонным представлениям о мелком чиновнике: «Сидя на месте с разинутым ртом и поднятым в воздух пером, как будто застывший или окаменевший, походит более на тень разумного существа, чем на то же разумное существо» [Достоевский 1972а: 245]. Перо чиновника оказывается эмблемой его судьбы, судьбы копииста, которого самого постоянно копировали, аналог ключей скупца для этого типа. Видя Прохарчина с его пером, другие персонажи замечают, что «много в нем фантастического» [Достоевский 1972а: 245]. Прохарчин — фигура фантастическая потому, что он напоминает Акакия Акакиевича, который в финале становится

---

[37] Слово «угол» в рассказе Гоголя не появляется, однако встречается в заголовке рассказа Некрасова «Углы Петербурга», включенного в сборник «Физиология Петербурга».

призраком, а еще потому, что в русской литературе середины 1840-х годов появилось столько подражаний Башмачкину, что их всех можно считать тенями гоголевского персонажа. Для Достоевского создание персонажа средствами типической иконографии, то есть абстрагирование идеи от материального и духовного существования, является настоящим фантастическим предприятием.

Создание Достоевским образа Прохарчина одновременно и воспроизводит, и отрицает фантастический процесс типизации. Хотя с самого начала становится ясно, что Прохарчин — типичный мелкий чиновник, в процессе развития сюжета другие персонажи, как и читатели, начинают осознавать, что он еще и скупец. Это означает, что он все время хранил секреты (собственно деньги и живое воображение), которые типологически лежали вне материальных и интеллектуальных возможностей бедного чиновника [Достоевский 1972а: 241]. Разоблачение скупости Прохарчина добавляет еще один типологический слой, пусть и лишает убедительности нашу оценку его как типичного мелкого чиновника. Оценка и переоценка героя в рамках фабулы перекликается с диалогичностью нарратива, поскольку Достоевский предлагает нам многообразные, изменчивые взгляды на Прохарчина[38]. Представляясь в начале рассказа в качестве «биографа» Прохарчина, рассказчик рисует читателю картину жизни героя, основываясь на том, что говорят о нем квартирные жильцы после его смерти: «Такие толки пошли уже по кончине Семена Ивановича» [Достоевский 1972а: 242].

Рассказчик открыто полагается на свидетельства других персонажей, чтобы причислить Прохарчина к типу скупца. Он пишет: «Первое, на что обратили внимание, было, без сомнения, скопидомство и скаредность Семена Ивановича. Это тотчас заметили и приняли в счет» [Достоевский 1972а: 241–242]. Затем рассказчик поясняет, на основании чего другие персонажи вывели подобное заключение, подробно описывая, как старался Прохарчин не

---

[38] О диалогизме Достоевского см. фундаментальную монографию М. М. Бахтина «Проблемы поэтики Достоевского» [Бахтин 2002].

тратить денег на еду, питье или одежду. Как и в гоголевском описании имения Плюшкина в «Мертвых душах», в этом примере раннего реализма скаредность скупца изображается через обилие подробностей. Однако, в отличие от гоголевского повествователя, рассказчик Достоевского недвусмысленно заявляет, что детали эти ценны, поскольку выражают типичность героя как скупца, отражая «одну господствующую черту в характере героя сей повести». Перечислив усилия Прохарчина, стремящегося экономить и сберегать, рассказчик подтверждает прежние оценки его поведения, сделанные другими квартирантами, говоря, что оно проистекает «из скопидомства и излишней осторожности, что, впрочем, гораздо яснее будет видно впоследствии» [Достоевский 1972а: 241–242]. Здесь рассказчик выводит из отдельных частностей заранее сложившееся представление, или тип, и обещает дать больше деталей, которые еще больше прояснят и утвердят типичность героя. При этом он следует принципам комедий и басен о скупцах, которые очень часто носят название «Скупой», с самого начала объявляя, что главный герой представляет собой образчик данного типа. Также Достоевский следует традиции построения сюжета о скупцах, оставляя разоблачение накоплений до окончания истории, несмотря на то, что ему с самого начала известно об этих накоплениях. Демонстрация клада скупца и его тела должна стать одновременно и демонстрацией в финале нарративной значимости, или смысла всей истории, и кульминацией процесса типизации.

Но голос рассказчика не является источником истинных фактов и их интерпретаций, что подрывает достоверность оценки Прохарчина. Достоевский привлекает внимание читателя к ее непрочному основанию — слухам и словам других жильцов. Хотя временами источники сведений о Прохарчине определены ясно, писатель последовательно использует свободный косвенный дискурс, выдавая искаженные мнения о Прохарчине за свои собственные. Например, как говорилось выше, в начале рассказа заявлено, что из-за «мелкого чина» Прохарчина «Устинья Федоровна никаким образом не могла иметь с него более пяти рублей за квартиру помесячно» [Достоевский 1972а: 240]. Но подобная точка зрения принадлежит самой хозяйке, поскольку, как мы уже видели, повествователь знает, что у Прохарчина немало денег.

Опираясь на ложное мнение Устиньи Федоровны о Прохарчине, рассказчик неверно представляет своего скупца и читателям. К концу рассказа Устинья Федоровна узнает, что ее жилец мог бы платить намного больше, чем она думала, и ее жалобу — «Ах, греховодник, обманщик такой! Обманул, надул сироту!..» — читатель вполне может адресовать рассказчику [Достоевский 1972а: 262]. Обращение к свободному косвенному дискурсу одновременно и напоминает нарративную структуру басен о скупцах, и кардинально отходит от нее. В то время как в баснях рассказчик часто использует персонаж, отличный от скупца, как своего рода рупор в рамках фабулы, чтобы излагать суждение о скупости, предположительно совпадающее с авторским, в «Господине Прохарчине» о герое высказывается такой хор голосов, что невозможно сказать, какой из них принадлежит персонажам, а какой рассказчику, и кто, в конечном итоге, говорит правду. В этом рассказе мы наблюдаем, как Достоевский оттачивает характерный стиль диалогического нарратива на типе персонажа с античным наследием монологической интерпретации (ср. [Terras 1969: 225]).

Согласованно, будто в полифоническом действе типизации, рассказчик и другие персонажи, не ограничиваясь причислением Прохарчина к категории мелких чиновников и скупцов, упорно накладывают на него дополнительные типологические слои[39]. Каждый новый атрибут, ему приписываемый, дегуманизирует его, все ближе подталкивая героя к смерти и превращению в призрака. В одном месте, когда Прохарчин производит переполох в квартире, а другие жильцы насильно заталкивают его в крошечный «угол», где он живет за ширмой, рассказчик сравнивает его с «пульчинелем», которого уличный шарманщик после представления укладывает в свой ящик [Достоевский 1972а:

---

[39] В. Сомова рассуждает об аналогичной склонности к «чудовищной» типизации среди литераторов натуральной школы в своей книге [Somoff 2015: 96–98].

251–252]. В другом примере скрытное, мизантропическое поведение Прохарчина и его беспокойство о возможном закрытии канцелярии, где он служит, вызывают у других жильцов подозрение в том, что эти детали его характера присущи более амбициозному типу: один из жильцов называет его Наполеоном [Достоевский 1972а: 257]. Здесь типизация возникает как форма насилия, поскольку подобное обвинение так пугает Прохарчина, что он испытывает эмоциональное и физическое потрясение, в ужасе причитает, сваливается в лихорадке и бреду, который заканчивается только с его смертью. Получив клеймо типичного индивидуалиста в духе Наполеона, который бросает вызов политическому авторитету, Прохарчин в метафорическом смысле проходит через казнь:

> <...> руки его костенеют, а сам еле держится. Стали над ним: он все еще помаленьку дрожал и трепетал всем телом, что-то силился сделать руками, языком не шевелил, но моргал глазами совершенно подобным образом, как, говорят, моргает вся еще теплая, залитая кровью и живущая голова, только что отскочившая от палачова топора [Достоевский 1972а: 258].

В этом отрывке более всего поражает хиазм, при помощи которого Достоевский длит момент смерти Прохарчина, представляя его мертвым, когда он еще жив, и живым, когда он уже умер. Мелкий чиновник, скупец, марионетка и Наполеон, Прохарчин оказывается чудовищным сочетанием старых и новых литературных клише.

Типизация одновременно и подавляет Прохарчина, и наделяет властью. Когда другие жильцы стоят над его умирающим телом, из тюфяка, на котором он лежит, выкатывается монета, символизируя неминуемое разоблачение скупца. В этой театральной сцене персонажи вторгаются в «угол» Прохарчина, отбросив ширмы, отделявшие его от остальной квартиры, и перебирая его пожитки, начинают рыться и в его тюфяке, выгребая «постепенно возраставшую кучу серебра и всяких монет» [Достоевский 1972а: 260]. Яростно обнажая сокрытые ценности мертвеца, они вытаскивают из-под него тюфяк, скидывая тело наземь. Здесь типизация приобретает вид насильственной, физической, комичной насмешки над скупцом, когда его тело, словно в фарсе, толкают и роняют. Но даже при таком грубом обращении ему каким-то образом удается ускользнуть от взгляда зрителей. Смерть, в соответствии с типологией, заставила его тело окоченеть, объективировала его, превратила его ноги в сучки обгоревшего дерева; но смерть также возрождает его в виде необычайно вежливого и общительного человека. «Зная учтивость», его тело перекатывается на кровати, чтобы искателям было удобнее вытаскивать монеты из тюфяка. «Бултыхаясь вниз головою» на пол, он кажется скелетом, «оставив на вид только две костлявые, худые, синие ноги, торчавшие кверху», и все же сохраняет способность к тому, что другие персонажи толкуют как намеренное действие: «Так как господин Прохарчин уже второй раз в это утро наведывался под свою кровать, то немедленно возбудил подозрение, и кое-кто из жильцов <...> полезли туда же с намерением посмотреть, не скрыто ли и там кой-чего» [Достоевский 1972а: 260–261]. Несмотря на поиски, ни рассказчику, ни квартирантам так и не удается понять, кто такой на самом деле Прохарчин: называя его «неожиданным капиталистом», его скупость ошибочно принимают за накопление капитала.

Парадоксальным образом умертвляя и вновь оживляя тело скупца, эта сцена типизации проводит параллель с последующей оценкой его накоплений. Когда несколько чиновников приходят в его жилище, чтобы подсчитать и забрать деньги, Достоевский столь крупным планом рассматривает внешний вид монет Прохарчина, что их ценность — то есть их денежную «типичность» — становится невозможно рассчитать:

> серебряная куча росла — и боже! чего, чего не было тут... Благородные целковики, солидные, крепкие полуторарублевики, хорошенькая монета полтинник, плебеи четвертачки, двугривеннички, даже малообещающая, старушечья мелюзга, гривенники и пятаки серебром, — всё в особых бумажках, в самом методическом и солидном порядке.

> Были и редкости: два какие-то жетона, один наполеондор, одна неизвестно какая, но только очень редкая монетка... Некоторые из рублевиков относились тоже к глубокой древности; истертые и изрубленные елизаветинские, немецкие крестовики, петровские монеты, екатерининские; были, например, теперь весьма редкие монетки, старые пятиалтыннички, проколотые для ношения в ушах, все совершенно истертые, но с законным количеством точек; даже медь была, но вся уже зеленая, ржавая... Нашли одну красную бумажку — но более не было [Достоевский 1972а: 261].

Это сокровище описательных деталей состоит не менее чем из шестнадцати форм валюты, при этом несхожих между собой, в некоторых случаях совершенно неопределенной стоимости. Там есть монеты, являющиеся или бывшие законными платежными средствами в России или за границей; денежные знаки и монеты, которые либо не являются явным образом деньгами, либо истерты, что потенциально изменило их стоимость, но каким образом — непонятно; одна неопознанная монета, «неизвестно какая». Некоторые из них («очень редкая монетка», пара «пятиалтынничков»-серег) могли быть ценны как коллекционные предметы или украшения, однако трудно представить, что они могли бы иметь обменную ценность в Петербурге 1840-х годов.

Более того, по мере развертывания текста этого фрагмента логика хранения денег меняется: вначале перечислены современные российские монеты, вероятно, являющиеся законными средствами платежа, которые аккуратно и систематически упакованы, говоря о том, что Прохарчин бережно их пересчитал, а значит, ценил прежде всего за денежную стоимость. Далее появляются «редкости», которые, видимо, могли иметь эстетическую или историческую ценность для коллекционера. В финале фрагмента коллекционная логика исчезает, потому что последние медяки заржавели и позеленели, а истинный нумизмат наверное отполировал бы их. В этом месте коллекция Прохарчина начинает больше походить на плюшкинскую кучу хлама в «Мертвых душах», чем на мешки с золотыми монетами в «Скупом рыцаре» или ту коллекцию монет, которую старик Гранде отдает своей дочери в «Евгении Гранде» Бальзака — произведении, которое переводил Достоевский в 1843–1844 годах[40].

И все же, несмотря на это скрупулезно описанное разнообразие валют и видов ценности, чиновники мгновенно, будто по волшебству, их пересчитывают и объявляют, что их общая стоимость «ровно две тысячи четыреста девяносто семь рублей с полтиною» [Достоевский 1972а: 261]. Здесь уникальность монет и их стоимость стерта и переведена в один всеобщий эквивалент. Любопытно, что чиновники оценивают деньги по стоимости бумажных ассигнаций, несмотря на тот факт, что среди них всего одна купюра неизвестного типа: «красная бумажка» — может быть, десятирублевая ассигнация или кредитный билет. Ко времени написания Достоевским «Господина Прохарчина» серебряный рубль уже заменил ассигнацию в качестве главной денежной единицы, а кредитный билет заменил ее как главное платежное средство, и ассигнации упразднялись и уничтожались (см. главу 3). В этот момент истории российских денег ассигнация превратилась в валюту-призрак: ее смерть уже была объявлена, но она продолжает, как привидение, бродить по сцене типической оценки.

Достоевский собирает типы персонажей и монет, чтобы умножить значимость Прохарчина, а не свести его характер к какому-либо определенному типу. Сам Прохарчин в одном месте говорит, что канцелярия, где он служит, может внезапно закрыться или же он как-то иначе лишится службы, но этот страх не объясняет его клада в виде редких, иностранных, иногда в принципе не имеющих ценности монет. Что все эти разнообразные типы денег значат для Прохарчина? Сберегает он их, коллекционирует или копит, чтобы просто копить? Сокровище этого скупца является символом сложной психологии героя, которая только частично проявляется и изымается в нарративе, цель

---

[40] Л. П. Гроссман называет описание коллекции монет Евгении Гранде важным источником для накоплений Прохарчина, но мое предположение заключается в том, что логика коллекционирования является лишь одной из многих определяющих сбережения Прохарчина [Гроссман 1925: 85].

которого — привести ее к всеобщему эквиваленту. Монеты и тело Прохарчина остаются нечитаемыми символами, поскольку их ценность не подходит ни под один тип, ни под один эквивалент.

Как и волшебно быстрый подсчет богатства Прохарчина чиновниками, разоблачение типической скупости главного героя придает его индивидуальной ценности (или значению) еще большую загадочность. Рассказчик, жильцы и читатель стараются понять этого человека после его смерти. Он лежит «с таким значительным видом, которого никак нельзя было бы подозревать при жизни принадлежностью Семена Ивановича» [Достоевский 1972a: 262]. Поднимая проблему сущности Прохарчина, Достоевский убирает со сцены символы традиционной узнаваемости скупца — его ключи. Смерть Прохарчина и обнаружение его клада происходят вслед за хаотической сценой, когда Зимовейкин и Ремнев, по смутным впечатлениям Океанова, входили ночью в спальню Прохарчина. Когда собираются все квартиранты и в конце концов находят его деньги, последние обнаруживаются не в ожидаемом месте — в запертом сундуке, который он так упорно охранял на протяжении всего рассказа, — а в тюфяке, куда, похоже, их переложили совсем недавно. Ключ к сундуку Прохарчина, «потерянный той ночью», необъяснимым образом оказывается на следующий день в кармане Зимовейкина, заставляя предположить, что он надеялся ограбить Прохарчина [Достоевский 1972a: 259–260]. Но в конечном итоге остается неясным, вскрывал ли Зимовейкин сундук Прохарчина и переложил при этом деньги в тюфяк, или Прохарчин все время их там прятал. Таинственная смена традиционных знаков скупости сводит на нет попытки читателя понять, как или почему Прохарчин копил свои деньги, и изображает его типизацию как нарративное ограбление, которое в итоге удается не вполне.

Хотя обычно в конце басен о скупцах рассказчик и другие персонажи подсказывают читателю модель моральной оценки и осуждения скупости, этот рассказ заканчивается тем, что действующие лица остаются в недоумении, не зная, что думать о Прохарчине и какие чувства к нему испытывать. Достоевский намекает на то, что он и следует за традицией, и разрушает жанр басен о скупцах в тот момент, когда рассказчик сравнивает Прохарчина с двумя птицами:

> Весь этот внезапно остывший угол можно было бы весьма удобно сравнить поэту с разоренным гнездом «домовитой» ласточки: все разбито и истерзано бурею, убиты птенчики с матерью, и развеяна кругом их теплая постелька из пуха, перышек, хлопок... Впрочем, Семен Иванович смотрел скорее как старый самолюбец и вор-воробей [Достоевский 1972а: 262].

Хотя Прохарчин больше походит на «старого вора-воробья», чем на пострадавшую ласточку, использование обеих метафор оставляет читателю простор для множества возможных трактовок образа скупца.

Достоевский заканчивает рассказ не суждениями персонажей о Прохарчине, не истинной оценкой его, а словами самого ожившего скупца. Как видно из второго эпиграфа к этой главе, Прохарчин спрашивает других персонажей и читателей, не может ли быть так, что он все же жив: «А ну как этак, того, то есть оно, пожалуй, и не может так быть, а ну как этак, того, и не умер — слышь ты, встану, так что-то будет, а?» [Достоевский 1972а: 263]. Создав образ скупца, который отказывается умирать и быть подвергнутым осуждению на основании традиционных представлений об этом литературном типе, Достоевский поднимает вопрос о том, что такое типизация вообще и что она означает для личности и для литературного персонажа. В «Господине Прохарчине» скупец — это физическое, материальное существо и абстрактная ценность, живучий человек и призрачное воплощение клише.

Скупец с его античной родословной в системе типов классицизма превратился в анахронизм в литературе романтизма и раннего реализма. Но, несмотря на это, данный образ упорно сохранял жизнеспособность в русской литературе 1830–40-х годов. Кроме «Скупого рыцаря», «Мертвых душ» и «Господина

Прохарчина», произведения Н. А. Некрасова, А. Н. Майкова и целого ряда менее значительных авторов демонстрируют большой интерес к теме скупости в ту эпоху[41]. Несомненно, распространение монетарной экономики в традиционно аграрной Российской империи и еще более поразительный подъем капиталистического предпринимательства за границей отчасти объясняет, почему скупец с его бессмертной алчностью внезапно оказался очень современным героем. Однако, как мы увидели в этой главе, нестабильность стоимости российских денежных знаков в этот период литературных реформ еще более важна для понимания экспериментов Пушкина, Гоголя и Достоевского с образом скупца. В их произведениях страсть скупца к различным типам сомнительных абстракций вызывает вопрос о значимости типа как такового. Таким образом, воскрешение скупца противоречит типичной модели истории русской литературы, предполагающей последовательную смену неоклассицизма романтизмом, а затем реализмом. Ведь как раз по мере того, как Пушкин, Гоголь и Достоевский глубже проникают в сложную психологию характеров и ее воплощение в материальном мире (и все более следуют духу реализма), они все полнее задействуют предшествующие неоклассицистские модели, чтобы поставить под вопрос и тип, и типизацию, как самые заветные реалистические приемы.

Способность скупца одновременно и утверждать, и подвергнуть сомнению литературные, экономические и эмоциональные ценности своего времени отлично подходит для того, чтобы завершить монографию об амбиции и ее проявлениях в русской литературе эпохи Николая I. В некоторых отношениях скупой стоит особняком в этом исследовании: в отличие от честолюбцев, стремящихся возвыситься в социуме, скупец удивительно анти-

---

41 Скупцы играют заметную роль в таких произведениях, как «Дочь купца Жолобова» И. Т. Калашникова (1831, переиздания — 1832, 1842), «Адам Адамович Адамгейм» П. А. Машкова (1833, переиздания — 1843, 1847), «Похождения Столбикова» Г. Ф. Квитки-Основьяненко (1842, фрагмент под названием «Скупой» впервые опубликован в 1839 году), «Ростовщик» Н. А. Некрасова (1841) и «Машенька» А. Н. Майкова (1846).

социален. Его цель — изъять деньги из обращения, забрать из рук других людей и сохранить для себя, воспрепятствовать обмену, парализовать их движение. И все же в произведениях Пушкина, Гоголя и Достоевского скупость и амбиция и поддерживают, и противостоят друг другу. В художественной структуре «Скупого рыцаря» феодальная амбиция Альбера добыть себе почести и славу при дворе противопоставлена скупости барона, но все-таки амбициозный юноша извлекает выгоду из накопления старика: пьеса заканчивается тем, что сын готовится унаследовать состояние отца. В «Мертвых душах» столкновение псевдо-Наполеона Чичикова и нетипичного скупца Плюшкина заканчивается сделкой сомнительной ценности, которая делает обоих и богаче, и беднее. А в «Господине Прохарчине» самого скупца обзывают Наполеоном, и это обвинение амбиции французского толка становится для героя смертным приговором, который дарует ему новую, более значительную жизнь.

Во многом подобно обесцененной монете или купюре, традиционный тип в новом контексте раскрывает историческую обусловленность всех знаков ценности. Эта обусловленность стала уроком, который скупец дал писателям николаевской эпохи, и можно наблюдать, как они использовали его, изображая и амбицию, и гостеприимство. Во всех произведениях, исследуемых мной в этой книге, мы видим писателей, обменивающих несоизмеримые ценности и лелеющих сравнения, которые этому способствуют. Для авторов, обсуждающих межнациональную экономику чувств, скупец, наряду с честолюбцем и хлебосолом, является средством, обращенным к конечной цели.

Приложение

Определения слов «ambition», «амбиция», «любочестие» и «честолюбие»

AMBITION (англ. яз.)

Oxford English Dictionary (Оксфордский словарь английского языка, 2016):

The ardent (in early usage, inordinate) desire to rise to high position, or to attain rank, influence, distinction or other preferment.

Страстное (в раннем употреблении — непомерное) желание возвыситься или достичь ранга, влияния, отличия или других преференций.

AMBITION (фр. яз.)

Trésor de la langue Française (Сокровищница французского языка, 1971–1994):

(Первое упоминание: 1279 год).

Désir passionné des honneurs, des dignités — Страстное желание славы и почестей.

Dictionnaire de L'Académie française (Словарь Французской Академии, 1-е изд., 1694):

Desir excessif d'honneur & de grandeur — Чрезмерное желание славы и величия.

Dictionnaire de L'Académie française (Словарь Французской Академии, 5-е и 6-е изд., 1798 и 1835):

Désir immodéré d'honneur, de gloire, d'élévation, de distinction — Неумеренное желание почестей, славы, возвышения, отличий.

Dictionnaire de L'Académie française (Словарь Французской Академии, 7-е изд., 1878):

Désir d'honneurs, de gloire, d'élévation, de distinction — Желание почестей, славы, возвышения, отличий.

Dictionnaire de L'Académie française (Словарь Французской Академии, 8-е изд., 1935):

Désir ou Recherche d'honneurs, de gloire, d'élévation, de distinction — Желание или поиск почестей, славы, возвышения, отличий.

Dictionnaire de L'Académie française (Словарь Французской Академии, 9-е изд., 1986–):

1. Vif désir de s'élever pour réaliser toutes les possibilités de sa nature; recherche passionnée de la gloire, du pouvoir, de la réussite sociale. — 1. Полное жизни желание возвыситься, чтобы реализовать все возможности, присущие чьей-либо; страстный поиск славы, власти, общественного успеха;

2. Vive aspiration; désir profound — Жизнелюбивое стремление; сильное желание.

АМБИЦИЯ

Словарь русского языка XVIII века (1984–):

Домогательство власти, властолюбие. 2. Честолюбие, славолюбие. 3. Чувство собственного достоинства. Высокомерие, заносчивость. С. 58.

Новый словотолкователь (1803–1806):

Славолюбие, высокомерие, любочестие, чрезвычайное и непомерное желание к богатству, к достоинствам, к чести. С. 118–119.

Словарь Академии Российской, 1-е и 2-е изд. (1789–1794; 1806–1822): словарная статья отсутствует.

Толковый словарь живого великорусского языка Владимира Даля (1863–1866):

Чувство чести, благородства; самолюбие, спесь, чванство; требование внешних знаков уважения, почета. С. 14.

E. *Словарь русского языка в 4 т. (МАС)*, 1-е изд. (1957–1961):

Самолюбие, чувство собственного достоинства, а также преувеличенное самолюбие, чванство. С. 25.

F. *Словарь русского языка в 4 т. (МАС)*, 2-е изд. (1981–1984):

Обостренное самолюбие, чрезмерно преувеличенное чувство собственного достоинства. С. 34.

G. *Большой академический словарь русского языка* (БАС, 2004–):

Гордость, обостренное чувство собственного достоинства. 2. Чрезмерное самомнение, самолюбие; спесь, чванство. Притязания на что-л., вызванные уверенностью в себе, в своих силах, возможностях; честолюбивые замыслы.

ЛЮБОЧЕСТИЕ

Словарь русского языка XI–XVII веков (1975–):

Честолюбие. 2. Оказание почестей; почтение.

Словарь русского языка XVIII века (1984–):

Честолюбие, желание славы, почестей.

Словарь Академии Российской (1-е изд., 1789–1794):

Любление воздавать честь другому. С. 731.

Словарь Академии Российской (2-е изд., 1806–1822):

То же, что честолюбие. С. 654.

ЧЕСТОЛЮБИЕ

Словарь русского языка XVIII века (1984–): том в печати.

Словарь Академии Российской (1-е изд., 1789–1794; 2-е изд., 1806–1822):

Слабость духа, по которой человек ищет в наружных знаках и способах получить уважение и почтение от других, коих сам в себе не имеет. С. 731, 1283.

Толковый словарь живого великорусского языка Владимира Даля (1863–1866):

Искательство внешней чести, уваженья, почета, почестей. С. 618.

Словарь русского языка в 4 т. (МАС, 1-е изд., 1957–1961):

Сильное желание занимать высокое, почетное положение, обладать властью; стремление к почестям, к славе. С. 918.

Словарь русского языка в 4 т. (МАС, 2-е изд., 1981–1984):

Стремление добиться высокого, почетного положения, жажда известности, славы. С. 672.

Толковый словарь русского языка (1999):

Жажда известности, почестей, стремление к почетному положению.

Большой академический словарь русского языка (БАС, 2004–): том в печати.

Словари и справочники

БАС 2004 — Большой академический словарь русского языка / РАН, Ин-т лингв. исслед.; ред. Л. И. Балахонова. Т. 1: А — Бишь. СПб., 2004.

Брокгауз и Ефрон 1890 — Энциклопедический словарь / Под ред. И. Е. Андреевского; изд. Ф. А. Брокгауз, И. А. Ефрон. Т. II (3). СПб.: Семеновская типо-литография (А. И. Ефрона), 1890.

БТС 1998 — Большой толковый словарь русского языка: А — Я / РАН. Ин-т лингв. исслед.; сост., гл. ред. С. А. Кузнецов. СПб.: Норинт, 1998.

Даль 1880 — Толковый словарь живого великорусского языка Владимира Даля. СПб.; М.: Тип. М. О. Вольфа, 1880. Т. 1 (А — З).

Даль 1882 — Толковый словарь живого великорусского языка Владимира Даля. СПб.; М.: Тип. М. О. Вольфа, 1882. Т. 4.

МАС 1957 — Словарь русского языка: в 4 т. / АН СССР, Ин-т рус. яз.; под ред. А. П. Евгеньевой. М., 1957.

МАС 1961 — Словарь русского языка: в 4 т. / АН СССР, Ин-т рус. яз.; под ред. А. П. Евгеньевой. М., 1961.

МАС 1981 — Словарь русского языка: в 4 т. / АН СССР, Ин-т рус. яз.; под ред. А. П. Евгеньевой. 2-е изд., испр. и доп. М.: Русский язык, 1981.

МАС 1984 — Словарь русского языка: в 4 т. / АН СССР, Ин-т рус. яз.; под ред. А. П. Евгеньевой. 2-е изд., испр. и доп. М.: Русский язык, 1984.

Новый словотолкователь 1803 — Новый словотолкователь, расположенный по алфавиту, содержащий: разные в российском языке встречающиеся иностранные речения и технические термины / Н. Яновский: Ч. 1–3. СПб.: Императорская Академия наук, 1803. Ч. 1.

Новый словотолкователь 1806 — Новый словотолкователь, расположенный по алфавиту, содержащий: разные в российском языке встречающиеся иностранные речения и технические термины / Н. Яновский: Ч. 1–3. СПб.: Императорская Академия наук, 1806. Ч. 3.

Словарь Академии Российской 1794 — Словарь Академии Российской. Ч. 4 (от Т. до конца). СПб., 1794.

Словарь Академии Российской 1814 — Словарь Академии Российской, по азбучному порядку расположенный. Т. 3 (Слова на буквыК — Н). СПб., 1814.

Словарь Академии Российской 1822 — Словарь Академии Российской, по азбучному порядку расположенный. Т. 6. Слова на буквы С — Я до конца. СПб., 1822.

Словарь русского языка XVIII века 1984 — Словарь русского языка XVIII века / АН СССР. Ин-т рус. яз.; гл. ред. Ю. С. Сорокин. Вып. 1 (А — Безпристрастие). Л.: Наука, 1984.

Словарь Академии Российской 1794 —Словарь Академии Российской. Ч. 4 (от З. до М.). СПб., 1794.

Словарь русского языка XI–XVII века. 1981 — Словарь русского языка XI–XVII в. Ин-т рус. яз. им. В. В. Виноградова РАН. Вып. 8. М.: Наука, 1981. С. 340.

Словарь русского языка XVIII века 2001 — Словарь русского языка XVIII века / АН СССР. Ин-т рус. яз.; гл. ред.: Ю. С. Сорокин. Вып. 12 (Льстец — Молвотворство). СПб.: Наука, 2001.

Толковый словарь 1999 — Толковый словарь русского языка: 80 000 слов и фразеологических выражений / С. И. Ожегов, Н. Ю. Шведова, РАН. Ин-т рус. яз. им. В. В. Виноградова. 4-е изд., доп. М.: Азбуковник, 1999.

Фасмер 1986 — Фасмер М. Этимологический словарь русского языка / Пер. с нем. и доп. О. Н. Трубачева; под ред. Б. А. Ларина. 2-е изд., стереотип.: в 4 т. М.: Прогресс, 1986. Т. I.

Diderot, D'Alembert 1751 — Encyclopédie ou Dictionnaire raisonné des sciences, des arts et des métiers / par une Societé de gens de lettres ; mis en ordre et publié par M. Diderot, et quant à la partie mathématique, par M. D'Alembert. T. 8.H–it. Paris: Neufschastel, 1751. URL: https://archive.org/details/EncyclopeYdieouVIIIDide (дата обращения: 12.12.2019).

Dictionnaire de L'Académie française 1694 — Dictionnaire de L'Académie française. 1er ed. T. 1. Paris, 1694. URL: https://www.dictionnaire-academie.fr/article/A1A0168 (дата обращения: 12.12.2019).

Dictionnaire de L'Académie française 1798 — Dictionnaire de L'Académie française. 5e éd. T. 1. Paris, 1798. URL: https://www.dictionnaire-academie.fr/article/A5A0912 (дата обращения: 12.12.2019).

Dictionnaire de L'Académie française 1835 —Dictionnaire de l'Académie française. 6e éd. T. 1. Paris, 1835. URL: https://www.dictionnaire-academie.fr/article/A6A1005 (дата обращения: 12.12.2019).

Dictionnaire de L'Académie française 1878 —Dictionnaire de l'Académie française. 7e éd. T. 1. Paris, 1878. URL: https://www.dictionnaire-academie.fr/article/A7A1011 (дата обращения: 12.12.2019).

Dictionnaire de L'Académie française 1935 — Ambition // Dictionnaire de l'Académie française. 8e éd. T. 1. Paris, 1935. URL: https://www.dictionnaire-academie.fr/article/A8A1069 (дата обращения: 12.12.2019).

Dictionnaire de L'Académie française 1986 — Dictionnaire de l'Académie française. 9e ed. Paris, 1986. URL: https://www.dictionnaire-academie.fr/article/A9A1406 (дата обращения: 12.12.2019).

Oxford English Dictionary 2016 — Oxford English Dictionary. Oxford, Oxford University Press, 2016. URL: https://www.oed.com (дата обращения: 12.12.2019).

Trésor de la langue Française 1974 —Trésor de la langue Française. T. 3. ATILF-CNRS & Université de Lorraine, 1974. URL: http://stella.atilf.fr/Dendien/scripts/tlfiv5/advanced.exe?8;s=2322963300 (дата обращения: 12.12.2019).

Источники

Алибер 1826а — [Алибер Ж.-Л.] Кураме / Пер. Н. Полевого // Московский телеграф. 1826. № 9 (10). С. 78–102.

Алибер 1826б — [Алибер Ж.-Л.] Служанка Мария // Московский телеграф. 1826. № 10 (16). С. 150–158.

Алибер 1826в — [Алибер Ж.-Л.] Сумасшедший честолюбец // Московский телеграф. 1826. № 23 (2). С. 89–103.

Алибер 1826г — [Алибер Ж.-Л.] Убогий Петр // Московский телеграф. 1826. № 7 (1). С. 9–45.

Бальзак 1844 — Бальзак О. де. Евгения Гранде / [пер. Ф. М. Достоевский] // Репертуар и Пантеон. 1844. № 1 (6). С. 386–457; № 1 (7). С. 44–125. URL: http:// www.fedordostoevsky.ru/works/lifetime/grandet/1844/ (дата обращения: 08.11.2019).

Бальзак 1960 — Бальзак О. Предисловие к «Человеческой комедии» // О. де Бальзак. Собр. соч.: в 24 т. Т. 1. М.: Правда, 1960. С. 21–38.

Бальзак 1973 — Бальзак О. де. Утраченные иллюзии. М.: Художественная литература, 1973.

Барков 1872 — Барков И. С. Собака, нашедшая сокровище и Сип // Сочинения и переводы И. С. Баркова 1762–1764 г. СПб., 1872. С. 212.

Белинский 1953 — Белинский В. Г. Статьи и рецензии. Художественные произведения. 1829–1835 // В. Г. Белинский. Полн. собр. соч.: в 13 т. / Ред. колл.: Н. Ф. Бельчиков и др. Т. 1. М.: Изд-во АН СССР, 1953. С. 20–307.

Белинский 1954 — Белинский В. Г. Статьи о народной поэзии // В. Г. Белинский. Полн. собр. соч.: в 13 т. / Ред. колл.: Н. Ф. Бельчиков (гл. ред.) и др. М.: Изд-во АН СССР, 1954. Т. 5. С. 289–450.

Белинский 1955 — Белинский В. Г. Литературный разговор, подслушанный в книжной лавке // В. Г. Белинский. Полн. собр. соч.: в 13 т. / Ред. колл.: Н. Ф. Бельчиков (гл. ред.) и др. Т. 6. М.: Изд-во АН СССР, 1955. С. 351–365.

Белинский 1956 — Белинский В. Г. Взгляд на русскую литературу 1846 года // В. Г. Белинский. Полн. собр. соч.: в 13 т. / Ред. колл.: Н. Ф. Бельчиков (гл. ред.) и др. Т. 10. М.: Изд-во АН СССР, 1953. С. 7–50.

Белинский 1991 — Белинский В. Г. Вступление // Физиология Петербурга / Под ред. В. И. Кулешова. М.: Наука, 1991. С. 6–13.

Белозерская 1897а — Белозерская Н. А. Княгиня Зинаида Александровна Волконская. I–VIII // Исторический вестник. 1897. № 67. С. 939–972.

Белозерская 1897б — Белозерская Н. А. Княгиня Зинаида Александровна Волконская. IX–XVI (Окончание) // Исторический вестник. 1897. № 68. С. 131–164.

Библия 1751 — Библия. СПб.: Синодальная тип., 1751.

Библия 1876 — Библия, или Книги Священного писания Ветхого и Нового Завета в русском переводе. СПб.: Синодальная тип., 1876.

Булгарин 1834 — Булгарин Ф. В. Три листка из дома сумасшедших, или Психическое исцеление неизлечимой болезни (Первое извлечение из Записок старого врача) // Северная пчела. 1834. № 37–38 (15–16 февр.).

Булгарин 1846 — Булгарин Ф. В. Журнальная всякая всячина // Северная пчела. 1846. № 265 (23 нояб.).

Булгарин 1997 — Булгарин Ф. В. Три листка из дома сумасшедших, или Психическое исцеление неизлечимой болезни (Первое извлечение из Записок старого врача) // Косморама: Фантастические повести первой половины XIX в. / Под ред. Ю. М. Медведева. Т. 6. М.: Русская книга, 1997. С. 360–369.

Булгарин 2001 — Булгарин Ф. В. Воспоминания. М.: Захаров, 2001.

Гоголь 1835 — Гоголь Н. В. Арабески: разные сочинения Н. Гоголя: в 2 т. СПб.: В тип. вдовы Плюшар с сыном, 1835.

Гоголь 1940 — Гоголь Н. В. Письма, 1820–1835 // Н. В. Гоголь. Полн. собр. соч.: в 14 т. Т. 10. М.; Л.: Изд-во АН СССР, 1940.

Гоголь 1952а — Гоголь Н. В. Письма, 1836–1841 // Н. В. Гоголь. Полн. собр. соч.: в 14 т. / Ред. Н. Ф. Бельчиков, Н. И. Мордовченко, Б. В. Томашевский. Т. 11. М.; Л.: Изд-во АН СССР, 1952.

Гоголь 1952б — Гоголь Н. В. Письма, 1842–1845 // Н. В. Гоголь. Полн. собр. соч.: в 14 т. Т. 12. М.; Л.: Изд-во АН СССР, 1952.

Гоголь 1952в — Гоголь Н. В. Письма, 1846–1847 // Н. В. Гоголь. Полн. собр. соч.: в 14 т. Т. 13. М.; Л.: Изд-во АН СССР, 1952.

Гоголь 1976а — Гоголь Н. В. Вечера на хуторе близ Диканьки // Н. В. Гоголь. Собр. соч.: в 7 т. / Под общ. ред. С. И. Машинского и М. Б. Храпченко. Т. 1. М.: Художественная литература, 1976.

Гоголь 1976б — Гоголь Н. В. Миргород // Н. В. Гоголь. Собр. соч.: в 7 т. / Под общ. ред. С. И. Машинского и М. Б. Храпченко. Т. 2. М.: Художественная литература, 1976.

Гоголь 1977 — Гоголь Н. В. Повести // Н. В. Гоголь. Собр. соч.: в 7 т. / Под общ. ред. С. И. Машинского и М. Б. Храпченко. Т. 3. М.: Художественная литература, 1977.

Гоголь 1978а — Гоголь Н. В. Мертвые души // Н. В. Гоголь. Собр. соч.: в 7 т. / Под общ. ред. С. И. Машинского и М. Б. Храпченко. Т. 5. М.: Художественная литература, 1978.

Гоголь 1978б — Гоголь Н. В. Выбранные места из переписки с друзьями // Н. В. Гоголь. Собр. соч.: в 7 т. / Под общ. ред. С. И. Машинского и М. Б. Храпченко. Т. 6. М.: Художественная литература, 1978.

Гораций 1970 — Квинт Гораций Флакк. Оды. Эподы. Сатиры. Послания. М.: Художественная литература, 1970.

Державин 1957 — Державин Г. Р. Стихотворения. Л.: Советский писатель, 1957.

Дом сумасшедших 1829 — Дом сумасшедших в Шарантоне (Отрывок из записок одного путешественника) // Бабочка. 1829. № 34. 27 апр.

Домострой 2000 — Домострой // Библиотека литературы Древней Руси / Под ред. Д. С. Лихачева. Т. 10: XVI век. СПб.: Наука, 2000. С. 116–215.

Достоевский 1972а — Достоевский Ф. М. Господин Прохарчин // Ф. М. Достоевский. Полн. собр. соч.: в 30 т. / Ред. Г. М. Фридлендер. Т. 1. Л.: Наука, 1972. С. 240–263.

Достоевский 1972б — Достоевский Ф. М. Двойник // Ф. М. Достоевский. Полн. собр. соч.: в 30 т. / Ред. Г. М. Фридлендер. Т. 1. Л.: Наука, 1972. С. 109–229.

Достоевский 1972в — Достоевский Ф. М. Другие редакции // Ф. М. Достоевский. Полн. собр. соч.: в 30 т. / Ред. Г. М. Фридлендер. Т. 1. Л.: Наука, 1972. С. 334–436.

Достоевский 1974 — Достоевский Ф. М. Бесы // Ф. М. Достоевский. Полн. собр. соч.: в 30 т. Т. 10. Л.: Наука, 1974.

Достоевский 1979 — Достоевский Ф. М. Петербургские сновидения в стихах и прозе // Ф. М. Достоевский. Полн. собр. соч.: в 30 т. / Ред. Г. М. Фридлендер. Т. 19. Л.: Наука, 1979. С. 67–85.

Дроздов 1873–1885 — Дроздов В. М. Сочинения Филарета, митрополита Московского и Коломенского: Слова и речи: в 5 т. Т. 2. М.: Изд-во А. И. Мамонтова, 1873–1885.

Жуковский 1960 — Жуковский В. А. О басне и баснях Крылова // В. А. Жуковский. Собр. соч.: в 4 т. Т. 4. М.: Гос. изд-во художественной литературы, 1960.

Карамзин 1818 — Карамзин Н. М. История государства Российского: 2-е изд. Т. 1. СПб.: Тип. Н. Греча, 1818.

Карамзин 1824 — Карамзин Н. М. История государства Российского: 2-е изд. Т. X. СПб.: Тип. Н. Греча, 1824.

Карамзин 1984 — Карамзин Н. М. Письма русского путешественника / Отв. ред. Д. С. Лихачев. Л.: Наука, 1984.

Крылов 1956 — Крылов И. А. Басни. М.: Изд-во АН СССР, 1956.

Крылов 1969 — Крылов И. А. Соч.: в 2 т. Т. 1. М.: Художественная литература, 1969.

Лермонтов 1979 — Лермонтов М. Ю. Собр. соч.: в 4 т. Т. 1. М.: Изд-во АН СССР, 1979.

Лермонтов 1981 — Лермонтов М. Ю. Герой нашего времени // М. Ю. Лермонтов. Собр. соч.: в 4 т. Т. 4. М.: Изд-во АН СССР, 1981.

Ломоносов 1952 — Ломоносов М. В. Полн. собр. соч. Т. 7. Труды по филологии (1739–1758 гг.). М., Л.: Изд-во АН СССР, 1952.

Майков 1966 — Майков В. И. Избранные произведения. М.: Советский писатель, 1966.

Некрасов 1985 — Некрасов Н. А. Физиология Петербурга // Полн. собр. соч.: в 15 т. Т. 11. Кн. 1. Л.: Наука, 1985. С. 186–194.

О светских обществах 1825 — О светских обществах и хорошем тоне // Московский телеграф. 1825. № 1 (2). С. 108–112.

Овидий 2016 — Овидий Назон Публий. Метаморфозы. М.: Азбука, 2016.

Пашкевич, Княжнин 1973 — Пашкевич В. А., Княжнин Я. Б. Скупой: Опера. М.: Музыка, 1973.

Пушкин 1937а — Пушкин А. С. Евгений Онегин // А. С. Пушкин. Полн. собр. соч.: в 16 т. Т. 6. М.; Л.: Изд-во АН СССР, 1937–1959.

Пушкин 1937б — Пушкин А. С. Переписка, 1815–1827 // А. С. Пушкин. Полн. собр. соч.: в 16 т. Т. 13. М.; Л.: Изд-во АН СССР, 1937.

Пушкин 1948а — Пушкин А. С. Скупой рыцарь // А. С. Пушкин. Полн. собр. соч.: в 16 т. Т. 7. М.; Л.: Изд-во АН СССР, 1948. С. 99–120.

Пушкин 1948б — Пушкин А. С. Роман в письмах // А. С. Пушкин. Полн. собр. соч.: в 16 т. Т. 8, кн. 1. М.; Л.: Изд-во АН СССР, 1948. С. 43–56.

Пушкин 1949а — Пушкин А. С. О предисловии г-на Лемонте к переводу басен И. А. Крылова // А. С. Пушкин. Полн. собр. соч.: в 16 т. Т. 11. М.; Л.: Изд-во АН СССР, 1949. С. 31–34.

Пушкин 1949б — Пушкин А. С. Table Talk // А. С. Пушкин. Полн. собр. соч.: в 16 т. Т. 12. М.; Л.: Изд-во АН СССР, 1949. С. 156–157.

Радищев 1992 — Радищев А. Н. Путешествие из Петербурга в Москву. СПб.: Наука, 1992.

Русский Музей Павла Свиньина 1829 — Краткая опись предметов, составляющих Русский Музей Павла Свиньина // Отечественные записки. 1829. № 38 (110). С. 313–376; № 39 (111). С. 3–77.

Смит 2016 — Смит А. Исследование о природе и причинах богатства народов. М.: Эксмо, 2016.

Сумароков 1762 — Сумароков А. П. Притчи Александра Сумарокова: в 3 т. СПб., 1762.

Толстой 1938 — Толстой Л. Н. Война и мир. Т. 2 // Л. Н. Толстой. Полн. собр. соч.: в 90 т. Т. 10. М.: Гос. изд-во «Художественная литература», 1938.

Толстой 1940 — Толстой Л. Н. Война и мир. Т. 3 // Л. Н. Толстой. Полн. собр. соч.: в 90 т. Т. 11. М.: Гос. изд-во «Художественная литература», 1940.

Тургенев 1963 — Тургенев И. С. Записки охотника // И. С. Тургенев. Полн. собр. соч. и писем: в 28 т. Т. 4. М.: Изд-во АН СССР, 1963.

Тургенев 1964 — Тургенев И. С. Отцы и дети // И. С. Тургенев. Полн. собр. соч. и писем: в 28 т. Т. 8. М.: Изд-во АН СССР, 1964.

Федр 1962 — Федр, Бабрий. Басни / Пер. М. Л. Гаспарова. М.: Наука, 1962.

Феофраст 1974 — Феофраст. Характеры / Пер., статья и примеч. Г. А. Стратановского. Л.: Наука, 1974.

Фридкин 1985 — Фридкин В. Отчет о командировке (документы из архива З. А. Волконской) // Наука и жизнь. 1985. № 2. С. 146–152.

Чаадаев 1991 — Чаадаев П. Я. Философические письма // П. Я. Чаадаев. Полн. собр. соч. и избранные письма. Т. 1. М.: Наука, 1991.

Шевырев 1842а — Шевырев С. П. «Похождения Чичикова, или мертвые души», поэма Н. В. Гоголя. Статья первая // Москвитянин. 1842. № 4 (7). С. 205–228.

Шевырев 1842б — Шевырев С. П. «Похождения Чичикова, или мертвые души», поэма Н. В. Гоголя. Статья вторая // Москвитянин. 1842. № 4 (8). С. 346–376.

Шторх 1881 — Шторх А. К. Курс политической экономии, или Изложение начал обусловливающих народное благоденствие, сочинение Генриха Шторха / Пер. с фр. с биогр. очерком авт., под ред. и с заметками И. В. Вернадского. Т. 1. СПб.: Слав. печ. И. В. Вернадского, 1881.

Эзоп, Лафонтен, Крылов 2011 — Эзоп, Лафонтен, Крылов И. Полн. собр. басен в одном томе / Пер. с греч., с фр. М.: АЛЬФА-КНИГА, 2011.

Alibert 1825 — Alibert J.-L. Physiologie des passions, ou Nouvelle doctrine des sentiments moraux. Paris: Bechet Jeune, 1825.

Boerhaave 1742— Boerhaave H. Dr. Boerhaave's Academical Lectures on the Theory of Physic: Being a Genuine Translation of His Institutes and Explanatory Comment, [etc.]: in 6 vols. Vol. 1. London: 1742.

Cabanis 1815 — Cabanis P. J. G. Rapports du physique et du moral de l'homme. 3rd edition. Paris: Hacquart, 1815.

F. D. 1828 — F. D. Une visite a la maison de santé de Charenton // Le Voleur. 1828. № 6. May 10. P. 1–2.

King James Bible 1611 — The Holy Bible. London, 1611. URL: https://archive.org/details/1611TheAuthorizedKingJamesBible (дата обращения: 12.12.2019).

Križanić 1985 — Križanić J. Russian Statecraft: The Politika of Iurii Krizhanich / Ed. by J. Letiche and B. Dmytryshyn. Oxford: Basil Blackwell, 1985.

Nodier 1830 — Nodier C. Des types en littérature // Revue de Paris. 1830. № 18. P. 187–196.

Qu'est-ce que le bon ton 1825 — Qu'est-ce que le bon ton? // La Pandore: Journal des spectacles, des lettres, des arts, des moeurs, et des modes. 1825. № 878. March. P. 4.

Quesnay 1736 — Quesnay F. Essai phisique sur l'oeconomie animale / G. Cavelier, 1736.

Библиография

Алтунян 1998 — Алтунян А. Г. Политические мнения Фаддея Булгарина: Идейно-стилистический анализ записок Ф. В. Булгарина к Николаю. М.: Изд-во УРАО, 1998.

Аникин 1976 — Аникин А. В. Адам Смит и русская экономическая мысль // Вопросы экономики. 1976. № 3. С. 12–22.

Аникин 1989 — Аникин А. В. Муза и мамона: Социально-экономические мотивы у Пушкина. М.: Мысль, 1989.

Бахтин 1975 — Бахтин М. М. Формы времени и хронотопа в романе // М. М. Бахтин. Вопросы литературы и эстетики. М.: Художественная литература, 1975. С. 234–407.

Бахтин 2002 — Бахтин М. М. Проблемы поэтики Достоевского // М. М. Бахтин. Собр. соч.: в 7 т. Т. 6. М.: Русское слово, 2002.

Белый 1934 — Белый А. Мастерство Гоголя: Исследование. М.: Гос. изд-во художественной литературы, 1934.

Бем 1929 — Бем А. Л. Скупой рыцарь в творчестве Достоевского // О Достоевском: Сб. ст. Прага: Склад издательство Ф. Свобода, 1929. С. 82–123.

Бенвенист 1995 — Бенвенист Э. Словарь индоевропейских социальных терминов / Пер. с фр.; общ. ред. и вступ. ст. Ю. С. Степанова. М.: Прогресс-Универс, 1995. С. 74–83.

Берман 2020 — Берман М. Все твердое растворяется в воздухе. Опыт модерности / Пер. с анг. М.: Горизонталь, 2020.

Беспрозванный 2010 — Беспрозванный В. Г. «Миргород» Н. В. Гоголя: Цикл как текст // Пермяковский сборник / Под ред. Н. Мазур. Т. 2. М.: Новое издательство, 2010. С. 308–326.

Бонди 1960 — Бонди С. М. Драматические произведения Пушкина // А. С. Пушкин. Собр. соч.: в 10 т. Т. 4. М.: Гос. изд-во художественной литературы, 1960. С. 553–593.

Бутовский 1847 — Бутовский А. И. Опыт о народном богатстве, или О началах политической экономии: в 4 т. Т. 1. СПб.: Тип. Второго отделения Собственной Е. И. В. канцелярии, 1847.

Ветловская 1983 — Ветловская В. Е. Социальная тема в первых произведениях Достоевского // Русская литература. 1983. № 3. С. 75–94.

Виницкий 2012 — Виницкий И. Ю. Заговор чувств, или Русская история на эмоциональном повороте // Новое литературное обозрение. 2012. № 5 (117). С. 441–460.

Виноградов 1934 — Виноградов В. В. О стиле Пушкина // Литературное наследство. Т. 16–18. М.: Журнально-газетное объединение, 1934. С. 135–215.

Виноградов 1976 — Виноградов В. В. Эволюция русского натурализма. Гоголь и Достоевский // Виноградов В. В. Поэтика русской литературы: Избранные труды. М.: Наука, 1976. С. 3–187.

Виноградов 1995 — Виноградов В. В. Слово и значение как предмет историко-лексикологического анализа // Вопросы языкознания. 1995. № 1. С. 5–33.

Виноградская 2013 — Виноградская Н. Л. Музей Древностей (об одной реалии в черновом автографе «Мертвых душ») // Новый философский вестник. 2013. № 3 (26). С. 73–87.

Гиппиус 1994 — Гиппиус В. Гоголь // В. Гиппиус. Гоголь. В. Зеньковский. Н. В. Гоголь / Предисл., сост. Л. Аллена. СПб.: Logos, 1994. С. 9–188.

Гофман 2009 — Гофман Э. Смущение и социальная организация // Э. Гофман. Ритуал взаимодействия: Очерки поведения лицом к лицу. М.: Смысл, 2009. С. 120–137.

Гриц, Тренин, Никитин 2001 — Гриц Т. С., Тренин В., Никитин М. Словесность и коммерция: Книжная лавка А. Ф. Смирдина. М.: Аграф, 2001.

Гроссман 1914 — Гроссман Л. П. Гофман, Бальзак и Достоевский // София. 1914. № 5. С. 87–96.

Гроссман 1925 — Гроссман Л. П. Бальзак и Достоевский // Поэтика Достоевского. М.: Гос. акад. художественных наук, 1925. С. 64–115.

Гроссман 1935 — Гроссман Л. П. Город и люди «Преступления и наказания» // Ф. М. Достоевский. Преступление и наказание. М.: Гослитиздат, 1935. С. 5–52.

Гуковский 1957 — Гуковский Г. А. Пушкин и проблемы реалистического стиля. М.: Гос. изд-во художественной литературы, 1957.

Дадун 1994 — Дадун Р. Фрейд. М.: Изд-во АО «Х. Г. С.», 1994.

Долинин 2007 — Долинин А. А. О подзаголовке «Скупого рыцаря» // Пушкин и Англия: Цикл статей. М.: Новое литературное обозрение, 2007. С. 95–102.

Живов 1966 — Живов В. М. Язык и культура в России XVIII века. М.: Школа «Языки русской культуры», 1966.

Живов 2009 — Живов В. М. Очерки исторической семантики русского языка нового времени. М.: Языки славянских культур, 2009.

Зелизер 2002 — Зелизер В. Создание множественных денег // Экономическая социология. 2002. № 4 (3). С. 58–72.

Зограф 1977 — Зограф Н. Г. История русского драматического театра: в 7 т. Т. 1, 2. М.: Искусство, 1977. Т. 1. С. 464–465; Т. 2. С. 521.

Золотусский 1975 — Золотусский И. П. «Записки сумасшедшего» и «Северная пчела» // Советская литература. 1975. № 10. С. 38–52.

Кант 1994 — Кант И. Критика способности суждений. М.: Искусство, 1994.

Кашкаров 1898 — Кашкаров М. П. Денежное обращение в России: в 2 т. Т. 1. СПб.: Гос. тип., 1898.

Клейн 2005 — Клейн И. Пути культурного импорта: Труды по русской литературе XVIII века. М.: Языки славянской культуры, 2005.

Кокорева 1958 — Кокорева Л. Г. О жизни и творчестве В. С. Филимонова // Уч. зап. Московского областного пед. ин-та им. Н. К. Крупской. № 66: Труды кафедры русской литературы. 1958. № 4. С. 49–78.

Кристева 2003 — Кристева Ю. Силы ужаса: эссе об отвращении. СПб.: Алетейя, 2003.

Левонтина 2006 — Левонтина И. Б. Шум словаря // Знамя. 2006. № 8. URL: http:// magazines.russ.ru/znamia /2006/8/le12.html. (дата обращения: 12.12.2019).

Лотман 1968 — Лотман Ю. М. Проблема художественного пространства в прозе Гоголя // Уч. зап. Тартуского гос. ун-та. 1968. № 209. С. 5–50.

Лотман 1975 — Лотман Ю. М. Тема карт и карточной игры в русской литературе начала XIX века // Труды по знаковым системам. 1975. № 7 (365). С. 120–144.

Лотман 1993 — Лотман Ю. М. Договор и «вручение себя» как архетипические модели культуры // Избранные статьи: в 3 т. Т. 3. Таллинн: Александра, 1993. С. 345–355.

Лотман 1995 — Лотман Ю. М. Роман А. С. Пушкина «Евгений Онегин»: Комментарий: Пособие для учителя // Ю. М. Лотман. Пушкин:

Биография писателя; Статьи и заметки, 1960–1990; «Евгений Онегин»: Комментарий. СПб.: Искусство-СПБ, 1995. С. 472–762.

Манн 1969 — Манн Ю. В. Философия и поэтика натуральной школы // Проблемы типологии русского реализма / Под ред. Н. Л. Степанова и У. Р. Фохта. М.: Наука, 1969. С. 241–305.

Манн 1978 — Манн Ю. В. Поэтика Гоголя. М.: Художественная литература, 1978.

Маркс 1959 — Маркс К. К «Критике политической экономии» // К. Маркс, Ф. Энгельс. Соч.: в 50 т. 2-е изд. Т. 13. М.: Гос. изд-во политической литературы, 1959. С. 1–167.

Маркс 1960 — Маркс К. Капитал: Критика политической экономии. Т. 1 // К. Маркс, Ф. Энгельс. Соч.: в 50 т. 2-е изд. Т. 23. М.: Гос. изд-во политической литературы, 1960. С. 5–786.

Маркс 1961 — Маркс К. Капитал: Критика политической экономии. Т. 2 // К. Маркс, Ф. Энгельс. Соч.: в 50 т. 2-е изд. Т. 24. М.: Гос. изд-во политической литературы, 1961. С. 31–596.

Маркс 1974 — Маркс К. Экономическо-философские рукописи 1844 г. // К. Маркс, Ф. Энгельс. Сочинения. Т. 42. М.: Изд-во политической литературы, 1974. С. 3–174.

Марней 2012 — Марней Л. П. Из истории Наполеоновских подделок русских ассигнаций в начале XIX века // Славяноведение. 2012. № 6. С. 78–87.

Мережковский 2009 — Мережковский Д. С. Гоголь и черт (Исследование) // Н. В. Гоголь: pro et contra. СПб.: РХГА, 2009. С. 349–444.

Миронов 1999 — Миронов Б. Н. Социальная история России периода Империи (XVIII — начало XX в.): Генезис личности, демократической семьи, гражданского общества и правового государства: в 2 т. Т. 1. СПб.: Д. Буланин, 1999.

Михаэлис, Харламов 1993 — Михаэлис А. Е., Харламов Л. А. Бумажные деньги в России. Пермь: Пермская печатная фабрика Гознака, 1993.

Монтандон 2004 — Монтандон А. Гостеприимство: Этнографическая мечта? / Пер. Е. Е. Гальцовой // Новое литературное обозрение. 2004. № 65. С. 60–70.

Мосс 1996 — Мосс М. Опыт о даре. Форма и основание обмена в архаических обществах // М. Мосс. Общества. Обмен. Личность / Под ред. А. Б. Гофмана. М.: КДУ, 2011. С. 134–285.

Набоков 1999 — Набоков В. В. Лекции по русской литературе / Пер. И. Толстой. М.: Независимая газета, 1999.

Портер 2020 — Портер Дж. Повествовательная экономика Достоевского: Радужные кредитные билеты в романе «Братья Карамазовы» // Русский реализм XIX века. Общество, знание, повествование / Под. ред. М. Вайсман, А. Вдовина, И. Клигера, К. Осповата. М.: НЛО, 2020. 296–317.

Проскурин 1999 — Проскурин О. А. Чем пахнут червонцы? Об одном темном месте в «Скупом рыцаре», или Интеллектуальность и текстология // Поэзия Пушкина, или Подвижный палимпсест. М.: Новое литературное обозрение, 1999. С. 349–375.

Рейтблат1998 — Видок Фиглярин: Письма и агентурные записки Фаддея Булгарина в III отделение / Под ред. А. Е. Рейтблат. М.: Новое литературное обозрение, 1998.

Соссюр 2019 — Соссюр Ф. де. Курс общей лингвистики / Пер. А. М. Сухотин; под ред. Р. О. Шор. М.: Юрайт, 2019.

Старцев 1990 — Старцев А. И. Радищев, годы испытаний. М.: Советский писатель, 1990.

Степанов 1977 — Степанов Н. Л. Русская басня // Русская басня XVIII–XIX веков. Л.: Советский писатель, 1977. С. 5–62.

Тодоров 1999 — Тодоров Ц. Введение в фантастическую литературу / Пер. Б. Нарумова. М.: Дом интеллектуальной книги, 1999.

Томашевский 1960 — Томашевский Б. В. Пушкин и Франция. Л.: Советский писатель, 1960.

Томашевский 1978 — Томашевский Б. В. Примечания // А. С. Пушкин. Полн. собр. соч.: в 10 т. Т. 5. Евгений Онегин. Драматические произведения. Л.: Наука (Лен. отд.), 1978. С. 483–521.

Успенский 1994 — Успенский Б. А. Царь и самозванец: самозванчество в России как культурно-исторический феномен // Б. А. Успенский. Избранные труды. Т. 1. Семиотика истории. Семиотика культуры. М., 1994. С. 75–109.

Фрейд 1923 — Фрейд З. Характер и анальная эротика // З. Фрейд. Психоанализ и учение о характерах. М., Пг.: Госиздат, 1923. URL: http://freudproject.ru/?p=567 (дата обращения: 13.12.2019).

Фридман 1980 — Фридман Н. В. Романтизм и просвещение А. С. Пушкина. М.: Просвещение, 1980.

Цвайнерт 2008 — Цвайнерт Й. История экономической мысли в России. М.: ИД ВШЭ, 2008.

Цейтлин 1923 — Цейтлин А. Г. Повести о бедном чиновнике Достоевского (к истории одного сюжета). М., 1923.

Цейтлин 1965 — Цейтлин А. Г. Становление реализма в русской литературе: Русский физиологический очерк. М.: Наука, 1965.

Шеллинг 1966 — Шеллинг Ф. Философия искусства. М.: Мысль, 1966.

Шенрок 1892 — Шенрок В. И. Материалы для биографии Гоголя: в 4 т. Т. 1. М.: Тип. А. И. Мамонтова, 1892.

Энгельс 1962 — Энгельс Ф. Внешняя политика русского царизма // К. Маркс, Ф. Энгельс. Соч.: 39 т. 2-е изд. Т. 22. М.: Политиздат, 1962. С. 11–52.

Anikin 1993 — Anikin A. Adam Smith in Russia // Adam Smith: International Perspectives / Ed. H. Mizuta, C. Sugiyama. Palgrave Macmillan, UK, 1993. P. 251–260.

Asch 1976 — Asch L. The Censorship of Nikolai Gogol's «Diary of a Madman» // Russian Literature Triquarterly. 1976. № 14. P. 20–35.

Baron 1980a — Baron S. H. The Fate of the *Gosti* in the Reign of Peter the Great // Muscovite Russia: Collected Essays. London: Variorum Reprints, 1980. P. 488–512.

Baron 1980б — Baron S. H. Who Were the Gosti? // Muscovite Russia: Collected Essays. London: Variorum Reprints, 1980. P. 1–40.

Bazhgraf 2000 — Bazhgraf H. S. Productive Nature and the Net Product: Quesnay's Economies Animal and Political // History of Political Economy. 2000. № 3 (32). P. 517–551.

Bethea 1998 — Bethea D.M. Realizing Metaphors: Alexander Pushkin and the Life of the Poet. Madison: University of Wisconsin Press, 1998.

Bethea, Davydov 1981 — Bethea D. and Davydov S. Pushkin's Saturnine Cupid: The Poetics of Parody in the Tales of Belkin // PMLA. 1981. № 1 (96). January. P. 8–21.

Bojanowska 2007 — Bojanowska E. M. Nikolai Gogol between Ukrainian and Russian Nationalism. Cambridge, Mass.: Harvard University Press, 2007.

Booth 2005 — Booth E. A Subtle and Mysterious Machine: The Medical World of Walter Charleton (1619–1707). Dordrecht,: Springer, 2005.

Brooks 1984 — Brooks P. Reading for the Plot: Design and Intention in Narrative. New York: Alfred A. Knopf, 1984.

Browning 1999 — Browning L. D. Reading Dickens' Misers: Ph.D. diss. University of North Carolina, 1999.

Catteau 1989 — Catteau J. Dostoevsky and the Process of Literary Creation / Trans. by Audrey Littlewood. Cambridge: Cambridge University Press, 1989.

Chances 1978 — Chances E. Conformity's Children: An Approach to the Superfluous Man in Russian Literature. Columbus, Ohio: Slavica, 1978.

Christa 2002 — Christa B. Dostoevskii and Money // The Cambridge Companion to Dostoevskii / Ed. by W. J. Leatherbarrow. Cambridge: Cambridge University Press, 2002. P. 93–110.

Clardy, Clardy 1980 — Clardy J., Clardy B. The Superfluous Man in Russian Letters. Lanham, Md.: University Press of America, 1980.

Clockwork 2007 — Clockwork Brains Blog. Plyushkin Syndrome 1.1 Is Out!. 2007. November 17. URL: http://clockwork-brains.blogspot.com/2007/11/plyushkin-syndrome-11-is-out.html (дата обращения: 06.11.2019).

Cybulska 1998 — Cybulska E. Senile Squalor: Plyushkin's Not-Diogenes Syndrome // Psychiatric Bulletin. 1998. № 5 (22). P. 319–320.

Derrida 1992 — Derrida J. Given Time: 1. Counterfeit Money / Trans. by P. Kamuf. Chicago: University of Chicago Press, 1992.

Derrida, Dufourmantelle 2000 — Derrida J., Dufourmantelle A. Of Hospitality: Anne Dufourmantelle Invites Jacques Derrida to Respond / Trans. by R. Bowlby. Stanford, Calif.: Stanford University Press, 2000.

Dryzhakova 2006 — Dryzhakova E. Madness as an Act of Defense of Personality in Dostoevsky's «The Double» // Madness and the Mad in Russian Culture / Ed. A. Brintlinger and I. Vinitsky, UT Press. 2006. P. 59–74.

Emery 2016 — Emery J. Species of Legitimacy: The Rhetoric of Succession around Russian Coins // Slavic Review. 2016. № 1 (75). P. 1–21.

Emotional Lexicons 2014 — Emotional Lexicons: Continuity and Change in the Vocabulary of Feeling, 1700–2000 / Ed. by U. Frevert et al. New York: Oxford University Press, 2014.

Evdokimova 2003 — Evdokimova S. The Anatomy of the Modern Self in The Little Tragedies // Alexander Pushkin's Little Tragedies: The Poetics of Brevity / Ed. by S. Evdokimova. Madison: University of Wisconsin Press, 2003. P. 106–143.

Fairweather 2000 — Fairweather M. The Pilgrim Princess: A Life of Zinaida Volkonsky. London: Robinson, 2000.

Fanger 1965 — Fanger D. Dostoevsky and Romantic Realism: A Study of Dostoevsky in Relation to Balzac, Dickens, and Gogol. Cambridge, Mass.: Harvard University Press, 1965.

Fanger 1979 — Fanger D. The Creation of Nikolai Gogol. Cambridge, Mass.: Harvard University Press, 1979.

Fournier 1994 — Fournier M. Marcel Mauss: A Biography / Trans. by J. M. Todd. Princeton, NJ: Princeton University Press, 1994.

Frazier 2007 — Frazier M. Romantic Encounters: Writers, Readers, and the «Library for Reading». Stanford, Calif.: Stanford University Press, 2007.

Freed-Thall 2015 — Freed-Thall H. Spoiled Distinctions: Aesthetics and the Ordinary in French Modernism. New York: Oxford University Press, 2015.

Frevert 2011 — Frevert U. Emotions in History: Lost and Found. Budapest: Central European University Press, 2011.

Frow 2014 — Frow J. Character and Person. Oxford: Oxford University Press, 2014.

Fusso 2003 — Fusso S. The Weight of Human Tears: «The Covetous Knight» and «A Raw Youth» // Alexander Pushkin's Little Tragedies: The Poetics of Brevity / Ed. by S. Evdokimova. Madison: University of Wisconsin Press, 2003. P. 229–242.

Gaines 2002 — Gaines J. F. Molière's Uncanonical Miser // Classical Unities: Place, Time, Action: Actes du 32e congrès annuel de la North American Society for Seventeenth-Century French Literature, Tulane University, 13–15 avril 2000 / Ed. by E. R. Korch. Tübingen: Narr, 2002. P. 201–211.

Gallagher 2008 — Gallagher C. The Body Economic: Life, Death, and Sensation in Political Economy and the Victorian Novel. Princeton, N.J.: Princeton University Press, 2008.

Gane 1992 — Gane M. Institutional Socialism and the Sociological Critique of Communism // The Radical Sociology of Durkheim and Mauss / Ed. M. Gane. London: Routledge, 1992. P. 135–164.

Golburt 2014 — Golburt L. The First Epoch: The Eighteenth Century and the Russian Cultural Imagination. Madison: University of Wisconsin Press, 2014.

Goldberg 1980 — Goldberg S. M. The Making of Menander's Comedy. Berkeley: University of California Press, 1980.

Goldstein 2001 — Goldstein J. Console and Classify: The French Psychiatric Profession in the Nineteenth Century. Chicago: University of Chicago Press, 2001.

Golstein 1997 — Golstein V. Landowners in Dead Souls: Or the Tale of How Gogol Blessed What He Wanted to Curse // Slavic and East European Journal. 1997. № 2 (41). P. 243–257.

Goodman 2008 — Goodman K. Romantic Poetry and the Science of Nostalgia // The Cambridge Companion to British Romantic Poetry / Ed. by J. Chandler. Cambridge: Cambridge University Press, 2008. P. 195–216.

Goodman 2010 — Goodman K. Uncertain Disease: Nostalgia, Pathologies of Motion, Practices of Reading // Studies in Romanticism. 2010. № 2 (49). P. 197–227.

Gould 2009 — Gould D. Moving Politics: Emotion and ACT UP's Fight against AIDS. Chicago: University of Chicago Press, 2009.

Goux 1990 — Goux J.-J. Symbolic Economies after Marx and Freud / Trans. by J. C. Gage. Ithaca, N.Y.: Cornell University Press, 1990.

Graffy 1989 — Graffy J. Passion versus Habit in Old World Landowners // Nikolay Gogol: Text and Context / Ed. by J. Grayson and F. Wigzell. New York: St. Martin's, 1989. P. 34–49.

Greenleaf 1994 — Greenleaf M. Pushkin and Romantic Fashion: Fragment, Elegy, Orient, Irony. Stanford, Califf.: Stanford University Press, 1994.

Guillory 1995 — Guillory J. Cultural Capital: The Problem of Literary Canon Formation. Chicago: University of Chicago Press, 1995.

Hellberg-Hirn 1980 — Hellberg-Hirn E. Khleb-sol': Magicheskaia pishcha // Studia slavica finlandensia. 1980. № 7. P. 137–160.

Hirschman 1977 — Hirschman A. The Passions and the Interests: Historical Arguments for Capitalism before Its Triumph. Princeton, N.J.: Princeton University Press, 1977.

Hochschild 2012 — Hochschild A. R. The Managed Heart: Commercialization of Human Feeling. Berkeley: University of California Press, 2012.

Hughes 1998 — Hughes L. Russia inthe Age of Peter the Great. New Haven, Conn.: Yale University Press, 1998.

Hyde 1999 — Hyde L. The Gift: Imagination and the Erotic Life of Property. London: Vintage, 1999.

Jackson 1978 — Jackson R. L. Dostoevsky's Quest for Form: A Study of His Philosophy of Art. Bloomington, Ind.: Physsardt, 1978.

Jackson 1986 — Jackson S. Melancholia and Depression: From Hyppocratic Times to Modern Times. New Haven, Conn.: Yale University Press, 1986.

Jakobson, Aroutunova 1972 — Jakobson R., Aroutunova B. An Unknown Album Page by Nikolaj Gogol' // Harvard Library Bulletin. 1972. № 3 (20). P. 236–254.

Jones 1990 — Jones M. Dostoyevsky after Bakhtin: Readings in Dostoyevsky's Fantastic Realism. Cambridge: Cambridge University Press, 1990.

Kahan 1966 — Kahan A. The Costs of 'Westernization' in Russia: The Gentry and the Economy in the Eighteenth Century // Slavic Review. 1966. № 1 (25). P. 40–66.

Karlinsky 1970 — Karlinsky S. Portrait of Gogol as a Word Glutton, with Rabelais, Sterne, and Gertrude Stein as Background Figures // California Slavic Studies. 1970. № 5. P. 169–186.

Kasuya 2009 — Kasuya J. Delta Burke and Andy Warhol Were Plyushkins? // Hoardhouse Blog. 2009. 12 февр. URL: http:// blog.hoardhouse.com/tag/plyushkin (дата обращения: 06.11.2019).

Kearney, Semonovitch 2011 — Kearney R., Semonovitch K. At the Threshold: Foreigners, Strangers, Others // Phenomenologies of the Stranger: Between Hostility and Hospitality / Eds. R. Kearney, K. Semonovitch. New York: Fordham University Press, 2011.

Kete 2005 — Kete K. Stendhal and the Trials of Ambition in Postrevolutionary France // French Historical Studies. 2005. № 3 (28). P. 467–495.

Kleespies 2012 — Kleespies I. A Nation Astray: Nomadism and National Identity in Russian Literature. DeKalb: Northern Illinois University Press, 2012.

Klibanksy, Panofsky, Saxl 1964 — Klibanksy R., Panofsky E., Saxl F. Saturn and Melancholy: Studies in the History of Natural Philosophy, Religion, and Art. London: Nelson, 1964.

Kolb-Seletski 1970 — Kolb-Seletski N. M. Gastronomy, Gogol, and His Fiction // Slavic Review. 1970. № 1 (29). P. 35–57.

Koselleck 2002 — Koselleck R. The Practice of Conceptual History: Timing History, Spacing Concepts / Trans. by T. S. Presner et al. Stanford, Calif.: Stanford University Press, 2002.

LeBlanc 1988 — LeBlanc R. D. Dinner with Chichikov: The Fictional Meal as Narrative Device in Gogol's «Dead Souls» // Modern Language Studies. 1988. № 4 (18). P. 68–80.

Levitt 2011 — Levitt M. C. The Visual Dominant in Eighteenth-Century Russia. DeKalb: Northern Illinois University Press, 2011.

Lounsbery 2007 — Lounsbery A. Thin Culture, High Art: Gogol, Hawthorne, and Authorship in Nineteenth-Century Russia and America. Cambridge, Mass.: Harvard University Press, 2007.

Lovejoy 1936 — Lovejoy A. O. The Great Chain of Being. Cambridge, Mass.: Harvard University Press, 1936.

Lukács 1950 — Lukács G. Studies in European Realism: A Sociological Survey of the Writings of Balzac, Stendhal, Zola, Tolstoy, Gorki and Others / Trans. by E. Bone. London: Hillway, 1950.

Lynch 1998 — Lynch D. The Economy of Character: Novels, Market Culture, and the Business of Inner Meaning. Chicago: University of Chicago Press, 1998.

Magarshack 1957 — Magarshack D. Gogol: A Life. London: Faber and Faber, 1957.

Markovich 2003 — Markovich V. Scholarship in the Service and Disservice of the Little Tragedies // Alexander Pushkin's Little Tragedies: The Poetics of Brevity / Ed. by S. Evdokimova. Madison: University of Wisconsin Press, 2003. P. 69–88.

Martinsen 2003 — Martinsen D. A. Surprised by Shame: Dostoevsky's Liars and Narrative Exposure. Columbus: Ohio State University Press, 2003.

Massumi 1995 — Massumi B. The Autonomy of Affect // Cultural Critique. 1995. Autumn. № 31. P. 83–109.

McReynolds 2008 — McReynolds S. Redemption and the Merchant God: Dostoevsky's Economy of Salvation and Antisemitism. Evanston, Ill.: Northwestern University Press, 2008.

Melas 2007 — Melas N. All the Difference in the World: Postcoloniality and the Ends of Comparison. Stanford, Calif.: Stanford University Press, 2007.

Melville 2007 — Melville P. Romantic Hospitality and the Resistance to Accommodation. Waterloo, Ont.: Wilfred Laurier University Press, 2007.

Menninghaus 2003 — Menninghaus W. Disgust: Theory and History of a Strong Emotion / Trans. by H. Eiland and J. Golb. Albany: State University of New York Press, 2003.

Meyer 1981 — Meyer P. Dostoevskij, Naturalist Poetics and «Mr Procharčin» // Russian Literature. 1981. № 2 (10). P. 163–190.

Meyer 2008 — Meyer P. How the Russians Read the French: Lermontov, Dostoevsky, Tolstoy. Madison: University of Wisconsin Press, 2008.

Meynieux 1966 — Meynieux A. Pouchkine, homme de lettres, et la litterature professionelle en Russie. Paris: Librairie des Cinq Continents, 1966.

Miller 2008 — Miller A. Natsiia, Narod, Narodnost' in Russia in the 19th Century: Some Introductory Remarks to the History of Concepts // Jahrbücher für Geschichte Osteuropas. 2008. № 3 (56). S. 79–90.

Moeller-Sally 1998 — Moeller-Sally S. OOOO; or, The Sign of the Subject in Gogol's Petersburg // Russian Subjects: Empire, Nation, and the Culture of the Golden Age / Ed. by M. Greenleaf and S. Moeller-Sally. Evanston, Ill.: Northwestern University Press, 1998. P. 325–346.

Morson 1992 — Morson G. S. Gogol's Parables of Explanation: Nonsense and Prosaics // Essays on Gogol: Logos and the Russian Word / Ed. by

S. Fusso and P. Meyer. Evanston, Ill.: Northwestern University Press, 1992. P. 200–239.

Munro 1997 — Munro G. E. Food in Catherinian St. Petersburg // Food in Russian History and Culture / Ed. M. Glants, J. Toomre. Bloomington: Indiana University Press, 1997. P. 31–48.

Newhauser 2000 — Newhauser R. The Early History of Greed: The Sin of Avarice in Early Medieval Thought and Literature. Cambridge: Cambridge University Press, 2000.

Ngai 2005 — Ngai S. Ugly Feelings. Cambridge, Mass.: Harvard University Press, 2005.

O'Bell 1998 — O'Bell L. Krylov, La Fontaine, and Aesop // Russian Subjects: Empire, Nation, and the Culture of the Golden Age / Ed. by M. Greenleaf and S. Moeller-Sally. Evanston, Ill.: Northwestern University Press, 1998. P. 81–99.

Obolensky 1972 — Obolensky A. Food-Notes on Gogol. Winnipeg, Can.: Trident, 1972.

Ollivier 1984 — Ollivier S. Argent et révolution dans Les Démons // Dostoevsky Studies. 1984. № 5. P. 101–115.

Osteen, Woodmansee 1999 — Osteen M., Woodmansee M. Taking Account of the New Economic Criticism: An Historical Introduction // The New Economic Criticism / Ed. by M. Woodmansee and M. Osteen. New York: Routledge, 1999. P. 3–50.

Pintner 1967 — Pintner W. M. Russian Economic Policy under Nicholas I. Ithaca, N.Y.: Cornell University Press, 1967.

Plamper 2009 — Plamper J. Introduction // Slavic Review. 2009. № 2 (68). P. 229–237.

Poovey 2008 — Poovey M. Genres of the Credit Economy: Mediating Value in Eighteenth and Nineteenth-Century Britain. Chicago: University of Chicago Press, 2008.

Popkin 1993 — Popkin C. The Pragmatics of Insignificance: Chekhov, Zoshchenko, Gogol. Stanford, Calif.: Stanford University Press, 1993.

Puckett 2008 — Puckett K. Bad Form: Social Mistakes and the Nineteenth-Century Novel. Oxford: Oxford University Press, 2008.

Rayfield 1984 — Rayfield D. Dostoevsky's Eugénie Grandet // Forum for Modern Language Studies. 1984. № 2 (20). P. 133–142.

Reddy 2001 — Reddy W. The Navigation of Feeling: A Framework for the History of the Emotions. Cambridge: Cambridge University Press, 2001.

Riasanovskii 1959 — Riasanovskii N. Nicholas I and Official Nationality in Russia, 1825–1855. Berkeley: University of California Press, 1959.

Riasanovsky, Steinberg 2011 — Riasanovsky N. V., Steinberg M. D. A History of Russia. 8th ed. Vol. 1. New York: Oxford University Press, 2011.

Riskin 2002 — Riskin J. Science in the Age of Sensibility: The Sentimental Empiricists of the French Enlightenment. Chicago: University of Chicago Press, 2002.

Roosevelt 1995 — Roosevelt P. Life on the Russian Country Estate: A Social and Cultural History. New Haven, Conn.: Yale University Press, 1995.

Rothschild 2001 — Rothschild E. Economic Sentiments: Adam Smith, Condorcet, and the Enlightenment. Cambridge, Mass.: Harvard University Press, 2001.

Rusten J. Preface to «Characters» by Theophrastus // Theophrastus: Characters, Herodos: Mimes, Sophron and Other Mime Fragments / Ed. and trans. J. Rusten and I. C. Cunningham. Cambridge, Mass.: Harvard University Press, 2002. P. 33–39.

Rzadkiewicz 1998 — Rzadkiewicz C. M. N. A. Polevoi's Moscow Telegraph and the Journal Wars of 1825–1834 // Literary Journals in Imperial Russia / Ed. by D. Martinsen. New York: Cambridge University Press, 1998. P. 64–87.

Sedgwick 2003 — Sedgwick E. K. Touching Feeling: Affect, Pedagogy, Performativity. Durham, NC: Duke University Press, 2003.

Seeley 1994 — Seeley F. F. From the Heyday of the Superfluous Man to Chekhov. Nottingham, Eng.: Astra, 1994.

Shell 1978 — Shell M. The Economy of Literature. Baltimore: Johns Hopkins University Press, 1978.

Shirokograd 2008 — Shirokograd L. Russian Economic Thought in the Age of the Enlightenment // Economics in Russia / Ed. by V. Barnett and J. Zweynert. Burlington, Vt.: Ashgate, 2008. P. 25–40.

Shroeder 1998 — Shroeder P. W. The Transformation of European Politics 1763–1848. New York: Oxford University Press, 1998.

Simmel 2004 — Simmel G. The Philosophy of Money / Ed. by D. Frisby; trans. by T. Bottomore and D. Frisby. London: Routledge, 2004.

Smeed 1985 — Smeed J. W. The Theophrastan «Character»: The History of a Literary Genre. Oxford: Clarendon, 1985.

Sobol 2001 — Sobol V. The Uncanny Frontier of Russian Identity: Travel, Ethnography, and Empire in Lermontov's «Taman» // Russian Review. 2001. № 1 (70). P. 65–79.

Sobol 2009 — Sobol V. Febris Erotica: Lovesickness in the Russian Literary Imagination. Seattle: University of Washington Press, 2009.

Somoff 2015 — Somoff V. The Imperative of Reliability: Russian Prose on the Eve of the Novel, 1820s–1850s. Evanston, Ill.: Northwestern University Press, 2015.

Staum 1980 — Staum M. S. Cabanis: Enlightenment and Medical Philosophy in the French Revolution. Princeton, N.J.: Princeton University Press, 1980.

Still 2010 — Still J. Derrida and Hospitality: Theory and Practice. Edinburgh: Edinburgh University Press, 2010.

Still 2011 — Still J. Enlightenment Hospitality: Cannibals, Harems, and Adoption. Oxford: Voltaire Foundation, 2011.

Suleiman 1983 — Suleiman S. R. Authoritarian Fictions: The Ideological Novel as a Literary Genre. New York: Columbia University Press, 1983.

Tapp 2016 — Tapp A. Embarrassment in «The Idiot» // Slavic and East European Journal. 2016. № 3 (60). P. 422–446.

Terras 1969 — Terras V. The Young Dostoevsky: 1846–1849. The Hague: Mouton, 1969.

Terras 1974 — Terras V. Belinskij and Russian Literary Criticism: The Heritage of Organic Aesthetics. Madison: University of Wisconsin Press, 1974.

Todd 1986 — Todd W. M., III. Fiction and Society in the Age of Pushkin: Ideology, Institutions, Narrative. Cambridge, Mass.: Harvard University Press, 1986.

Todd 2002 — Todd W. M., III. Dostoevskii as a Professional Writer // The Cambridge Companion to Dostoevskii / Ed. by W. J. Leatherbarrow. Cambridge: Cambridge University Press, 2002. P. 66–92.

Trofimoff 1966 — Trofimoff A. La Princesse Zénaïde Wolkonsky: De la Russie impériale à la Rome des papes. Rome: Staderini, 1966.

Valentino 1998 — Valentino R. S. A Catalogue of Commercialism in Nikolai Gogol's «Dead Souls» // Slavic Review. 1998. № 3 (57). P. 543–562.

Valentino 2003 — Valentino R. S. What's a Person Worth: Character and Commerce in Dostoevskii's Double // American Contributions to the 13th International Congress of Slavists. Ljubljana, August 2003 / Ed. by R. Maguire and A. Timberlake. Vol. 2. Bloomington, Ind.: Slavica, 2003. P. 203–212.

Valentino 2014 — Valentino R. S. The Woman in the Window: Commerce, Consensual Fantasy, and the Quest for Masculine Virtue in the Russian Novel. Columbus: Ohio State University Press, 2014.

Vernon 1984 — Vernon J. On Borrowed Time: «The Gambler» and «La Cousine Bette» // Money and Fiction: Literary Realism in the Nineteenth and

Early Twentieth Centuries. Ithaca, N.Y.: Cornell University Press, 1984. P. 108–141.

Vinitsky 2007 — Vinitsky I. A Cheerful Empress and Her Gloomy Critics: Catherine the Great and the Eighteenth-Century Melancholy Controversy // Madness and the Mad in Russian Culture / Ed. by A. Brintlinger and I. Vinitsky. Toronto: University of Toronto Press, 2007. P. 25–51.

Vinitsky 2015 — Vinitsky I. Vasily Zhukovsky's Romanticism and the Emotional History of Russia. Evanston, Ill.: Northwestern University Press, 2015.

Wellek 1963 — Wellek R. The Concept of Realism in Literary Scholarship // Concepts of Criticism. New Haven, Conn.: Yale University Press, 1963. P. 222–255.

Williams 1977 — Williams R. Marxism and Literature. Oxford: Oxford University Press, 1977.

Williams 2002 — Williams E. A. The Physical and the Moral: Anthropology, Physiology, and Philosophical Medicine in France, 1750–1850. Cambridge: Cambridge University Press, 2002.

Wolloch 2003 — Wolloch A. The One vs. the Many: Minor Characters and the Space of the Protagonist in the Novel. Princeton, N.J.: Princeton University Press, 2003.

Zink 2016 — Zink A. Čičikovs genialer Plan — (Anti-)Ökonomie in Nikolaj Gogol's «Mertvye duši» // Wiener Slawistischer Almanach. 2016. № 91. P. 87–100.

Предметно-именной указатель

Содержание

Научное издание

Джиллиан Портер

ЭКОНОМИКА ЧУВСТВ

Русская литература эпохи Николая I

Директор издательства *И. В. Немировский*
Заведующий редакцией *К. Тверьянович*

Ответственный редактор *И. Знаешева*
Дизайн *И. Граве*
Редакторы *Ю. Булдакова, И. Знаешева*
Корректоры *А. Нотик, Е. Васильева*
Верстка *Е. Падалки*

Подписано в печать 06.08.2021.
Формат издания 60 × 90 $^{1}/_{16}$. Усл. печ. л. 16,0.
Тираж 500 экз.

Academic Studies Press
1577 Beacon Street, Brookline, MA 02446 USA
https://www.academicstudiespress.com

ООО «Библиороссика».
190005, Санкт-Петербург, 7-я Красноармейская ул., д. 25а

Эксклюзивные дистрибьюторы:
ООО «Караван»
ООО «КНИЖНЫЙ КЛУБ 36.6»
http://www.club366.ru
Тел./факс: 8(495)9264544
email: club366@club366.ru

Книги издательства можно купить
в интернет-магазине: www.bibliorossicapress.com
e-mail: sales@bibliorossicapress.ru

Знак информационной продукции согласно
Федеральному закону от 29.12.2010 № 436-ФЗ

www.ingramcontent.com/pod-product-compliance
Lightning Source LLC
Chambersburg PA
CBHW060626310726
48982CB00003B/690

* 9 7 8 1 6 4 4 6 9 3 1 8 6 *